Cristiano, Ela und Ich

Für Mama
die mich nie aufgegeben hat und
mich nie verlassen hat.

Für meinen Sohn.

Paula D. Roberti

CRISTIANO, ELA UND ICH

1984 –
ZWISCHEN GHETTO
UND VILLENVIERTEL

Bibliografische Information der Deutschen Nationalbibliothek:
Die Deutsche Nationalbibliothek verzeichnet diese Publikation in
der Deutschen Nationalbibliografie; detaillierte bibliografische Daten
sind im Internet über dnb.dnb.de abrufbar.

Satz, Herstellung und Verlag:
BoD – Books on Demand, Norderstedt

ISBN 978-3-7597-6882-7

Wenn Dich beim Hören der Songs der 80er-Jahre die Sehnsucht packt, wenn Dir Dein Schwarm aus der Schule oder Deine erste große Liebe nicht aus dem Kopf geht.

Wenn Du kaputt daran gehst, weil Du weißt, dass die 80er länger als lange vorbei sind, und weil es leider keine Fahrkarte zurück in diese Zeit gibt.

Aber auch, wenn Deine Klassenfotos Dich sentimental stimmen – dann bist Du hier richtig!

In der Kulisse eines Siebzigerjahre-Ghettos, mitten im Ruhrpott.

Aber auch im Villenviertel, gleich um die Ecke. Wenn Dich das Setting vom Italien der Achtziger in Urlaubserinnerungen an Liebe, Rotwein und Meeresrauschen schwelgen lässt – dann bist Du hier richtig!

Ich wage es zu behaupten, Du wünschst Dir den Buzzer, der Dich, wenn auch nur für einen Tag, zurückgehen lässt.

Und wenn Du tatsächlich solch einen Wunsch verspürst, solltest Du mein Buch dazu nutzen, um noch einmal das zu erleben, was für Dich einmal Dein Leben war.

Ela hat diese Chance 2019 bekommen!

Ela hat die Gelegenheit genutzt, um Cristiano, ihre erste große Liebe, noch einmal zu treffen.

Ela hat die Möglichkeit, eine Entscheidung, die Cristiano 1985 sein Leben gekostet hat, neu zu überdenken, um sich dieses Mal vielleicht anders zu entscheiden.

Und Ela braucht nicht lange, um ihre Entscheidung zu treffen, doch dabei hat sie etwas Wichtiges übersehen …

PROLOG

1984

»Los, ihr Schlampen und Versager!«, ruft Silke lachend von der breit aufstehenden Wohnungstür.

»Sonst fangen die da draußen noch ohne uns an!«

Die Clique zieht, ebenfalls lachend und in einer Polonaise, an ihr vorbei.

Anschließend biegt die Polonaise nach links ab, zu den Stufen der Dachterrasse. Und tatsächlich, man kann schon das Kreischen der ersten Raketen hören.

Und ich, ich gehe zuletzt!

Silke knallt hinter uns die Wohnungstür ins Schloss.

Aber auf dem Treppenabsatz holt sie mich ein und hakt sich bei mir unter.

»Wenn ich nur daran denke …« , sage ich und lege mir die Hand auf den Magen.

Silke bleibt stehen, aber ich winde mich aus ihrem Arm und gehe, wie ein Dummy, Stufe um Stufe weiter. Ihre Stimme hallt hinter mir durch den Flur. »Warum musst du es ihm auch unbedingt heute sagen! Ela, es ist Silvester!«

Cristiano kommt uns an der Tür zur Dachterrasse entgegen. In der Hand hält er ein halbleeres Sektglas und seine Augen sind schon mehr als glasig!

Zu dritt schlendern wir zum anderen Ende der Terrasse, zu dem freien Stehtisch an der Wand, auf dem auf einem Tablett zwei Gläser mit Sekt stehen.

Cristiano stellt sein Glas ab. Dann nimmt er die Gläser und reicht zuerst mir und danach Silke eine der teuer aussehenden Sektflöten aus der Vitrine der Penthouse-Besitzer. Jene, die Silke nur ihren Schlüssel gegeben hatten, damit diese die Blumen gießen konnte, während die Herrschaften im Winterurlaub waren. »Ich geh dann mal rüber zu den anderen!«, sagt Silke und hebt kurz ihr Glas. Ihr *Ich geh dann mal rüber zu den anderen* mag sich für den Normalsterblichen völlig unspektakulär angehört haben. Doch ich hörte die Anklage zwischen den Zeilen.

Cristiano steht jetzt hinter mir. Er hat seine Arme um mich geschlungen und sein Gesicht ist in dem Loch in meinem Schlüsselbein vergraben. Und während er mich zur Musik aus meterhohen Boxen sanft hin und her wiegt, spüre ich seinen Herzschlag in meinem Rücken, sogar durch unsere Winterjacken hindurch. »Ich liebe dich, Tesoro!«, flüstert Cristiano mir ins Ohr. Dabei streift sein Atem, warm und nach Sekt duftend, über meine kalte Wange.

Ab und zu nippt er über meine Schulter hinweg an seinem Glas.

Aber plötzlich lässt er mich los. Er nimmt mich an die Hand und zieht mich mit, zur Brüstung auf der anderen Seite der Terrasse.

Und hier stehen wir, den eisigen Wind in unseren Gesichtern. Ich beobachte Cristiano aus den Augenwinkeln. Ich betrachte sein Lächeln, während er vom Dach der siebten Etage über die Stadt schaut. Und anschließend hinauf zu den verfrühten Raketen, die gerade eine Million Sterne über den schwarzen Himmel streuen.

Und gerade noch rechtzeitig blinzele ich die heiß aufsteigenden Tränen weg, bevor Cristiano sich zu mir dreht. »Nur noch ein paar Minuten und dann geht's ab ins nächste Jahr!« Er beugt sich vor und küsst meine eiskalte Nasenspitze. »Und das Neue wird so was von geil…«

Cristiano nimmt mir das leere Glas aus der Hand. »Und lauf mir nicht weg! Ich hol nur frischen Schampus!«

Ich sehe ihm nach, wie er zur Bar schlendert und dort den Sekt nachfüllt.

Und ich beobachte seinen Gang, als er mit den Gläsern in der Hand zurückkommt. Außerdem bewundere ich sein perfektes Grinsen. Und als er mir zuzwinkert und mir daraufhin die Beine weich werden, frage ich mich allen Ernstes, ob ich noch alle Tassen im Schrank habe, ihn gleich abservieren zu wollen.

Als Cristiano mir den Sekt reicht, scheint er überhaupt nicht zu bemerken, dass ich seinen Rausch nicht teile. Dass ich mich in einem Vakuum befinde.

Und als er erneut von hinten seine Arme um mich legt, anschließend sein Kinn auf meinen Scheitel stützt, kommt passenderweise ein Song aus der Box, der meine eh schon völlig aus den Fugen geratene Gefühlswelt noch mehr durcheinanderbringt. Und ich meine, ich kann spüren, es kann aber auch nur Einbildung sein, wie sich mein Herz in der Brust verkrampft. Weil ich weiß, dass ich Cristianos Herz gleich brechen werde.

Dann ist es endlich so weit. Die anderen aus der Clique, die in einiger Entfernung von Cristiano und mir stehen, halten jetzt ihre Gläser, aber auch ganze Sektflaschen hoch. Alle Blicke haften auf der überdimensionalen Kirchenuhr an dem Hochhaus gegenüber, derer Sekundenzeiger sich im Stakkato auf die Zwölf zubewegt.

Zehn, neun, acht, sieben, sechs, fünf, vier, drei, zwei, eins.

Wie auf Knopfdruck schießen Böller und Raketen in die Stratosphäre. Und es riecht nach Explosion!

Es riecht nach Neujahr!

Es riecht nach 1985!

Cristiano nimmt mein Gesicht in seine Hände. Er senkt den Kopf und küsst mich wie immer, so, wie ich es bei keinem anderen zuvor erlebt habe. Cristiano küsst unglaublich gut. Und in diesem Moment, kann ich sein Küssen auch gar nicht besser beschreiben, weil ich ihn jetzt nur noch genießen will. Weil es heute zum letzten Mal sein wird. Cristianos Zunge ist warm und sie schmeckt nach süßem Sekt, sie schmeckt nach Zigaretten und nach ihm. Und ich bekomme, wie meistens, wenn wir uns küssen, eine dicke, fette Gänsehaut.

»Frohes Neues!«, sagt Cristiano, nachdem unsere Lippen sich getrennt haben und unsere Pupillen ineinander versinken.

Meine Stimmbänder versagen nicht viel, aber dennoch zu viel, weil meine Stimme mir fremd vorkommt, als ich sage: »Frohes Neues, Cristiano.«

Wieder senkt Cristiano den Kopf, um mich erneut zu küssen. Aber er hält inne, als er die Tränen sieht, die in meinen Augen stehen, wie Pfützen in Asphaltlöchern. »Hey, nicht weinen; Engel, weine nicht, schon gar nicht in so einer Nacht.«

Ich schiebe ihn von mir weg und gehe einen Schritt zurück, dabei wische ich mir über die Augen.

»Cristiano, ich muss dir was sagen!«

Ich kann sehen, wie es in seinem Hirn zu arbeiten beginnt. »Mario! Stimmt's?«

Ich sage nichts. Ich stehe nur da, mit gesenktem Kopf. Ich betrachte, als gäbe es gerade nichts Wichtigeres, die Matschränder auf meinen Cowboystiefeln. Und ich höre einen leisen Hauch von Hoffnung in Cristianos Stimme. Aber zeitgleich auch die

Einsicht, als er sagt: »Du hast dich für meinen Bruder ent-schieden!«

Plötzlich packt er mich an den Schultern, sodass ich ihn jetzt ansehen muss. Ich sehe zu, wie der Glanz in seinen Augen er-lischt! Wie aus seinen türkisfarbenen Augen gewöhnliche blaue Augen werden. Als ich aber noch immer nichts sage, lässt er mich los. »Er hat's, geschafft! Mario hat es echt geschafft. Aber warum lässt er dich die Drecksarbeit machen? Oder hat er Schiss, dass ich ihm dieses Mal eine reinschlage? Verdient hätte er es!«

Die anderen sind jetzt still, sie gucken nur zu uns rüber. Ich weiche Silkes Blick aus, und bis auf den typischen Silvesterlärm scheint die Zeit wie angehalten!

Aber da löst Silke sich aus dem Pulk und kommt auf uns zu.

Sie legt mir den Arm um meine Schultern, bevor sie mich zum Treppenabgang lenkt.

Als ich nach nur wenigen Metern stehen bleibe und mich um-sehe, steht Cristiano mit gesenktem Kopf und mit hängenden Armen an derselben Stelle, an der Brüstung.

»Komm!«, sagt Silke und schiebt mich weiter, zum Treppen-abgang.

Plötzlich schreit jemand los! Und als Nächstes brüllen alle durcheinander. Ein Mädchen, Tina?, kreischt immer wieder Cristianos Namen! Eine Armee aus Schritten rennt über die Holzbohlen.

Und ich schaue zu Silke. Silke schaut zur Brüstung, und ohne zu sehen, was passiert war, weiß ich, was geschah. Ich sehe es an ihrem aufgerissenen Mund, und ich sehe es in ihren Augen!

EINS

2019 – IRGENDWO IM RUHRPOTT ...

»Schatz, wo bleibst du denn?«, ruft Mario. Er untermalt sein Rufen mit einem doppelten Gehupe.

»Ich bin sofort da!«, rufe ich und schlüpfe dabei in meine Sneaker.

Danach werfe ich meinen Haustürschlüssel, zusammen mit dem Smartphone, in meine Handtasche.

Mario öffnet mir, über den Beifahrersitz hinweg, die Wagentür und ich lasse mich neben ihn gleiten. Dann schlage ich die Tür zu. Seine Augen kleben an meinen, nicht übertrieben trainierten und darüber hinaus gebräunten, Beinen. Und ich stelle, wie so oft, fest, dass sich die Plackerei im Fitnesscenter tatsächlich zu lohnen scheint.

Mario dreht den Zündschlüssel herum und lässt ein paarmal den Motor aufheulen. Und ich fahre, kichernd, mit den Fingern durch seine kurzgeschnittenen und schon über die Schläfen hinaus ergrauten Locken. »... wirst du eigentlich nie erwachsen?«

Er lächelt, statt eine Antwort zu geben, und schaut in den Außenspiegel. Und als es der Verkehr erlaubt, lenkt er den Wagen auf die Straße.

Dann tritt er überzogen aufs Gaspedal, sodass wir in die Sitzlehnen fliegen.

Als wir den Mittelaltermarkt erreichen, versinkt die Sonne schon hinter den Bäumen.

Der Geruch nach Rauch, nach gebratenem Fleisch und nach Kräutern überlagert den gesamten Marktplatz. Und irgendwo spielt jemand auf einem Dudelsack. Ein skurril geschminkter Jüngling, wie es aussieht, noch in seinem viel zu großen, karierten Pyjama, stolziert auf Stelzen zwischen den Marktständen umher. Etwas weiter braten Ferkel über dem Feuer, man hat ihnen den Spieß durch den Leib getrieben, ihre kleinen Augen sind zwar geschlossen, dennoch habe ich das Gefühl, dass sie mich, um Hilfe bittend, anstarren.

Ich wende mich schnell dem Feuerschlucker zu. Denn ich kann den Anblick dieser armen Seelen nicht länger ertragen.

»Mylady, dort fließt echt bombiges Bier!«, sagt Mario und bietet mir seinen Arm. »Aber auch Rotwein! Und der ist auch nicht von schlechten Eltern.«

Ich hake mich kichernd ein. »Okay, Mylord. Dann zeigen Sie mir mal, was Sie so zu bieten haben.«

Mario hat nicht zu viel versprochen, denn der Wein ist grandios. Wir bleiben in dieser Kaschemme und wir flirten und genießen diesen Abend, so lange, bis der Wirt die Stühle hochstellt.

Draußen ist es jetzt menschenleer, auch der Feuerschlucker packt seine Ausrüstung zusammen. Und ein Stück weiter breitet ein in die Jahre gekommener Herr mit rotem Spitzbart und mit Zigarrenstummel im Mundwinkel schwarzen Samt über seine Schmuckauslage. Mario sieht meinen Blick, er kennt meinen Geschmack, was das Kleinod betrifft.

Er winkt dem Herrn zu, noch ehe ich ihn davon abhalten kann. »Guter Mann?« Der »gute Mann« hält inne. »Geben Sie uns noch eine Minute Ihrer kostbaren Zeit?! Ich würde meiner Frau gerne noch eine Freude machen.«

Der Alte kratzt an seinem Bart und scheint abzuwägen, was er in letzter Minute noch rausschlagen könnte. Dann spuckt er den Zigarrenstummel auf den sandigen Boden. »Aber machen Sie nicht mehr so lange, meine Frau hat sicher schon das Essen auf dem Tisch.«

Ich betrachte die kunstvoll gefertigten Amulette, die Medaillons, kann mich aber für keines so richtig entscheiden.

»Wie gefällt Ihnen dieses Stück?«, fragt der Alte und streckt mir seine Hand entgegen. Auf seiner Handfläche liegt auf dem Rücken ein silberfarbener Drache. Er ist in etwa so groß wie mein Daumen und seine kleinen Flügel hat er zu den Seiten ausgestreckt. Sein Bauch sieht aus wie eine mit Rissen durchzogene Erdkugel.

Mario ignoriert das Angebot des Alten und zeigt stattdessen auf ein Amulett in der ersten Reihe.

»Schau mal, Schatz, die Sonnenscheibe dort oben, die ist doch schön.«

»Ich nehme den Drachen!«, sage ich zu dem Alten, der mich jetzt aus seinen stahlblauen Augen anstarrt.

Und das tut er auch noch, während er die Figur auf meine Handfläche gleiten lässt.

»Er ist wie für Sie gemacht … Mylady!«

ZWEI

Am nächsten Morgen rettet mich mein Smartphone aus einem grauenhaften Traum; ich hatte Saskia im Kinderwagen vor dem Bäcker abgestellt. Doch ich hatte sie vergessen und war mit frischen Brötchen, aber ohne mein Kind nach Hause gegangen.

Ich setze mich auf und nehme das Smartphone vom Nachttisch. Dann lese ich Saskias Nachricht.

»Hallo Mommy, habt ihr heute schon was vor?

James und ich wollten vielleicht am Nachmittag zum Grillen vorbeikommen. Kuss, Sassi.«

Daddy und Mommy! So nannte unsere fünfundzwanzigjährige Tochter uns, ihre Eltern.

Fasziniert von diesem Kontinent war sie eines Tages aus dem Amerika-Urlaub zurückgekommen. Und noch am selben Abend stellte sie uns James vor, ihren Verlobten. Sie hatten sich, ganz Klischee, auf einer Beach-Party in Florida kennengelernt. Für die beiden war es Liebe auf den ersten Blick gewesen. Ja, wir mochten den humorvollen James, der seine Heimat aufgegeben hatte, um auf einem anderen Erdteil, wenn auch nur für begrenzte Zeit, mit in das ausgebaute Dachgeschoss unserer Tochter zu ziehen. Ab da verbrachten wir die Abende zu viert. Mit Rotwein und mit viel Gelächter. Und mit guten Gesprächen. James lernte in der Volkshochschule Deutsch. Und er begriff zügig. James war Ingenieur! Und es dauerte nicht lange, bis er eine gute Anstellung fand. Und es dauerte ebenfalls nicht lange, bis er für Saskia und für sich ein Haus in unserer Nähe kaufte. Im Grünen, im Villenviertel. Alles war perfekt.

Nachdem ich meiner Tochter zugesagt habe, lege ich mein Telefon zurück auf die Konsole. Anschließend ziehe ich deren Schublade auf.

Es klimpert nur ganz leise, als ich den Drachen an seiner langen Kette hervorhole und ihn dann auf meine Handfläche lege. Mit dem Daumen streiche ich über die tiefen Risse auf seinem kugelförmigen Bauch. Doch plötzlich meine ich, ein Gesicht zu sehen. So, wie man Gesichter im Muster der Badezimmerkacheln sieht. Oder in Quellwolken. Ein Gesicht, an das ich ewig lange nicht mehr gedacht habe.

»Er ist wunderschön!«, flüstert Mario mir ins Ohr und ich fahre zusammen.

»Musst du mich so erschrecken!«

Meine Fingerspitzen kribbeln, als hätte ich in einen Haufen Brennnesseln gepackt.

Und ich fühle mich fast so wie erwischt, als ich das Schmuckstück in die Schublade zurücklege. Mario lässt sich hinter mir ins Kissen zurückfallen. Er fängt an, mit seinem Finger meine nackte Wirbelsäule entlangzufahren. »... schlechtes Gewissen?«

»Was redest du da?«, sage ich einen Tick zu laut.

Als wir miteinander schlafen, habe ich Cristiano vergessen.

Ich stelle die Schüssel mit dem Nudelsalat auf den Gartentisch.

Dann mache ich mich auf den Weg zurück ins Haus, um noch Gläser für den Wein zu holen.

Mario steht im Türrahmen und versperrt mir grinsend den Weg. »Hoppla, meine Schöne, wohin denn so eilig?«

»Wir brauchen doch noch Weingläser!«, sage ich und will an ihm vorbei. Doch Mario zieht mich an sich. »Du warst so unglaublich ... heute Morgen.«

Sein Blick fährt an meiner Figur abwärts, an meinem weißen Sommeroverall. Er nimmt meine in »Frenchlook« getunten Finger und führt diese an seine Lippen. »Du bist nach all den Jahren immer noch so was von umwerfend!«

Mario fasst jetzt mein Kinn, hebt mein Gesicht und seine Lippen kommen näher und näher. Sie haben fast meinen Mund erreicht, als es viel zu früh an der Haustür klingelt.

»Saskia, James, da seid ihr ja. Mutti ist im Garten.«

Ich streiche mir über den Overall, auch wenn wir nichts anderes getan haben, als uns fast zu küssen.

Mit den Weingläsern flitze ich zurück in den Garten und stelle sie neben den Wein auf den Tisch. Hiernach drehe ich mich um.

»Herzlich willkommen, ihr zwei!«

Meine Tochter kommt auf mich zu, legt ihre schlanken Arme um meinen Hals und drückt mich an sich. Als sie mich loslässt, bemerkt sie den Drachen in meinem Dekolleté. Sie nimmt die Figur in die Hand. »Mommy ... was ist das denn für ein schickes Teil? Warum hab ich das noch nie bei dir gesehen? Hast du das schon länger? Ist das ein Geschenk von Daddy? Der sieht ja mega aus ...«

Mario hatte mit James zusammen die Rosenstöcke im hinteren Teil des Gartens bewundert. Jetzt schlendern sie zu mir und meiner Tochter ...

James begrüßt mich mit Küsschen rechts und links auf die Wangen. James nimmt Saskia die Figur aus der Hand und nickt anerkennend.

Doch noch bevor er den Drachen genauer betrachten kann, nehme ich ihm die Figur aus der Hand und lege sie, wie ein rohes Ei, zurück auf meine gebräunte Haut.

»Dann lasst uns mal anfangen!«, sage ich und lege meine Arme um meine Tochter und deren Verlobten.

Gemeinsam gehen wir rüber zum gedeckten Holztisch, und auf dem Weg dorthin erzähle ich von unserem Besuch auf dem Mittelaltermarkt. Und wie ich zu dem Drachen gekommen war.

Mario steuert mit der Grillzange in der Hand und einem Tablett, beladen mit einem Berg aus Schnitzeln und Würstchen, den Feuerrost am Rande des Gartens, unter der alten Kastanie, an. Während James den Wein entkorkt und ihn dann in zwei Römer schenkt, bindet Saskia ihre schwarze Mähne zu einem Pferdeschwanz.

Anschließend verteilt sie Salate, Oliven und Baguette auf unsere Teller. Während ihre Hände vor meinem Gesicht herumhantieren, versuche ich mit aller Gewalt, das Gesicht von heute Morgen zu verdrängen. Das sich, egal ob ich meine Augen schließe oder auch nicht, vor meine Pupillen drängt.

»James, mein Sohn!«, ruft Mario vom Grill her und holt mich damit aus meinen Gedanken. »Komm her zu mir, zu einem Männerplausch, aber bring kaltes Bier mit!«

James reicht mir und Saskia den Wein.

Dann nimmt er, aus einem mit Eiswürfeln gefüllten Bottich in seinem Rücken, zwei Flaschen Bier. Er geht über den getrimmten Rasen zu Mario. Dieser hat sich mit dem Rücken zu uns auf einen Campinghocker zum Auseinanderziehen vor den Grill gehockt.

Wir nippen eine Weile am Rotwein, als Saskia unerwartet ihre Hand auf meine legt. »... warst du eigentlich schon mal bei Silke?«

»Nein!«, sage ich und blinzle, um meinen aufsteigenden Tränen mehr Raum zu geben.

»Wie lange ist es jetzt genau her?« Sassi spielt mit meinen Fingern, wie sie das als Kind getan hat.

»... ziemlich genau vier Monate!«

Ich werfe den Tab in die Spülmaschine, danach drücke ich die Klappe zu und wähle das Programm. Mario kommt, mit noch vom Duschen feuchtem Haar und barfuß und nur in Shorts, in die Küche.

Er grinst und schwenkt eine vor Kälte beschlagene Weißweinflasche und zwei Gläser. »Ich weiß, ich weiß; es ist schon fast Mitternacht, aber ich muss morgen erst um zehn in der Praxis sein. Ein Absacker ist also noch drin.«

Wir sitzen uns gegenüber am Küchentisch und genießen den eiskalten Wein. Dabei lassen wir den Grillnachmittag, der sich bis in den späten Abend gezogen hat, Revue passieren.

Und in der Überzeugung, unser aller Leben verliefe für die nächsten Jahre in gewohnten Bahnen, gehen wir später ins Bett.

Aber um drei Uhr früh kann ich den Durst nicht mehr ignorieren und befreie mich aus Marios Armen.

Und nur vom Mondlicht begleitet, schleiche ich im Morgenmantel die Treppe runter, zur Küche.

Ich lehne mich, ohne das Licht angeknipst zu haben, an die Spüle. Und ich trinke gerade das zweite Glas Kranwasser, als ich die Gestalt mit dem roten Spitzbart, vom Mondlicht beschienen, auf dem Küchenstuhl erkenne.

Der Rest geht dann ganz schnell; das blau getönte Glas fällt mir aus der Hand und knallt auf den Boden. Die Scherben schlittern über die schwarzweißen Kacheln und ich reiße den Mund auf, um zu schreien. Doch es reicht nur zu einem Krächzen. Der Alte rudert jetzt mit den Händen, als könne er meinen Schrei, falls doch noch einer käme, ihn einfangen. »... bitte ...«, fleht er leise. »... ich tue dir nichts!«

Hektisch, aber noch nicht panisch, suche ich meine Umgebung nach einem Messer oder einem Korkenzieher ab. Nach etwas, das ich ihm, wenn es drauf ankäme, in den faltigen Hals rammen

19

würde. Mein Verstand sagt: *Los, brüll um Hilfe. Ruf doch Mario!*

»Verschwinden Sie! Auf der Stelle! Oder ich schreie das ganze Viertel zusammen!«

»Michaela!«, sagt der Alte mit rauer Stimme. Dabei legt er seine Arme auf seine Oberschenkel in der verwaschenen Jeans. Eine Weile verbleiben wir so. Seine rötlich behaarten Arme, die aus einem verwaschenen Trikot ragen, liegen jetzt ruhig auf seinen Beinen.

Aber plötzlich und ohne mich aus den Augen zu lassen, erhebt er sich von seinem Stuhl. Doch als er meine immer größer werdenden Augen sieht, setzt er sich.

»Woher wissen Sie meinen Namen? Und woher wissen Sie, wo wir wohnen? Was wollen Sie von uns?« Meine Stimme zittert. Sie ist so dünn wie die Stimme eines Kindes.

»Ich habe dir doch den Drachen geschenkt, Michaela!«

Ich atme auf, dann stoße ich mich vom Spülbecken ab. Und meine Stimme hört sich wieder fest an, als ich sage: »Sie möchten das Anhängsel wiederhaben. Sie können es mitnehmen! Warten Sie, ich lauf schnell hoch und hole es für Sie.«

Doch der Alte schüttelt nur den Kopf. Er lächelt, als wäre ich der Inbegriff an Doofheit.

Aber dieses Lächeln verschwindet nach und nach aus seinem Gesicht, während er mir erklärt:

»Nein! Ich will ihn nicht wiederhaben! Er gehört dir, Michaela!«

»Ja ... aber ...« Ich lehne mich zurück an das Geschirrspülbecken.

Seine Gesichtszüge werden weich. Und seine Augen sind die Augen eines Vaters, der seinem begriffsstutzigen Gör wiederholt erklärt, was dieses einfach nicht kapieren will. »Du sollst eine zweite Chance bekommen, Michaela! Die einzige Chance. Und gleichzeitig auch die letzte Chance, einen Fehler ungeschehen zu machen!«

Hätte meine Angst eine Gestalt, könnte man sie nun dabei be-obachten, wie sie zur Gartentür hinaushüpft – der Alte hat sich doch mit seinen Kirmes-Kumpanen eine durchgezogen! Und ich denke hier nicht an Tabak. Weswegen ich furchtlos auf die an-gelehnte Gartentür zeige, durch die er ins Haus gekommen sein muss. »Hören Sie: Bitte gehen Sie jetzt einfach, und dann ver-gessen wir das Ganze, oder ich rufe jetzt die Polizei!«

Aber anstatt aufzustehen und dann zu verschwinden, lehnt er sich vor: »Te-so-ro.«

Nur drei Silben. Er hat sie extra lang gezogen, um sie eindrucks-voller zu machen. Doch das hätte er gar nicht machen müssen. Sie waren auch so eindrucksvoll genug. Diese drei Silben haben frei-gelegt, was zehn Stangen Dynamit nicht hätten freilegen können.

Und ich schlage mir die Hand vor den offenen Mund, noch als ich zusammensacke.

Und Tränen steigen in mir auf. Sie tropfen auf den Boden, als ich mich auf dem Küchenboden, inmitten der Scherben und mit nur einer Hand, abstütze. Der Greis lächelt einfühlsam.

Er beugt sich vor, um einen zweiten Stuhl heranzuziehen. Er legt seine Hand auf die Sitzfläche. »Komm!«

Und tatsächlich schaffe ich es, mich zu erheben.

Und dann die zwei Schritte auf ihn zuzugehen, um mich ihm gegenüber auf den Stuhl zu setzen. Mit dem Handrücken wische ich unter meiner Nase herum. Der Alte greift in seine Hosen-tasche und zieht ein kariertes Taschentuch heraus.

Es riecht nach Tabak und nach Weichspüler mit Rosenduft.

Der Alte hat sich an die Lehne gelehnt, hat ein Bein über das andere geschlagen. Seine Augen sind an mir wie festgetackert. Während ich mit seinem Taschentuch vor der Nase dasitze und zittere, als hätte ich mindestens vierzig Grad Fieber. »Erinnerst du dich, Michaela?«

Ich nicke und ziehe laut die Nase hoch. Die Fetzen, die ich verdrängt hatte, jeder Schnipsel, jedes Fragment des Kaleidoskops, das sich nie wieder anders zusammensetzen sollte, als so wie an jenem Tag, hopsen hinter meiner nassen Stirn. Es hat in mir geschlummert, das Monster. Es hat mich gequält. Doch ich wollte es nicht wahrhaben. Ich wollte die Wahrheit nicht sehen.

Jetzt, genau jetzt, befreit es sich und reißt meinen Brustkorb klaffend und schmatzend auseinander. Um sich dann brüllend und an meine Rippen klammernd, an die Oberfläche zu ziehen:

Silvester 1984;
dröhnende Musik, Gejohle und Raketen
Cristianos Enthusiasmus
Silkes Gesicht
die mitleidigen Blicke der anderen
das hysterische Heulen der anderen Mädchen.

All das hatte ich nur noch wie durch Schlitze gesehen, weil meine Augen da schon vom Heulen so zugeschwollen waren wie nach einer Handvoll Insektenstichen. Als ich endlich kapiert hatte, dass dieser Mensch, den ich vor Kurzem noch wie bescheuert geliebt hatte, verletzt und gedemütigt über die Begrenzung der Dachterrasse gesprungen war! Ich sehe mich neben Silke in die Tiefe starren, unsere Haare fliegen hoch vom Wind, der vom Asphalt zu uns aufsteigt. Demselben Asphalt, auf dem zerschlagen Cristiano liegt. Er ist mit dem Gesicht aufgeschlagen. Männer mit bunten Hütchen nehmen Frauen, ebenfalls mit lustigen Kopfbedeckungen, die ihre Hände vor ihre Gesichter geschlagen haben, zur Seite, um sie vor Cristianos Anblick auf dem Straßenpflaster zu verschonen. Sie gehen rückwärts, bleiben dann aber doch stehen und schauen auf das Blut, das sich um seinen Körper ausbreitet wie die Flut. Um anschließend lauwarm in die schmutzigen Fugen zwischen den Steinen zu sickern. Um sich von hier den weiteren Weg zu bahnen. Die Szenerie ist still, als hätte man mir einen durchsichtigen Ballon über den Kopf gestülpt.

DREI

Scheckige Haut und rote, aufgedunsene Lider – mein Spiegelbild ist der absolute Supergau.

Ich habe mich, nach dem Blick in den Spiegel, im Morgenmantel auf den Klodeckel gesetzt. Aber wie lange ich jetzt auf dem Klodeckel sitze, kann ich nicht genau sagen. Ich halte mein Gesicht in meinen Händen und durchlebe zum hundertsten Mal den Alptraum der letzten Nacht!

»Schatz?«, ruft Mario. Er klopft von außen an die Badezimmertür. » ... alles okay bei dir?« Ich gebe mir Mühe, nicht jammernd zu klingen. » ... ich komme gleich runter!«

Ich habe mich ordentlich eingepudert. Es ist mir sogar gelungen, meine über Nacht aufgeploppten Tränensäcke sowie die fiesen Rötungen zu überdecken. Jedoch spannt meine Haut, weil ich die Tagescreme vergessen habe. Darüber hinaus habe ich mich vergriffen und habe ein viel zu dunkles Puder genommen. Mario schenkt jetzt dampfenden Kaffee in die Tassen.

Nacheinander hebt er die roten, von der Nachbarin selbst gestrickten Eiermützchen von den braunen Hühnereiern. Eiermützchen zu stricken war ihr neuestes Hobby. Sie stopft sie in allen erdenklichen Farben in sämtliche Briefkästen in der Nachbarschaft.

Mario mustert mich am laufenden Meter. Und er hält inne, noch bevor sein Löffel im flüssigen Eigelb versinken kann. » ... wenn es sein muss; ich kann mir den Tag heute auch freischaufeln.«

Ich winke ab und nehme einen großen Schluck aus der Tasse zwischen meinen Händen. »Das ist lieb von dir, aber ich habe nur Kopfschmerzen und habe auch schon zwei Aspirin genommen. Gleich krieche ich wieder unter die Bettdecke. Mach dir um mich keine Sorgen.«

Später begleite ich Mario zur Tür und helfe ihm, wie jeden Morgen, in seinen Blazer.

Er nimmt seine Schlüssel vom Haken, gleich unter den gerahmten Porträts unserer Tochter. »Aber ruf mich an, falls es doch nicht besser wird.«

Ich warte, bis Mario im Rückwärtsgang aus dem Carport ist.

Dann mache ich mich daran, das Frühstücksgeschirr abzuräumen. Aber je mehr ich versuche, den irrsinnig realen Traum loszuwerden, umso stärker klebt er hinter meiner viel zu dunklen Stirn. Da hilft auch der Krach nicht, den ich absichtlich mit dem Geschirr veranstalte, nur um die Bilder vom Alten auf dem Stuhl und dem, was danach passiert ist, sowie auch die Erinnerungen an die folgenschwere Nacht, aus meinem Kopf zu löschen.

Dennoch schleiche ich nur wenige Minuten später um den Stuhl, auf dem der vermeintliche Alte heute Nacht gesessen hat.

Ich gehe in die Knie, dann fahre ich mit dem Finger über die Textur der Sitzfläche; in diesem Moment durchquert ein dünner Streifen Morgensonne den Raum. Er erstreckt sich über den schwarzweißen Kachelboden. Er reflektiert eine einzelne, blau getönte Glasscherbe in der hintersten Küchenecke … der Schlag, als das Glas auf dem Boden zerschellt, und dessen Scherben, die über die Fliesen schlittern. Der Alte am Küchentisch, der mir bis zum Morgengrauen Instruktionen gibt. Und der mir mit wichtiger Miene erklärt:

»Der Drache ist dein Tor in die Vergangenheit!«

Ich springe auf die Beine und renne zur Spüle; dort erbreche ich mich aufs Geschirr.

Nach dieser Erleuchtung liege ich auf dem Sofa. Ein nur noch mäßig kalter Waschlappen kühlt meine heiße Stirn. Ich zermartere mir den Kopf, ob es in meiner Familie vielleicht Geisteskrankheiten gegeben hat. Oder Fälle von Psychosen, die man nur hinter vorgehaltener Hand weitergetratscht hat. Aber auch wenn es so wäre, so ließe sich die Scherbe, die ich, wenn es kein Traum war, nachdem der Alte durch den Garten in der Dunkelheit verschwunden ist, bei meiner Aufräumaktion übersehen habe, nicht leugnen. Von Zimmer zu Zimmer bin ich geflüchtet, nur um die Worte des Alten abzuschütteln. Den Küchenstuhl habe ich mit verkniffenem Mund mit Lauge geschrubbt, um ja bloß mögliche DNA loszuwerden. Doch die Worte des Alten verfolgten mich gnadenlos in jede Ecke. Sogar unter der Kellertreppe, unter der ich als Letztes Zuflucht gesucht habe, hörte ich ihn argumentieren: »Du hast die Option, die Chance, dein Leben ab einem bestimmten Zeitpunkt noch mal, aber auf eine andere Weise, zu leben! Du hast die Chance, deine Jugend und alles, was damit zusammenhängt, wiederzuerlangen. Längst verstorbene Menschen, deine Freunde – alle wären wieder da! Überlege gut und entscheide richtig! Eine nochmalige Chance gibt es für dich niemals wieder!« Ich bin die Kellertreppe nach oben gestolpert. Ich bin durch das Wohnzimmer zur Bar gerannt. Ich habe die Klapptür aufgerissen und mir die Vodkaflasche gepackt. Der Fusel schmeckte erbärmlich. Dazu verbrannte er meine Magenschleimhaut. Und das alles ganz umsonst. Das, was ich wegspülen wollte, war noch da. Nur in einen gnädigen Nebel gehüllt. Solch einen Nebel, für den so mancher am nächsten Morgen überhaupt seine Augen aufschlägt. Aber das alles ist jetzt Stunden her, der Nebel hat sich zum größten Teil verzogen.

Ich werfe den Waschlappen in die nächste Ecke. Dann krame ich das Telefon aus der Sofaritze.

Danach wähle ich Saskias Nummer, um nachzufragen, ob sie

mich zum Friedhof, zu Silke, begleiten würde. Ich erreiche aber nur die Mailbox.

VIER

Ich würde sterben für Baccara-Rosen!, höre ich Silke durch das Knistern der Folie, in die das Fräulein in der grünen Schürze fünfzehn rote Baccara-Rosen wickelt. Silke ist zwar nicht für Rosen gestorben. Doch gestorben ist sie trotzdem.

Die Glocke über der Tür bimmelt wie in einem Tante-Emma-Laden, als ich aus dem Geschäft auf den Vorplatz, in die Sonne, trete. An der Hauswand hängt ein Zigarettenautomat, und obgleich ich seit Jahren nicht mehr rauche, ziehe ich etwas Kleingeld aus meiner Hosentasche.

Und danach eine Packung meiner alten Marke.

Als ich dieselbe Strecke entlanggehe, die ich noch vor gar nicht langer Zeit, gestützt von meiner Tochter und meinem Mann, dahinschlich, würde ich, trotz Vorfreude auf die Zigarette, am liebsten umdrehen. Vor vier Monaten war das Feld recht übersichtlich. Doch wie ich von hier aus erkennen kann, ist es bis auf nur wenige freie Stellen belegt. Ich trotte auf immer weicheren Beinen zwischen den Grabsteinen zu Silkes Grab, auf dessen Podest ein gigantischer Marmorengel seine Arme schützend über die Gräber ausbreitet. Wie es den Anschein hat, bin ich die Einzige, die auf die Idee gekommen ist, einen Verstorbenen zu besuchen, denn es herrscht wirkliche *Totenstille.*

Weshalb mir das Knistern der Folie, als ich neben der Bank vor Silkes Grab die Rosen auswickle, als ohrenbetäubend erscheint.

Aus der Folie mache ich ein Knäuel und stopfe dieses in die Abfalltonne neben der Bank.

Und meine Schuhe knirschen viel zu laut auf dem Kies um Silkes Grabstelle, ehe ich auf die Knie sinke, um den Strauß auf die Platte direkt unter ihrem Namen zu legen …

SILKE

… kein Geburtsdatum, kein Sterbedatum, keine Schnörkel – Silkes Eltern haben es so gewollt.

Nur die eine Hälfte einer Jakobsmuschel haben sie in die Platte meißeln lassen. In einer der Furchen der Muschel liegt wie ein Embryo eine eingetrocknete Wespe.

Silke wollte, warum auch immer, einmal im Leben den Jakobsweg gehen. Sie hatte sogar schon gebucht. Doch der Weg, der für sie vorherbestimmt war, war ein anderer.

Silke und ich lernten uns bei unserer Einschulung kennen. In Zweierreihen hatten wir uns hinter der Lehrerin vor dem Treppenaufgang der ersten Klassen aufgestellt. Jedes der Kinder hatte sich vorher seinen Partner gesucht. Ich wählte Silke. Silke wählte mich.

In den folgenden Jahren fuhr ich mit ihr und ihrer Familie sogar in den Urlaub. Ihre Familie war ein klein wenig zu meiner Familie geworden. Außerdem hatten wir auf Blutsbrüder gemacht. In all der Zeit hatte es keinen ernsten Streit zwischen uns gegeben. Wir hatten uns viele Schwüre geschworen, falls es doch ernst werden sollte. Einer davon war, nie länger als drei Tage am Stück auf die andere böse zu sein. Und dieses Versprechen behielten wir bei. Bis vor vier Monaten! Bis Silke in meinen Armen lag. Bis ihr flacher, eh schon kaum noch hörbarer Atem noch dünner wurde. Bis ihre knallblauen Augen, verwässert wie die einer uralten Frau und aus dunklen Höhlen, nur noch frontal blickten. Auf ein Ziel, das nur Silke sah. Bis ihr Körper an seine Grenzen stieß. Bis der Krebs ihre Lunge zerfressen hatte. Bis ihr Kopf zur Seite fiel und bis der Ton des EKG-Gerätes endlich Silkes Erlösung bestätigt hatte.

Silke hatte Pech mit Jungs, Silke hatte Pech mit Männern. Und Silke war kinderlos geblieben, was ihr aber, wie sie ständig beteuerte, gepflegt am Arsch vorbeiging. Silke war meine Trauzeugin gewesen, und wir machten sie zu Saskias Patentante, worüber sie sehr glücklich schien.

Und Silke war auch die einzige meiner Freunde, die nach Cristianos Selbstmord hinter mir und Mario gestanden hatte. Die uns nicht verurteilte. Und falls doch, dann sagte sie es nicht.

Ich zeichne Silkes Namen mit dem Zeigefinger nach ... was, wenn es wahr wäre?! Was, wenn diese Figur allen Ernstes, eine Spieluhr, eine kleine Zeitmaschine, wäre? Was, wenn ihre Melodie ... mich wahrhaftig, zurückbringen könnte ...

Wenn dieser Alte nicht komplett einen an der Waffel hatte ... aber er wusste zu viel, um einen an der Waffel zu haben: Sie alle wären wieder da!

Ich dürfte, nur für einen klitzekleinen Augenblick, die nicht verschrumpelte Haut meiner Mutter berühren. Ich dürfte, nur für einen Moment, ihre Hand an meiner Wange spüren.

Ich dürfte Cristiano riechen. Ich könnte die Wärme seiner Haut an meiner Haut spüren. Ich könnte, noch ein Mal – ein letztes Mal – in seine überwältigenden Augen sehen.

Du darfst mit niemanden darüber reden! Du darfst erst in die Vergangenheit eingreifen, wenn du dir wirklich sicher bist. Sonst ist die Sache sofort vorbei! Es gibt nur eine Person, die dir zur Seite stehen wird. Eine Person, die dir deine Fragen beantworten wird. Du wirst es wissen, wenn du ihr begegnest. Es wird schwer für dich werden, Michaela. Sehr schwer. Aber niemand hat gesagt, dass es einfach wird. Du kannst so oft reisen wie nötig. Es liegt allein an dir, wie lange du brauchen wirst, um dich zu entscheiden. Aber bis zum 1. Januar 1985 musst du dich entschieden haben! Nur *Minuten* später ist der Drache wertlos! Solltest du dich vor diesem Zeitpunkt entschieden haben, vernichtest du die Zeitmaschine. Oder du gibst sie der entsprechenden Person, die du, wie gesagt, noch kennenlernen wirst …

Was aus Cristiano geworden wäre? Er wäre jetzt über fünfzig. Er und Mario waren zwar Brüder, aber sie waren so verschieden, dass man ihnen das gemeinsame Blut nicht auf den ersten Blick ansah. Cristiano kam nach der Mutter und Mario nach seinem Vater. Sie hatten nach dem Drama um Cristiano Deutschland verlassen. Sie hatten ihren verstorbenen Sohn mit nach Italien genommen. Mario ließen sie, mit italienischen Flüchen beladen, zurück. Mama hatte vorgeschlagen, dass er zu uns ziehen soll – egal, was war; seinem eigenen Kind durfte man nicht die Koffer vor die Tür stellen. Egal, wie alt das Kind auch sein mag! Unsere Beziehung war aufgrund der Umstände mehr als nur problembehaftet. Auch, weil Mario sich furchtbare Vorwürfe machte. Er sprang manchmal, sogar nachts, auf sein Motorrad; dann raste er ziellos über Autobahnen, so dass ich echte Angst hatte, er würde sich, mit Absicht oder ohne Absicht, vor einen Baum setzen. Ich lag tagelang im Bett, hatte Fieber und heulte, von morgens bis abends. Bis meine Mutter schließlich den Arzt anrief, der mir 'ne Beruhigungsspritze in den Hintern jagte. *Hatte ich das Richtige getan? Ich liebte doch Mario …*

Und es dauerte. Es dauerte wirklich lange. Aber wir schafften es. Und wir beschlossen, nie wieder darüber zu reden. *»Es«* aus unserem Leben auszulöschen!

Eines Tages hatte Mario den Titel, seinen Traumberuf, für den er gelebt und gepaukt und auf so vieles verzichtet hatte. Mario war Zahnarzt! Ich hatte ebenfalls meinen Traumberuf als Friseurin. Wir zogen in unsere erste gemeinsame Wohnung, in der Nachbarstadt. Ich nannte unsere Altbauwohnung liebevoll: »mein kleines Berlin!« Wegen der hohen Zimmerdecken und des Stucks sowie dem knarzenden Parkettboden. Und wegen des Apfelbaumes im Hinterhof.

Silke machte eine Ausbildung zur Krankenschwester. Sie wohnte nur zehn Autominuten von uns entfernt. Mario vermisst seine Eltern bis heute. Anfangs noch, bevor wir Cristiano aus unserem Leben WEGWISCHTEN, hatte Mario versucht, den Kontakt zu seiner Familie wiederherzustellen. Er fuhr, nicht nur ein Mal, nach Italien, um sie um Gnade zu bitten. Er flehte und er übernachtete im Auto vor ihrem Haus. Doch sie gaben ihm keine Chance. Und irgendwie konnte ich es verstehen.

Ich raffe mich vom Boden auf, wische mir über meine Knie.

Danach setze ich mich auf die grüne Bank neben dem Acker und hole die Zigaretten aus der Jeans hervor. Meine Hände sind so feucht und kalt von den Eindrücken der letzten Minuten, dass ich Probleme habe, die verflixte Folie zu entfernen, aber ich schaffe es und zupfe einen Glimmstängel an seinem Filter aus der Packung. Bloß, mir ein Feuerzeug zu besorgen, daran habe ich nicht gedacht. Plötzlich höre ich Schritte hinter mir und sehe mich um.

Ein Herr mit Hut, gestützt auf seinen Gehstock, arbeitet sich durch die Grabreihen hindurch in meine Richtung. Vor einem noch recht frischen Grab bleibt er stehen. Gleich darauf zieht er ein Taschentuch aus seiner Hose, welches er mehrmals unter seine Nase reibt. Er faltet es, dann wischt er damit über seine Augen. Er stopft das Tuch zurück in seine Hose und kramt aus dem Jutebeutel über seinem Unterarm eine Packung Zigaretten.

Ich stehe auf.

KARL

Nach dem ersten Zug, der wie eine Abrissbirne zwischen meine Lungenflügel gekracht ist, kommt der Hustenanfall meines Lebens. Der Alte schaut nur kopfschüttelnd zu, bevor er sich endlich rührt. Dann donnert seine Handfläche auf meinen Rücken ein, bis der Husten nachlässt.

Schniefend wedele ich mit meinen Händen vor meinem Gesicht herum, um mir dadurch die tränenden Augen zu trocknen. »Entschuldigen Sie bitte, aber ich habe seit Jahren keine Zigarette mehr angefasst.«

Der Mann lächelt, aber sein Lächeln wirkt mühsam, als er das Feuerzeug unter seine Zigarette hält. Er pafft mehrere Züge. »Der Besuch hier, auf dem Friedhof, ist er der Grund für Ihren Rückfall?« Ich schaue hoch, in die rauschende Kastanie über uns, fest dazu entschlossen, nicht loszuflennen.

Als ich mir dessen sicher bin, sehe ich in seine sanften braunen Augen. »Über vier Monate habe ich gebraucht, um das Grab meiner Freundin zu besuchen. Blöderweise dachte ich, die Zigaretten würden mir diesen Schritt erleichtern.« Ich lächele schief, danach ziehe ich den Rauch in meine Lunge. Diese wehrt sich und ich keuche kurz, doch danach geht es.

»Das tut mir leid für ihre Freundin. Und auch für Sie!«, sagt er mit der Stimme eines jahrzehntelangen Rauchers. »Sie war in ihrem Alter? Lassen sie mich raten: Es war der Krebs!«

»Woher wissen Sie das?«

»Es ist immer der Krebs. Er ist ein Teufel. Genau dieser Teufel hat mir meine Hilde geraubt.« Ich strecke meine Hand aus, um ihn zu berühren, um ihn zu trösten.

Doch dann lasse ich sie sinken. Stattdessen schaue ich auf das Sterbedatum auf dem Kreuz. Hilde starb vor nicht langer Zeit, im stattlichen Alter. Und ich muss an meine Mutter denken, die in einer schicken Seniorenresidenz am Ende der Stadt lebt. Die fast völlig dement ist.

Und dieses Mal bringe ich den Mut auf, meine Hand auf seinen Arm zu legen. »... das tut mir unglaublich leid! Auch für Sie.«

»Das muss es nicht!« Er lächelt. Hinter den Furchen und Falten lugt jetzt ein bisschen das Gesicht eines jungen Mannes hervor. Des Mannes, in den Hilde sich einst verliebt hat. »Wissen Sie, ich bin über neunzig und ich rauche wie ein Schlot. Es braucht nicht lange, bis ich ihr folge.«

Er lässt die zur Hälfte gerauchte Zigarette fallen, dann tritt er sie aus. Gleich darauf steckt er sich eine neue an. Er schaut über mich hinweg, in die Ferne. »Falls Sie sich jetzt fragen, ob Hilde an Lungenkrebs starb? Nein, das tat sie nicht. Hilde war Nichtraucherin! Hilde achtete auf ihre Ernährung und tat so ziemlich alles für ihre Gesundheit. Doch mir hat sie das Rauchen nie verboten. Warum auch immer. Es könnte daran gelegen haben, dass sie der Meinung war, dass man niemanden verändern soll. Auch wenn man ihn liebt. Gerade dann nicht. Trotzdem hat die Bestie ihr erst die linke Brust und dann die rechte Brust genommen. Und die Metastasen den Rest. Doch mit der Gegenwehr meiner Frau hatte dieses Arschloch nicht gerechnet. Denn Hilde war stark! Sie hat gekämpft! Immer wieder. Es gab sogar Zeiten, da hat sie mich getröstet.

Aber wie heißt es doch so schön: Erst am Ende der Schlacht werden die Toten gezählt. Und am Ende hat *ER* nun mal gewonnen.«

Der Alte zieht den Beutel von seinem Unterarm und fängt an, darin herumzukramen ...

Er holt ein gerahmtes Bild heraus und reicht es mir. Ich betrachte das Paar auf dem angelaufenen Foto mit gezackten Rändern. Und auch wenn es in einem Rahmen steckt, es ist ihm anzusehen, dass es jahrzehntelang mit sich herumgetragen worden war. Sicherlich im Geldbeutel des alten Herrn neben mir. Es zeigt ein Hochzeitspaar. Eine schwarzhaarige Schönheit in edler Spitze. Ihr Gatte trägt einen dunklen Smoking und hat Pomade im Haar. Verliebt lächeln sie sich zu.

Ich reiche ihm die Fotografie und ich weiß, dass meine Augen jetzt in Tränen schwimmen. Aber ich schäme mich ihrer nicht. Der Mann nimmt den Rahmen und steckt diesen, ohne noch mal draufzuschauen, zurück in seinen Jutesack. »Wenn ich bei Hilde bin, wird unser Sohn dafür sorgen, dass dieses Bild an unseren bestellten Gedenkstein montiert wird.«

Er lässt auch diese Kippe in den Kies fallen und tritt sie knirschend aus.

Hiernach sinkt er auf sein rechtes Knie und zupft eine vertrocknete Blüte von einer roten Geranie. Eine schwere Träne fällt auf seinen Oberschenkel. Sie versickert im Stoff seiner Cordhose.

»Sie müssen wissen: »Hildchen, war meine erste große Liebe. Es gab für mich niemals eine andere Frau. Mein Opa hat mir einmal gesagt, und er hatte verdammt recht damit: ›Karl, du kannst alles im Leben vergessen aber deine erste große Liebe, die vergisst du nie!‹«

Zwei Wochen sind vergangen. Ich surfe im Netz herum, auf der Suche nach dem aktuellen Standort des Mittelaltermarktes. Ich habe hin und her überlegt und mich am Ende dann doch dazu entschieden, es nicht zu tun. Ich will nicht zurückblicken. Man soll die Vergangenheit Vergangenheit sein lassen. Meine Vergangenheit ist wie eine Wunde, an deren Kruste ich jetzt schon mehr als genug gekratzt habe. Außerdem: Mein Leben ist doch wunderbar. Ich bin glücklich verheiratet und Marios und meine Tochter Saskia ist ein wahr gewordener Traum.

Im Übrigen ist da noch was! Was es genau ist, das kann ich

gar nicht sagen. Ich kann es nicht in Worte fassen. Es ist nur ein Gedanke. Aber ein sehr wichtiger Gedanke, dieses kann ich mit Sicherheit sagen. Und eben jener Gedanke liegt mir auf der Zunge. Aber ich kann ihn einfach nicht in Worte fassen.

Ich brauche nicht lange, um herauszufinden, wo der Alte mit seiner Bagage kampiert.

Und nach einem Kurzen, ich habe mich für Vodka entschieden, mache ich mich auf den Weg.

Mit dem Drachen in der Hand haste ich zu meinem Auto. Ich haste deshalb, weil ich das Teil in meiner Faust einfach nur noch loswerden will. Und weil sich jetzt auch noch ein Gewitter zusammenbraut, aber um jetzt nach einem Schirm zu suchen, dazu habe ich keine Zeit.

Dementsprechend schmeiße ich das Ding ins Handschuhfach. Dann starte ich den Wagen.

Und ich erreiche in Kürze die Autobahn. Und wie vorausgesehen, entlädt sich auf halber Strecke ein Regenguss, der mich dazu zwingt, von der Schnellstraße abzufahren.

Auf dem Parkplatz vor dem hiesigen McDonald's lege ich gezwungenermaßen eine Pause ein. Was bei genauer Betrachtung gar nicht so schlecht ist. Ich habe einen Bärenhunger. Auch wenn mir schlecht ist und ich am liebsten hinter den nächsten Busch reiern würde.

Und so renne ich durch den Regen zum Eingang des Lokals.

Ich reiße die Schwingtür auf und stürme triefend nass ins Innere.

Mit dem vollen Tablett in den Händen stehe ich in der Mitte des mit Neonlicht durchfluteten Raumes, zwischen vielen Müttern und noch mehr Kindern. Reste von Regenwasser rinnen kitzelnd über meine Kopfhaut. Die Kinder liegen sich allesamt heulend und kreischend in den Haaren, im Kampf um die bessere Wundertüte. Ich lasse meinen Blick durch die Gegend streifen, über verstreute Jugendliche mit noch lückenhaftem Bartwuchs. Und bis hierher wäre auch alles noch im Rahmen des Erträglichen. Jedoch, dieser Slang, für mich hören die sich alle gleich an, zusammen mit ihrem Stimmbruch, für den sie ja noch nicht mal etwas können. Das alles bringt mich gerade an den Rand des Wahnsinns ...

»Kommen Sie hier herüber, junge Dame. Bei mir wird gleich was frei.« Eine korpulente, grell geschminkte Dame mit lilafarbener Turmfrisur, Marge Simpson trägt ihre in Blau, winkt von einem Zweiertisch in der Nische neben dem Fenster, dass ihre fünfhundert Silberarmbänder nur so klappern. »Kommen Sie, meine Liebe. Kommen Sie hier herüber.«

Ihr Sitznachbar setzt gerade seinen Hut mit Schlitz auf, der hervorragend zu seinem Anzug wie aus den Sechzigern passt.

Er steht auf, nimmt sein Tablett, nickt Marge einen Gruß zu.

Er verlässt, nachdem er sein Tablett in den Tablett-Wagen geschoben hat, das Restaurant.

Eilig umgehe ich zwei Pubertierende, die gerade ihren Oberlippenflaum begierig in ihre Big Mäcs versenken.

»Puh, das war aber Rettung in letzter Sekunde!«, scherze ich und lasse mich ächzend auf den Stuhl ihr gegenüber plumpsen. Die Dame zieht inzwischen ihr Tablett zu sich, um dadurch mehr Platz für meines zu schaffen.

»Sie sind ja patschnass!«, sagt sie, als hätte sie den Regen, der jetzt in Bächen an der Fensterscheibe neben dem Tisch runterläuft, noch gar nicht bemerkt. »Das ist aber auch kein Wunder! Bei dem Sauwetter da draußen.« Sie hat ihn also doch bemerkt.

Wie zur Bestätigung ihrer Worte schlägt irgendwo in der Nähe der Blitz ein. Und zwar so laut, dass ich zusammenzucke, dadurch stoße ich meine Cola um. Die Limonade ergießt sich zuerst über die Pommes frites der geschätzten Sechzigjährigen, um im Anschluss daran im Rinnsal von der Tischkante auf ihre geblümte Hose zu laufen.

Sofort fange ich an, das Malheur zu beseitigen. Ich stelle mit zittrigen Händen den leeren Becher zurück aufs Tablett. Dann tupfe ich mit der Serviette über die matschig werdenden Pommes, danach über die Tischkante. Ihr Hosenbein ist in null Komma nichts durchnässt und ihre grünen Katzenaugen sind aufgerissen.

»Scheiße, Scheiße, Scheiße!«, ächze ich. »Ich bezahle Ihnen natürlich die Reinigung.« Die Serviette fängt an sich aufzulösen, dennoch tupfe ich weiter, wringe Cola in den Becher, zupfe das Tuch auseinander. Um danach, eigentlich nur noch mit Fetzen der Serviette, wieder von vorne anzufangen. Um uns herum ist es still! So still wie in der Märchenwelt, nachdem Dornröschen sich an der verflixten Spindel gestochen hat. Die Mütter halten in der Bewegung inne. Die Kinder glotzen, wie Kinder nun mal glotzen. Ihre bunten Plastikhelden aus der Wundertüte halten sie an sich gepresst. Ja, sogar die pickelgesichtigen Pubertierenden halten ihre mit Salatsoße oder Ketchup beschmierten Münder. Der Regen peitscht jetzt in Wogen gegen die Fenster. Draußen ist kaum noch etwas zu erkennen, außer den sich im Sturm wiegenden Ästen. Der Wind, fürchterlich brausend, scheint unter das kleine Haus mit dem leuchtenden »M« auf dem Schrägdach zu kriechen … ja, es fast schon anzuheben.

Ich lasse die durchweichten Krümel los, um mich am Tisch festzukrallen. Die windschiefen Bäume vor den Fenstern fliegen vorbei … und ich komme mir vor wie in einem Kreisel, den ein Kind zum Kreiseln bringt, so, als gäbe es kein Morgen. Dachpfannen fliegen und Heuballen rollen.

Jedoch, bevor die böse Hexe des Westens kichernd und grüngesichtig auf ihrem Damenrad am Fenster vorbeiradeln kann, um Dorothy ihren geliebten Toto wegzunehmen, weiß ich, dass ich mich nicht in einem Märchen befinde, sondern gleich hier in Ohnmacht fallen werde.

Im Licht der Neonröhre ragen violette Haare auf, wie Zuckerwatte vom Rummel. Das Gesicht des bärtigen Sanitäters neben dem Berg aus Haaren, den ich an seiner Berufskleidung ausmache, kommt jetzt näher. »Willkommen zurück!«, sagt er.

Dann sagt er zu dem Berg aus Haaren: » Sie sagten, Sie sorgen dafür, dass die junge Dame hier sicher nach Hause kommt?«

Ich hebe leicht den Kopf. Und auch wenn sich noch alles dreht, so fällt mir doch auf, dass das Rot auf ihren Lippen, die sich jetzt bewegen, fantastisch mit dem Violett ihrer Frisur harmoniert.

»Wie ich vorhin schon sagte: Ich bringe sie dorthin ... wohin sie gehört!«

REET

Obwohl meine Tochter ganz genau weiß, wie sehr ich Brühe hasse, sitzt sie dennoch auf meiner Bettkante, und der Suppenlöffel in ihrer Hand folgt meinem Mund, egal wohin ich meinen Kopf drehe.

»Jetzt hör aber endlich auf!«, sage ich und schiebe ihre Hand zur Seite, dass die Suppe vom Löffel auf meine Bettwäsche schwappt. »Ich bin doch kein Kleinkind im Kinderhochsitz.«

»Mommy, du hattest einen Nervenzusammenbruch!«

Ich reiße mich stark zusammen, meine Tochter, die es ja nur gut mit mir meint, nicht nachzuäffen. Das käme einem Kleinkind mehr als nah. »Das ist jetzt Stunden her, ich fühle mich hervorragend. Und ich bin auch durchaus in der Lage, noch selbstständig zu essen. Ich möchte doch nur etwas Ruhe und vielleicht ein bisschen schlafen.«

Saskia lässt klirrend den Löffel in die Suppentasse fallen, und ich erwarte, dass sie, wie als kleines Mädchen, ihre Unterlippe vorschiebt. Doch das tut sie nicht. »Okay, ich hab's nur gut gemeint.«

»Nicht böse sein, Sassi!«, sage ich. »Aber meine Nerven sind, wie du siehst, gerade nicht die stärksten.«

»Warum nehmt ihr, Daddy und du, euch nicht eine kleine Auszeit? Ihr könntet in die Berge fahren. Oder wie wäre es mit einem Kurztrip ans Meer? So, wie es aussieht, könntest du, warum auch immer, einen kleinen Tapetenwechsel vertragen.«

»Das ist halb so wild«, winke ich ab. »Es ist alles in bester Ordnung.« Während Saskia aufsteht, atmet sie hörbar ein.

Sie geht zur Tür. Dort dreht sie sich um. »Wenn man wegen einem verkippten Becher Cola einen Nervenzusammenbruch kriegt, dann ist ganz sicher nicht alles in bester Ordnung. Ist es wegen Daddy? Ihr habt doch nicht etwa Probleme?«

Meine Stirn legt sich in Falten. »Hörst du mir eigentlich zu? Ich habe dir doch eben gesagt, dass alles in Ordnung ist.«

»... wenn es nicht so wäre, würdest du es mir sagen?«

»Ja. Ich würde es dir sagen.«

Saskia ist schon aus dem Zimmer. Ich will eben meinen Kopf in meinen Händen vergraben, als ihr Kopf, wie der Kopf einer Handpuppe, noch mal im Türrahmen auftaucht. »Ach, das hatte ich ja komplett vergessen: In deiner Nachtkonsole liegt eine Visitenkarte. Die aufgedonnerte Dame, die dich freundlicherweise nach Hause gebracht hat und dafür noch nicht mal einen Kaffee wollte, bat mich, sie dir zu geben.«

Reet van Elle, steht in Schnörkeln, die ohne Frage zu jener Erscheinung passen, auf der grünen Karte. *Ihre persönliche Lebensberaterin in ausweglosen Situationen.*

Darunter ist die Porträtaufnahme der Beraterin: Blau umrandete, grüne Pupillen unter einem Berg aus violettem Haar starren mich an, als wären sie aus Fleisch und Blut und nicht etwa nur auf einem Stück Papier. Und ohne mein Zutun krallen sich meine Finger um die Knopfleiste meines Nachthemdes. Sie raffen den Stoff zusammen, aus Angst, diese Augen könnten direkt in mein Herz sehen.

Am nächsten Morgen husche ich aus dem Haus.

Ich steige in mein Auto und stelle die Spiegel zurecht, die Mario verstellt hat, bevor er meinen Wagen vom Restaurant-Parkplatz nach Hause holte.

Noch einmal lese ich die Adresse auf dem Kärtchen.

Dann öffne ich das Handschuhfach und lege die Visitenkarte zu dem Drachen.

Die Fahrt dauert nicht mehr als vielleicht 45 Minuten. Ich biege in eine Gasse und zuckele dann über Schlaglöcher und an Kindern vorbei, die, wenn mich nicht alles täuscht, in selbst gestrickten Pullundern und in karierten Hemden stecken, die farblich überhaupt nicht zusammenpassen. Und die, fies kichernd, hinter einer Katze mit gebogenem Schwanz und Buckel herjagen.

Meinen Golf stelle ich, nur mit ungutem Gefühl, zwischen die Rostbeulen. Einige der Autos sind nicht nur angerostet, sie sind vollkommen *verrostet* – braun von vorne bis hinten. Dort, wo in den Siebzigern noch Scheinwerfer waren, sind jetzt Löcher. In einem der Löcher glaube ich, ein Hühnerei zu erkennen, es kann aber auch nur ein gewöhnlicher Pingpongball sein.

Ich atme tief durch, bevor ich aus dem Wagen steige, den ich halb hinter dem Orientteppich über der Teppichstange geparkt habe.

Draußen schultere ich meine Handtasche und schließe sorgsam meinen Wagen ab. Dann komme ich vorsichtig hinter dem Teppich vor.

41

Die Blicke der Männer mit schwarzen Oberlippenbärten, in Feinrippunterhemden, geben mir das Gefühl, nackt auf meinen hohen Hacken in meiner körperbetonten Jeans zum Hauseingang zu strauchen. Die Frauen mit übergroßen, goldenen Kreolen an den Ohrläppchen und in knallbunten, bodenlangen Röcken lassen mich ebenso wenig aus den Augen wie ihre Männer, doch die weiblichen Blicke sind, meine ich, hasserfüllt. Was ich sehr gut nachempfinden kann. Würde Mario einer anderen Frau in der Form hinterherstieren wie die in Feinripp mir, wäre ich auch sauer. Die Damen sagen kein einziges Wort, sie kauen nur auf ihren Sonnenblumenkernen. Jede von ihnen hat ihre eigene Papiertüte, in die sie greift. Um dann, wie abgesprochen, den Brei aus Sonnenblumenkernen in die Grasbüschel zwischen den desolaten Gehwegplatten und mir, wenn auch mit großem Abstand, vor die Pumps zu spucken.

An der Klingelanlage ist nur ein einziger Name wirklich lesbar, R. v. Elle. Die anderen sind nur ein Wirrwarr aus Buchstaben, mit Filz, Kuli oder mit Bleistift geschrieben. Ich drücke meinen Daumen auf Reets Klingel und warte. Während ich warte, kann ich die Blicke der Umherstehenden körperlich fühlen.

Aber dann summt doch der Türsummer und ich stemme mich gegen die mit Macken übersäte, schwere Holztür, die jetzt hörbar über den schmutzigen Estrich ratscht ...

Dafür, dass es ein recht heller Tag ist, ist es im Inneren des Hauses regelrecht düster. Ich muss ein paarmal blinzeln, um die nach außen gebogenen Briefkastenklappen und die Löcher im Putz der Decken und Wände, so groß wie Fußbälle, zu erkennen. Meine Mutter hatte eine Bekannte in der Nähe der Insel Mainau, genau genommen war es in Stockach, in Winterspüren. Und ziemlich genau neben dem schicken freistehendem Eigenheim der Bekannten, das unter einem aufragenden Weinberg lag, lag ein durchaus gepflegter Bauernhof. Aber ein Schwein duftet nun mal wie ein Schwein, da kann der Hof noch so schick sein, die grunzenden Schweine konnte man von morgens bis abends riechen. Nicht, dass die Bekannte das gestört hätte, die hatte sich daran gewöhnt. Außerdem konnte ich mir sehr gut vorstellen, dass der müffelnde Umstand den Kaufpreis des Hauses um viele Scheine drücken konnte. Genau so ein Mief, der mir nun mit dem Durchzug durch die geöffnete Tür in der Wand gegenüber entgegenfliegt, lässt mich ein wenig an Winterspüren denken. Aber er bringt mich auch gleichsam zum Würgen.

»Sie müssen eine Treppe höher!«, kommt es glockenhell von oben.

»Alles klar!«, sage ich gepresst.

Gleich danach ärgere ich mich über mich selbst. Ich hätte mir wirklich andere Schuhe anziehen sollen, Wandertreter oder so was. Mit denen käme ich sicher besser und auch bedeutend leiser über die steile und ausgelatschte Holztreppe aus dem Zweiten Weltkrieg, die vor mir aufragt wie ein Weinberg hinter dem schicken Haus in der Nähe der Insel Mainau.

Ich erreiche die letzte Stufe und Madame streckt mir, schon im Türrahmen, ihre Hand entgegen.

»Ich freue mich, dass du gekommen bist, Michaela.«

Sie geht ein Stück zurück. »Komm doch herein. Der Kaffee ist auch gleich durch.«

Madame Reet hilft mir aus der Jeansjacke und hängt diese auf einen Holzbügel an die schnörkelige Garderobe. Ihre beringte Hand legt sich, wie von selbst, auf meinen Rücken. »Hier ist das Wohnzimmer.« Sie dirigiert mich in die »Gute Stube«, wo auf dem filigranen Holztisch das zarte Kaffeegeschirr und eine aufgeschnittene Schwarzwälder Kirschtorte auf uns warten.

Ich setze mich auf das Sofa und fange im Nu an, mit den Kordeln der Lehne zu spielen. Dabei betrachte ich Reets

Einrichtungsgeschmack. Dieser ist durchaus elegant und hat für mein Empfinden etwas von einer Theaterkulisse aus dem frühen neunzehnten Jahrhundert. Entweder hat sie eine megagute Rente oder ... sie berät viele, sehr viele Menschen in deren hoffnungslosem Dasein. Aber wenn das so wäre, warum wohnt sie dann in solch einer Bruchbude? Mit einer ekelhaften Magendrehung fällt mir an dieser Stelle ein, aus welchem Grund ich hier auf jener Polstergarnitur sitze. Ich knete nun meinen Magen und denke darüber nach, wie viele Sünder wohl schon vor mir an den Kordeln des Sofas gefingert haben ...

»Schwarz? Oder mit Milch? Und magst du Zucker in deinen Kaffee?« Mit der Kaffeekanne in der Hand lächelt Reet mir stehend zu. Der hölzerne Kronleuchter über ihr verleiht ihr einen Hauch von Medusa. »Ach, und nenne mich doch einfach nur Reet. Das Siezen macht mich so alt!«

»Schwarz, bitte«, sage ich und lächele zurück.

»Genau wie ich. Ich mag ihn auch nur schwarz. Dann übertüncht auch nichts das gute Aroma.«

Reet setzt sich mir gegenüber an den Tisch, um daraufhin, mit abstehendem kleinen Finger, an der winzigen Kaffeetasse zu nippen.

Vorsichtig, damit ich in ihrer Puppenstube nichts beflecke, führe auch ich meine Tasse zum Mund.

»Bitte nicht ...«, flehe ich nach dem zweiten Stück Torte. Ich halte meine Hand über meinen Teller, über dem Reets Tortenheber kreist wie ein ungeduldiger Helikopter. Ich unterdrücke ein Rülpsen. Nur, um dann weiter zu flehen. »Ich kann nicht mehr. Ich würde ja gerne ... und die Torte schmeckt auch wirklich himmlisch, aber ich kann wirklich nicht mehr. Wissen Sie, mein Magen ist nicht mehr so, wie er mal war – nichts ist mehr so, wie es mal war.«

Ich glaube, Reet ist nicht traurig darüber, dass ich vor dem dritten Stück kapituliert habe. Ihre Augen haben mir ihre kleine Gier nach Süßem verraten. Nun, Reet hat keine Ballerina-Figur und das kommt ja nicht von ungefähr. Reet zuckt mit den Achseln, dann kippt sie den Kuchen vom Tortenheber seitlich auf ihren Teller.

Sie rührt ihn aber nicht an, sondern lehnt sich im Sessel zurück. Man kann jetzt das Kreischen der Kinder im Hof hören, zwar gedämpft, aber man kann es hören, ansonsten herrscht absolute Stille. Aber es ist keine gewöhnliche Stille, es hat nur den Anschein. Wenn man in diese Stille hineinspricht, dann verzieht sich das Dröhnen, das, obwohl Stille herrscht, trotzdem irgendwie zu hören ist. Und genau das mache ich jetzt. Als mir die Stille zu laut wird, unterbreche ich diese mit meiner mir unter den Nägeln brennenden Frage: »Reet ... warum ausgerechnet ich?«

Aber Reet sitzt nur da. Reet hat ein »Pokerface« aufgesetzt.

Ich merke, wie sich eine nervöse Hitze in mir ihren Weg nach oben bahnt. Unterwegs gabelt sie noch ein paar Tränen auf. Zusammen machen sie sich auf die Reise, bis die Tränen die Ränder meiner Augen erreichen, diese überwinden, um danach über meine glutheißen Wangen zu laufen. Ich wische sie mit den Händen fort, wische sie in meine Jeans. Aber das hätte ich mir auch sparen können, weil gleich darauf wieder neue Tränen fließen, so, als wäre mein Tränenkanal kein Tränenkanal, sondern eine Pipeline.

Ich lasse die Tränen Tränen sein, weil dazu jetzt regelrecht eine Flut aus Worten aus mir herauszusprudeln beginnt, als ob Reet den Hahn zu meinem Unterbewusstsein aufgedreht hätte. Den Hahn, den ich doch so sorgfältig zugedreht hatte. Weil ich »ES« aus meinem Leben gestrichen hatte. »Ich weiß, Reet, ich weiß – ich hätte auf Silke hören sollen. Ich hätte ihm das niemals so sagen dürfen. Nicht so, und schon gar nicht an so einem Tag.

Aber Reet, ich habe es mir wirklich nicht so leicht gemacht, wie du vielleicht denkst. Mir war kotzübel und ich hätte mich am liebsten in den Flur übergeben. Ich hab mich wirklich ernsthaft gefragt, ob ich nicht alle Tassen im Schrank habe, mit ihm Schluss zu machen!«

Reet greift unter ihren Sessel, holt eine XXL-Taschentuchbox hervor und reicht sie mir.

Und wieder vergehen Minuten. Nur dass diesmal die laute Stille durch das Rascheln der Taschentücher in meinem Gesicht und das leise Grunzen eines Schweins durchbrochen wird.

»Mario und ich ... wir haben uns wirklich lange Vorwürfe gemacht, aber es war zu spät! Wir konnten es nicht mehr ungeschehen machen. Wir hätten es getan, das kannst du mir glauben. Wir hätten alles dafür getan! Alles! Wenn es doch nur irgendwie möglich gewesen wäre.«

»Es ist nicht zu spät, Michaela! Auch das kannst du verhindern. Aber es geht hier nicht um seinen Tod, meine Liebe. Cristiano war selbst dafür verantwortlich. Denn Cristiano hat es so gewollt. Es war seine freie Entscheidung!«

»... aber ich, habe ihn erst dazu gebracht«, flüstere ich.

»Papperlapapp! Und nun zu deiner Frage: Es bist nicht ausgerechnet du, Michaela. Du musst wissen: Zeitreisende gibt es seit Anbeginn der Zeit. Also schon immer. Nur weiß das außer ihnen niemand. Denn sie erzählen es keinem. Sie dürfen es nicht. Und seien wir doch mal ehrlich: Wer würde einem so etwas auch schon glauben?«

»Wer bist du?«, frage ich, habe aber auch gleichzeitig Schiss vor der Antwort der Frau dort im Sessel.

»Ich bin ein Mensch! Ein Mensch wie du, Michaela. Aber ich reise in der Zeit. Deshalb bin ich eine Zeitreisende. Ich will dir helfen, aus deinem Leben das Beste herauszuholen. Du kannst mir glauben: Wir haben schon so einigen aus der Patsche geholfen.

Deine Bestimmung, Michaela, ist eine andere! Übrigens ist der Mann, der dir die Zeitmaschine gab, mein Bruder Flavin. Es liegt jetzt an dir, was du aus deiner Chance machst.«

Ich stehe auf und gehe zum Fenster. Die Schnauzbärtigen haben mein Auto umzingelt und gucken in das Innere. Das Grunzen eines Schweins kann ich zwar nicht hören, dafür aber das Kreischen eines Huhns. » … und wenn ich dir sage, dass ich glücklich bin, Reet? Genau so, wie es jetzt ist.«

Das Knarren von Sprungfedern und ein unterdrücktes Ächzen sagen mir, Reet hievt sich aus ihrem Sessel.

Eine Weile sehen wir gemeinsam in den Hof. Die mit den Oberlippenbärten umkreisen jetzt meinen blank gewienerten Golf wie einst »Catweazle« einen weißen Telefonhörer.

Reet legt ihre Hand auf meine Schulter. » … wenn du so glücklich bist, Michaela, warum bist du dann hier …?«

Das Geschrei der Kids, die jetzt hinter einem über den Boden flatternden Huhn herjagen, verebbt in der Sekunde, in der meine Autotür ins Schloss fällt. Ohne mein Tempo zu drosseln, bin ich auf die Männer zugelaufen, die auseinandergestoben sind wie Fliegen von einem Hundeköttel. Die vom weiblichen Geschlecht haben wohl zwischenzeitlich in der Küche herumgewerkelt. Sie stehen jetzt mit dampfenden Kochtöpfen, die sie mit Topfhandschuhen in den Händen halten, und mit bis zum Rand gefüllten Schüsseln vor einem ausgezogenen Tapeziertisch.

Ehe ich es mir doch noch anders überlege, reiße ich das Handschuhfach auf …

Mein Herzschlag pumpt, bis hinauf zu meiner Kopfhaut, als ich die Figur umdrehe und das winzige Schloss einer ebenso winzigen Tür entriegle. Die Schraube, mit der ich die Spieluhr aufziehen müsste, kommt, wie die anderen Dinge, in Miniaturgestalt zum Vorschein. Meine feuchtkalten Fingerkuppen legen sich um diese Schraube und der Kragen meiner Jeansjacke tickt gleichzeitig mit meinem Herzen. Nach Reets Anweisung drehe ich das Gewinde nach rechts; jetzt kommt der Schweiß aus allen Poren. Dem Schweißausbruch folgt ein fast nicht wahrnehmbares Klimpern, wie von einem Windspiel im Abendwind auf einer texanischen Veranda ...

Ich versuche, nicht zu zappeln. Auch mein Herz schlägt wieder im gewohnten Takt.

Aber meine Augen füllen sich mit Tränen und ich denke: Was für ein Quatsch, das funktioniert bei mir doch sowieso nicht. Als mich eine angenehme Schwerkraft übermannt.

Nur ein Mal! Wirklich ... nur ein einziges Mal.

1984

»Ey – pennst du? Die Nacht hat doch noch nicht mal richtig angefangen.« Um sicherzugehen, dass ich nicht weggepennt bin, rammt mir Silke ihren Ellenbogen in die Rippen. Ich sehe sie erschrocken an; ich war gerade damit beschäftigt, den Drang, mich zu übergeben, zu unterdrücken. Über ihr Gesicht huschen bunte Kreise, weil wir genau in der Schusslinie der Lichtorgel stehen. Silke verzieht den Mund zu einem Grinsen. »Ich glaube, *ein* Campari für den Anfang hätte auch gereicht, Fräulein.«

Sie hat kaum ausgesprochen, da renne ich sie schon über den Haufen. Ich hätte es ganz sicher geschafft, nicht zu brechen, aber Silkes Ellenbogen ist sozusagen eine Aufforderung für den Likör gewesen, der sich an meine Magenwand gekrallt hat, um diese nun loszulassen.

Die Klotür knallt gegen die Kacheln der Wand und eine Handvoll aufgedonnerter Mädels verdreht synchron, wie beim Wasserballett, ihren Hals.

Weil es aber außer mir nichts zu sehen gibt, drehen sich die Mädchen wieder den Spiegeln zu. Um zwischen mehr oder weniger versauten Sprüchen in schwarzem Edding ihre Lippen in »Super Pink« nachzuziehn.

Die Kabinentür ist noch nicht im Schloss, da liege ich schon auf den Knien und reiere den jetzt doppelt so bitteren Orangenlikör in den müffenden Pott. Der Drache um meinen Hals klimpert an der Keramik, während ich den Bottich umarme und mit dem Likör auch meine Fassungslosigkeit zu dem, was ich getan habe, erbreche.

Einer der beiden Handtrockner läuft noch, doch der Vorraum der Toiletten scheint leer zu sein. Ich wage mich aus der Kabine und wanke hinüber zu den drei Waschbecken. Ich hangele mich an den Wänden entlang, weil meine Beine jetzt furchtbar schlottern … nachdem ich Silke aus meinen Armen geben musste, habe ich genauso gezittert. Kaum hatte man mir meine verstorbene Freundin abgenommen, war ich in den Flur gestolpert. Dort war ich neben anderen Patienten und deren Besuchern in Marios Armen zusammengebrochen. Und während man Silke vielleicht gerade in die *Pathologie* schob, musste ich, hinter einem Vorhang im Labor, an den Beruhigungstropf gehängt werden.

Zweimal drücke ich den Seifenspender, dann fange ich an, meine Finger, die nach Erbrochenem, Campari und nach Zigaretten riechen, zu waschen. Und wie jeder, der sich die Hände an einem Waschbecken wäscht, schaue auch ich irgendwann in den Spiegel darüber. Ein kleiner Fleck neben der Knopfleiste meines rosafarbenen Blousons bestätigt: Ich habe das Teil, das Mama mir erst vor zwei Tagen gekauft hat, schon direkt eingesaut! In meine Frisur – dunkelbraune, lange Haare und bis zum Erbrechen toupiert –, habe ich locker eine Spraydose »Studio Line« gesprüht. Ob Reet dieselbe Marke benutzt? Wie auch immer, das

Kunstwerk muss schließlich eine ganze Nacht halten. Die runden, blauen Clips drücken mittlerweile heftig in meine Ohrläppchen. Doch da muss ich durch, die passen nämlich echt klasse zu meinen dunkelbraunen Augen, die ich mit »Super Black«-Wimperntusche und passendem Kajal gepimpt habe ...

Und ich trage meine neuen Cowboystiefel, die ich, total happy über die Spendierhose meiner Mama, ebenfalls in rosa gekauft habe. Ich wische meine Hände an meiner Jeans trocken.

Dann trete ich einen Schritt zurück und nehme den Drachen in die Hand und es macht mir nichts aus, dass sich seine Flügel in meine Handflächen bohren. »Ich habe es getan!«, sage ich zu meinem Spiegelbild. »Ich habe es tatsächlich getan!«

Auf dem Handlauf der Balustrade, unter meinen Handflächen, sammelt sich kalter Schweiß. Um mich herum kreisen unzählige bunte Lichter. Bässe, die aus allen Richtungen auf mich einschlagen, prügeln mir in den Magen. Grelle Laser jagen im Zickzack über die Kuppel der Großraumdisco!

Und »THE PASSION« als Maxi-Single gibt mir die totale Gänsehaut. Die jetzt, wie ein durchgeknallter D-Zug, meinen kompletten Körper überzieht. Nicht über »YouTube«, sondern **live!** Ich stehe, in Fleisch und Blut, an der Balustrade einer Disco, im Jahre 1984.

Ich warte, dann lasse ich es mir noch mal auf der Zunge zergehen; NEUNZEHNHUNDERTVIERUNDACHZIG!

Diese Art zu tanzen. Die Mucke, der Look und nicht zu vergessen: unsere Frisuren. Das Jahrzehnt, das für Ewigkeiten geprägt und mitgerissen hat. Jeden! Ob Oma Trude oder ob Friedhelm von der Tanke nebenan. Alle haben diese Jahre mehr als nur geliebt! In Phosphor, in Neon und in Parfum haben wir gebadet. Und so mancher wünscht sich heute noch: niemand hätte den Stöpsel aus der Wanne gezogen! Ich muss an Kevin denken. Kevin, um die 13 und Neffe meiner Nachbarin. Die mit den bunten Eiermützchen. Saskia hatte früher, wenn Not am Mann war, als Babysitter fungiert, bis der Rotzlöffel ihr zu viel wurde. Ich kann mich nicht daran erinnern, Kevin irgendwann ohne Kopfhörer gesehen zu haben. Die Gangsterplörre scheint durch seinen Schädel zu dringen, den er mit einer weißen Strickmütze bedeckt. Und auch bei 33 Grad Hitze ist Kevin nie ohne. Der Bengel würde auf die Knie fallen, könnte er einen Blick auf die Menge unter mir werfen, könnte Kevin fühlen, was ich gerade fühle. Noch einmal schließe ich meine Augen und halte das aufkommende Brennen aus. Bevor ich letztendlich zum anderen Ende der Tanzfläche hinübersehe. Silke tanzt mit dem Gesicht nach oben. Sie lächelt in sich hinein. Sie strahlt so viel Lebensfreude aus: meine beste Freundin. Meine Trauzeugin. Mein Halt in allen Nöten. Meine Beraterin in allen Schwierigkeiten. Silke, Patentante meiner Tochter, ist meine Zuversicht und mein Trost. Und schnell halte ich mir die Ohren zu, weil ich das Piepen ihres *EKG* jetzt ganz sicher nicht hören will. Die beiden Jungen gleich neben ihr wippen zur Musik. Und ab und an nehmen sie einen Schluck Bier aus den Flaschen in ihren Händen. Als der Lichtkegel über den Dunkelhaarigen schwenkt, reißt mit einem nur für mich hörbaren Knack die Naht in meinem Herzen um einen Stich weiter auf.

Ich durchbreche Schweiß, der in der Luft steht. Ich laufe durch Wolken aus Zigarettenrauch, durch schwülstiges Parfum. Ich erkenne »POISON«! Sofort!!! Mein Puls schießt hoch wie eine Leuchtrakete. Cristiano und ich … wir atmen jetzt dieselbe Luft. Cristiano ist nicht mehr weit von mir entfernt. Habe ich schon erwähnt, dass wir dieselbe Luft atmen! Cristiano trägt ein schwarzes Shirt. Es passt wunderbar zu seinem kurzen braunen, in der Mitte gescheitelten Haar. Cristiano sah oder sieht, wie auch immer man das jetzt nennen soll, für mich in dieser Nacht aus wie der Klon eines populären Sängers in Italien. Erst später bin ich auch auf seinen Namen gekommen: »*Pupo*«! Vielleicht sähe Cristiano heute aus wie *Pupo,* hätte ich ihn nicht vorher umgebracht.

Minuten später stehen wir vier uns gegenüber. Silke legt ihre Hand auf meine Schulter, dann wirft sie ihre blonde Löwenmähne zurück. »Das ist Ela. Meine Beste! Meine Allerbeste!«

Silke tritt einen Schritt zurück. »Darf ich vorstellen: Andreas und sein Kumpel Cristiano!« Andreas ist blond und groß und ist zweifellos die Klassenschönheit seines Jahrgangs.

Er kommt einen Schritt vor und nickt, dann streckt er mir seine Hand entgegen. Er weiß, wie er aussieht, und das strahlt er auch aus. Wir reichen uns die Hände, aber ich habe nur Augen für den Typen neben ihm. Den Typen mit den schönsten Augen der Menschheitsgeschichte. Cristiano lächelt und zwinkert mir zu, wie bei einem geheimen Pakt, so als wüsste er Bescheid über Reet und Flavin.

Als dann Cristianos warme, weiche, für einen Jungen zartgliedrige Hand meine vorher schweißnasse, jetzt klebrige umschließt, wünsche ich mir nur eines: auf der Stelle zu sterben, nur um für immer bei ihm zu sein! Das Flutlicht schwenkt in diesem Moment zur gegenüberliegenden Seite der Diskothek, womit ich im Halbdunkel stehe. Weshalb Cristiano meine Grimasse, ich unterdrücke einen grauenhaften Weinkrampf, nicht sehen kann.

Die Vögel singen bereits ihr erstes Konzert, als wir ausgelassen durch die Drehtür der Disco nach draußen laufen. Hand in Hand schlendern Andreas und Silke, vor Cristiano und mir, über den Parkplatz zu Andreas' Auto. Zu einem Modell, das gute fünfundzwanzig Jahre später als Endproduktion vom Band laufen wird.

Und so, als wäre es die normalste Sache auf der Welt, nimmt Cristiano meine Hand. Und sein Daumen fängt an, meinen Daumen zu streicheln, bis wir am Wagen ankommen.

Cristiano kriecht auf die Rückbank und ich mache es ihm nach. Jetzt berühren sich unsere Oberschenkel und jeder von uns wäre in der Lage, ein wenig zur Seite zu rutschen …

Andreas drückt auf den Knopf des Kassettenrekorders und dreht den Lautstärkeregler, bis es nicht mehr weitergeht. Aber außer einem lauten Rauschen kommt zunächst nichts.

Doch noch während er uns auf die Straße lenkt, kommt »GOODBYE-BYE« von »SAVAGE« aus den, da könnte ich für wetten, nachträglich eingebauten Boxen, die bedeutend mehr Saft haben, als die eigentlichen Lautsprecher eines VW-Käfers. Andreas' Hand liegt auf der Gangschaltung. Sie liegt auch noch dort, als Silke ihre Hand über seine Hand legt.

Und dann brettern wir los! So, wie Silas auf seinem schwarzen Hengst am schäumenden Meer vorbeigeflogen ist, so fliegt jetzt der VW an Häusern, an Tankstellen und an verlassenen Bushaltestellen vorbei, die in meiner Zeit in der Form längst nicht mehr existieren. Menschen, die jetzt in ihren Betten liegen und am Montag wieder zur Arbeit müssen, sind vielleicht krank. Viele sind vergreist. Und so viele … zu viele … sind schon tot!

Ich wende mich ab! Ich will die Häuser, die es so nicht mehr gibt, in diesem Moment auch nicht mehr sehen. Ich kuschele mich an Cristiano, was mir eigentlich gar nicht ähnlich sieht; ich kenne ihn doch erst ein paar Stunden. Und als verstünde er meine Tragik, legt er seinen Arm um mich.

Ich lege meinen Kopf an seine Schulter und kann jetzt sein herbes Deo riechen, und ganz leicht auch seine Haut. Als eine Träne aus meinem Augenwinkel läuft und in Cristianos Shirt sickert, muss ich an Karl denken. An Karl vor der roten Geranie auf Hildes Grab.

Silke, die auf demselben Hof, aber einen Hauseingang weiter wohnt, hat geschwärmt: Stell dir vor, Ela, der total süße Italiener, du wirst es mir nicht glauben, aber er wohnt jetzt genau bei dir gegenüber, ist das nicht ... der Hammer?! Ich habe, während sie sich für mich freute, ihr beneidenswert schmales Gesicht betrachtet – ihre knallblauen Augen. Silke ist die typische Blondine! Jenes Gesicht, das Jahrzehnte nach diesem Discobesuch von Krankheit gezeichnet sein wird und Silke, die auf fürchterliche Art ihr Leben verliert. Wir haben uns dabei auf zwei Barhocker an die Theke gepflanzt und warteten auf die Jungs mit unserem Bier. Silke hat sich zu mir gebeugt, hat gegen den Lärm in meinen Gehörgang gebrüllt und »*Poison*«, Silkes Signaturduft, ist mir in die Nase gestiegen. Jedes zweite Mädel hatte damals diesen Duft, obwohl er so teuer war. Aber Silke trug ihn bis zum Schluss. Statt mir den Ellenbogen in die Rippen zu kloppen, habe ich einen ordentlichen Klaps auf den Rücken kassiert ... na, dann könnt ihr euch ab jetzt ja immer schön zuwinken! Nur am Rande habe ich mitbekommen, dass genau gegenüber eine italienische Familie mit zwei Söhnen eingezogen ist. Doch wie gesagt: Es war nur am Rande. Während sie renovierten oder wenn sie Möbel schleppten. Cristiano habe ich gar nicht richtig wahrgenommen. Erst heute, in der Disco!

Andreas, mit dem linken Ellenbogen im offenem Autofenster, biegt von der Hauptstraße in unser Ghetto und mein Herz springt hoch, wie Kasperle aus seiner bunten Schachtel! Wie lange ... bin ich nicht mehr hier gewesen.

Die Reihenfolge beim Aussteigen ist die gleiche wie die beim Einsteigen. Und derweil versuche ich herauszufinden, ob meine Träne auf Cristianos Shirt einen peinlichen Fleck hinterlassen hat. Ob er meine Tränen überhaupt bemerkt hat? Ob er den Fleck an meiner Jacke bemerkt hat?

»Ich schmeiß 'ne Runde Fluppen«, sagt Andreas und hält jedem von uns nacheinander die Schachtel unter die Nase. Die anderen bedienen sich und ich tue das auch, aber meine Augen *rennen* schon voraus, zu den dunklen Fenstern, hinter denen meine Mutter und mein Vater, eingemummelt, schlafen. In wenigen Stunden werde ich Mamas Hand an meiner Stirn fühlen können, glatt und nicht welk, wie grüner Salat kurz vorm Ladenschluss.

In einer Reihe und an den Käfer gelehnt quatschen wir noch über die Disco, die erst vor wenigen Wochen ihre Eröffnung gefeiert hat. Wie beiläufig legt Andreas den Arm um Silke, ihre Köpfe kommen sich näher.

»Soll'n wir 'n bisschen gehen …?«, fragt Cristiano neben mir. Er nimmt meine Hand.

Wir setzen uns auf die Tischtennisplatte schräg neben dem Kiosk. Da weder Cristiano noch ich irgendwas Blödes sagen wollen, sitzen wir einfach nur da. Ich finde das Schweigen recht schnell recht peinlich, und Cristiano geht es bestimmt nicht anders. Und um ihn nicht ständig ansehen zu müssen, weil er so *unfassbar* gutaussehend ist, fange ich an, meine Beine vor und zurück zu schwingen. Und ich beobachte das »Vor und Zurück« dann auch ganz genau.

»Es war ein super Abend!«, sagt er endlich.

»Stimmt! Mir hat er auch gefallen!«, sage ich und reiße mich zusammen, um ihn jetzt anzusehen.

»Wir wollen demnächst mal 'nen Videoabend starten, wenn du und deine Freundin Lust habt?« Cristiano hantiert jetzt in seiner Jeans. Daraufhin drückt er mir ein Stück von einem Bierdeckel mit seiner Telefonnummer in die Hand, die ich bis heute auswendig kenne. »Du kannst dich aber auch ruhig schon vorher melden.«

Vor meiner Haustür suche ich meine Hosentaschen nach meinem Schlüssel ab. Dabei höre ich Silke, wie sie vor ihrem Haus mit ihrem Schlüssel klimpert. »Sag mal, Elala, wo hast du eigentlich diesen komischen Drachenanhänger her? Das wollte ich dich die ganze Zeit schon fragen.«

Mein Gesicht wird rot, wie eine von Scharlach befallene Zunge. »Den hab ich auf dem Klo gefunden! Der hing da am Haken. Muss einer vergessen haben!«

»Geil!«, sagt Silke. »Warum finde ich so was nie?«

Die eckige Flurlampe unter der Decke gibt ein Knistern von sich, noch als mein Finger auf dem Lichtschalter liegt. Und dann, wie mit einem »Plopp« bei Michael Schanze, stehe ich, von jetzt auf gleich, im Dunkeln. In der Dunkelheit pose ich einen richtig guten »Strike«. Ich wusste natürlich, dass die olle Birne jetzt durchbrennen würde.

Und auf dem Weg zum Aufzug kicke ich mindestens neunhundert Sandalen der kinderreichen Familie zwei Etagen unter uns aus dem Weg. Heute liegen sie anscheinend, meterweit verstreut von der Fußmatte, bis vor den Lift.

Auf der Fahrt in die dritte Etage fährt auch eine meiner Jugendsünden mit. Sie schiebt sich mir, genau genommen, vor die Augen, je weiter sich die Innentür des Aufzugs schließt. Meine Zunge hat mir aus dem Mund gehangen, während mein Edding quietschend über die Innentüren des Aufzugs geflogen ist. Ich habe sowohl Totenköpfe als auch Hetzparolen gegen meinen Lehrer gekritzelt, die er ohnehin nie zu Gesicht bekommen hätte. Bekloppt! Ich habe mich ungerecht behandelt gefühlt, und das sollte er mir büßen!

Es ist an der Zeit, auszusteigen, der Aufzug war längst auf meiner Etage angekommen. Aber von einem Aussteigen bin ich so weit entfernt wie Reet von *90/60/90!* Denn stattdessen sitze ich in der linken Ecke der Kabine und heule. Und umarme mit meinen zitternden Armen meine vibrierenden Beine. Sogar mein Nacken zittert. Dabei schaukele ich – vor und zurück. Solch ein Verhalten habe ich schon mal beobachtet; im Fernsehen, in einem Bericht über verhaltensauffällige Menschen. Sie taten das, um sich sprichwörtlich »in Sicherheit zu wiegen«, so der Reporter. Das macht durchaus einen Sinn! Aber es nutzt mir nichts, mich verhaltensauffällig in der Ecke des Aufzugs in Sicherheit zu wiegen. Ich muss raus. Ich habe es schließlich so gewollt!

Vor unserer Wohnungstür zittere ich wie ein »*Duracel*«-Hase, dem man erst vor nicht langer Zeit frische Batterien in den Hintern aus Plüsch geschoben hat. Ein Faktum ... mein Zittern, das mir das Aufschließen unserer Wohnungstür nicht gerade erleichtert.

Doch irgendwann verschwindet das Zittern und ich schließe meine Wohnungstür auf: Ich heiße Michaela! Ich bin 16 Jahre alt und ich war bis heute Morgen in der Disco.

Ich bin total verknallt, in einen süßen Italiener! Er heißt Cristiano und seine Augen sind wie ungeschliffener Türkis! Ich werde mit meinen Eltern am Mittagstisch sitzen, wie ich es vor Jahrzehnten getan habe. Und alles wird sein, wie es immer gewesen ist!

Ich schmiege den Drachen an meine Lippen, um ihn ganz genau zu fühlen. Nur, um zu begreifen, was hier eigentlich gerade abläuft! Flavin hat mich nicht veräppelt: Ich bin in meiner Realität! Ich bin in meinem Leben!

Es macht ganz leise knack, ich habe die Wohnungstür hinter mir ins Schloss gedrückt. Draußen wird es zunehmend heller, sodass ich die Konturen der Kommode mir gegenüber erkenne. So, als hätten meine Eltern diese zu dem Möbel dazugekauft, steht auf der Kommode eine kleine Glasschale aus den 50ern. In der Schale ist allerlei Kram, wie verbogene Haarspangen, ein

Herrenkamm, bunte Gummiflitschen, Pfennige, die man in der Hosentasche gefunden oder auch vom Bürgersteig aufgehoben hat. Ein roter Kerzenstummel, plus Feuerzeug, falls es Stromausfall geben sollte, liegt auch darin. Die abgestandene Luft ist nur – abgestandene Luft! Dennoch; ich würde sie am liebsten gierig einsaugen, so wie Reet es mit meinem Stück Torte getan hat, nachdem sie *ihre* Tür hinter *mir* ins Schloss gedrückt hat. Ich könnte wetten! Mama hat gestern Abend noch das Mittagessen für heute gekocht. Aber Mama ist nicht so ein Frischluftfanatiker wie ich. Und dieser vertraute Mief ist schuld daran, dass ich schon wieder anfange zu weinen.

Deshalb steige ich jetzt schniefend aus meinen Stiefeln. Diese stelle ich ordentlich an den Platz der gelben Pantoffeln vor der Garderobe und schlüpfe in die Latschen. Damit Mama der Fleck nicht sofort ins Auge springt, krempele ich den Blouson auf links. Erst danach hänge ich ihn an den Haken der altdeutschen Garderobe.

Etwas, das ich nie in meinem Leben getan habe, war mich zwischen meine Eltern in die »Besucher-Ritze« zu legen. Egal, ob mich ein schlechter Traum aus dem Schlaf gerissen hat. Egal, ob man mir in der Schule bei nächster Gelegenheit Prügel angedroht hat. Ich machte eigentlich alles mit mir alleine aus. Wenn es nicht mehr ging, musste Silke herhalten, was sie auch tat. Doch die »Besucher-Ritze« im Bett meiner Eltern zieht an mir wie der Sog eines »Heckschaufel-Raddampfers« auf dem Mississippi River. Mama würde mich verschlafen anblinzeln. Und nachdem ich ihr meine Geschichte erzählt hätte, würde sie mir übers Haar streichen: Das war einfach nur ein dummer Traum, Ela! Es gibt keine Reet oder wie sie heißen soll. Morgen hast du das alles wieder vergessen! Versprochen! Somit widerstehe ich der Mississippi Queen und lasse die Tür meiner Eltern vorerst geschlossen.

Wie ein Wächter über die Stereoanlage im Fach darunter, über Papas Schallplatten mit Alpenkram, aber auch über alle Folgen der »HITPARADE« steht der Fernseher auf dem altdeutschen Fernsehschrank. An der Wand neben dem Klotz von Wohnzimmerschrank in Altdeutsch pendelt mit hörbarem Tick Tack das Pendel in der Wanduhr. »Mus man mit Modde gän!«, hat der polnische Nachbar gesagt. Daraufhin hat er meinem überrumpelten Vater das Teil auf die Fußmatte vor die Lederlatschen gestellt. Durch das Küchenfenster konnten wir später beobachten, wie seine Söhne, Mietek, Olek und Marek, moderne Möbel (außer altdeutsch war alles modern) aus dem Lieferwagen wuchteten. Hinter der Wohnzimmertür, an der Wand, hängt der Jahreskalender aus der Apotheke. Ich schiebe den roten Plastikschieber um eine Stelle vor. Es sind Sommerferien! Und damit noch sechs Monate bis Silvester!

Mit dem Bild einer Knochenhand, die eine Sanduhr in Lebensgröße umdreht, deren Sand sofort losrieselt, im Kopf, schleiche ich durch die Diele, an der Kommode vorbei in die Küche.

Auf der Fensterbank, unter einem roten Geschirrtuch, das Mama zur Nacht über den Käfig gelegt hat, plappert mein Wellensittich Hansi im Halbschlaf. Ich lasse ihn weiterplappern. Ich gucke nur unter einem Zipfel des Tuchs in seinen Käfig. Hansi hat ein Bein ins blaue Gefieder gezogen und guckt mich mit seinen Knopfaugen an. »Bis später!«

Ich wende mich der orangefarbenen Einbauküche zu und nehme den Deckel des dunkelblauen, mit Mohnblumen verzierten Bräters ab. Das Kondenswasser tropft vom Deckel auf die Rouladen, welche in mindestens sieben Liter Soße und drei Millionen geschmorter Zwiebeln baden. Der Duft aus dem Topf verteilt sich noch stärker in der Wohnung.

Mein Empfinden, während ich nun die Klinke der Schlaf-zimmertür meiner Eltern runterdrücke, zu erklären, würde hier zu furchtbarem Kitsch verkommen ... Papas dunkler Schopf ragt ein Stück unter seiner Bettdecke hervor. Mamas Haare kann ich nicht sehen, denn sie trägt ein Kopftuch. Immer, nachdem sie ihre Haare auf rosa Schaumstoffwickler gewickelt hat, kniend, vor dem Spiegel der Flurgarderobe, wickelte sie noch ein Tuch darüber. Während Papa laut schnarcht, noch ist es kein Sägen, darf ich den Duft meiner Mutter riechen! Mama besaß, soweit ich mich erinnern kann, immer nur einen Duft. Er ist der Gongschlag für weitere Erinnerungen aus meiner, aus heutiger Sicht, un-beschwerten Kindheit. Stundenlang haben wir Karten gespielt. Aber auch andere Gesellschaftsspiele. In Reichweite stand immer leckeres Essen: Hawaii-Toast oder einfach nur Brot mit Butter und eine Gewürzgurke. Oder eine Brühwurst mit Ketchup. Das Parfum meiner Mutter erinnert mich an Sonntage bei Oma. Die jedes Mal, wenn wir zu Besuch kamen, ein neues Kuchenrezept, meistens waren Äpfel drin, ausprobiert hat. »Chanel No. 5« war überall, wo Mama war! So wie jetzt! Ja! Wir hatten unsere Prob-leme! Aber haben Mütter und Töchter nicht immer Probleme?! Ich habe das mal gegoogelt: weil Mutter und Tochter vom glei-chen Geschlecht sind! Das war's!

Ich lasse mich am Türrahmen entlang auf das Linoleum glei-ten und ich versinke in Erinnerungen. Mama, die über Stunden neben mir über dem scheiß Mathe hockte. Mathe ist für mich bis heute ein Problem. Deshalb mache ich auch um Zahlen einen weiten Bogen. Mama, die sich mit mir quälte. Die zu allen Zeiten an mir verzweifelte. Die mich aber niemals aufgegeben und mich niemals im Stich gelassen hat. Die Mama, die nun in einer teuren Seniorenresidenz, hochgradig senil, am Fenster mit Blick in den Park, auf den nächsten Lichtblick ihrer vergessenen Persönlichkeit wartet. Mein Hinterkopf lehnt gegen den kühlen

Rahmen, während Tränen von meinem Kinn, nachdem sie dort zitternd verharrt haben, in mein Dekolleté tropfen. Als Papa sich im selben Moment stöhnend auf die andere Seite dreht, ducke ich mich.

Aber im nächsten Moment fährt 'sein Schnarchen abermals durchs Zimmer ...

PAPA

Ich liebe Papa. Ich liebe ihn wirklich! Auch wenn er Mama und mich für Angelika, seine neue Arbeitskollegin, verlassen wird. Aber mein Vater zog nach Mallorca, wenn auch Jahre später. Nämlich zu Loisa! Loisa war eines der Zimmermädchen in deren Hotel. Sie war blutjung; gerade mal 25 Jahre alt. Ich werde immer wieder Kontakt zu meinem Vater haben. Und immer wieder werden wir uns aus den Augen verlieren. Und uns irgendwann auch nicht mehr finden! Die Verliebten trafen sich am Strand oder in einem der freien Zimmer, wenn Papa der Meinung war, Angelika pennt. Papa war ein Schürzenjäger! Doch jemand verpetzte ihn und die Turteltauben flogen auf. Natürlich packte Angelika ihren Koffer. Aber Angelika wäre nicht Angelika ... mitten in der Ankunftshalle, es war praktischerweise Ankunftszeit, hat Angelika ausgeholt und dem Zimmermädchen und auch ihrem *EX* ordentlich eine übergebraten! Mit erhobenem Kopf und von Applaus der Gaffer in Hawaii-Hemd und mit Sonnenbrille begleitet, rauschte die Gelackmeierte, den Rolli hinter sich her ziehend, aus dem Foyer. Mein Papa hat damals bei der Müllentsorgung geschuftet, Angelika war die Neue im Betrieb. Weil Papa war, wie Papa eben war, hatte er sich an Angelika – obwohl sie auch keine 90/60/90 hatte (die hatte nur Loisa) – rangemacht. Mama erwischte ihn mit Angelika, im ausrangierten Wohnwagen auf dem

Stellplatz vor unserem Block, umgeben von Vogelbeeren. Auch hier hat jemand einen Tipp gegeben. Mit dem Brotmesser in der Hand flog Mama die Treppe runter, dann raus aus dem Haus, danach über den Hof und schließlich auf den Campingwagen zu. Unser Nachbar, ich glaube, es war Mietek, der gerade sein Auto mit der Poliermaschine bearbeiten wollte, bremste Mama. Bevor diese sich in den Knast und mich somit in ein Kinderheim bringen würde.

Mein Vater zog noch am gleichen Abend zu Angelika!

BAZOOKA-JOE war für mich der Kinderkaugummi des Planeten. Die Tattoo-Abziehbilder aus der Packung waren auf jedem zweiten Kinderarm – verschmiert oder auch nicht verschmiert. Weil dieser rosa gerillte Brocken aber im Mund nicht viel kleiner wurde, brachte mir das Rumgekaue auch fiese Kieferschmerzen ein und ich musste auf Wrigley's Fruits umsteigen. Heute würde ich sagen: Die Fruits waren sogar besser. Der Duft des Kaugummis, der Duft von bunten Stiften und Radiergummi mit Duft, ist gerade so etwas wie mein Fotoalbum ... sooo lange hat es in der Schublade gelegen und jetzt, nachdem ich die Tür zu *meinem Reich* aufgestoßen habe, habe ich das Album aus der Schublade genommen. Der dunkelbraune, trockene Zipfel einer Bananenschale ist das Erste, das mir vor die Augen fällt, er schaut an der vordersten Ecke meines Bettes hervor. Ich habe die Banane bei irgendeiner Folge vom Denver Clan gefuttert. Die Schale habe ich anschließend auf die Bettlehne gehängt, um sie am nächsten Morgen in den Müll zu werfen. Doch so, wie sie aussieht, habe ich das wohl vergessen. Und irgendwann ist sie unter die Rollen des Bettkastens gekommen. Auf dem Hängeregal neben der Tür steht mein Kassettenrekorder. Daneben liegen hüllenlose Kassetten. Es könnte natürlich ein Verdacht, wegen der Bananenschale, aufkommen, ich wäre schlampig. Nun, ich war sicher nicht die Ordentlichste, aber meine Kassetten, so hüllenlos sie auch waren, waren penibel geführt. Wusste ich doch, wann ich welches Lied bei *MAL SONDOCK* aufgenommen hatte.

Ich schließe die Kinderzimmertür, dann drücke ich die Taste des Kassettenrekorders auf Play!

Und dann denke ich erneut an Karl, mit dem mich nicht nur der Tod verbindet. Und ich befürchte, dass ich in Zukunft sehr oft an den alten Mann vom Friedhof denken werde. Immer dann, wenn meine Tränen in etwas sickern werden! Als Cristiano mit hängenden Armen an der Reling gestanden hat, waren seine Tränen, ich nehme an, er hat geweint, zu Silvesterraketen in die Holzbohlen gesickert. Meine Tränen sickern zu *HEROES* in die Teppichware aus Velours. Und nur David Bowie, als Star-Schnitt aus der *BRAVO* über meinem ungemachten Bett, sieht mich mit hängenden Armen, wie vor einer Reling!

Ich habe nicht viel schlafen können, ich habe mich irgendwann ans Fenster gestellt, doch Cristiano hat das Rollo runtergelassen. Danach bin ich wieder ins Bett gegangen. Nur um mich sinnlos herumzuwälzen. An Saskia denke ich, als das Klopfen an meiner Tür mich in die Gegenwart holt.

Mama reckt den faltenlosen Hals, dafür zieht sie ihre Stirn in Falten. Ich sehe sie durch Augenschlitze. Sie zieht die Stirn noch mehr in Falten, reckt noch weiter ihren Hals und sucht mich zwischen Kopfkissen und zerwühltem Oberbett. Aber es sind die Lockenwickler in ihrem dunkelblonden Haar, jetzt als Beulen unter dem Tuch, die das Pochen in meiner Brust auslösen, als wäre ich zehnmal um den Block gerannt und hätte mich danach ins Bett geworfen.

Sie muss mich entdeckt haben, denn Mama prescht vor, nun stemmt sie die Hände in die Hüften.

»Ela, hast du mal auf die Uhr gesehen? Es ist jetzt fast eins. Du weißt doch, dass wir um eins essen.«

Mama bückt sich, nur Zentimeter von mir entfernt. Sie hebt meine Klamotten auf, die ich gestern auf dem Teppich liegen gelassen habe, und legt sie über den Stuhl vor dem Schreibtisch. Meine Augenschlitze sind jetzt keine Schlitze mehr, meine Augen sind so *breit* wie ein Sprungtuch der hiesigen Feuerwehr, aber ich schaffe es, das Wasser zurückzuhalten.

Mamas Perlonstrumpfhose raschelt am Rocksaum. Dann steht sie vor dem Bett und legt ihre Hand, die zart nach Zitrone duftet (es wird das Spülmittel sein), auf meine Stirn. Ihr Blick ist besorgt.

»Hast du Fieber? Du hast ja ganz glasige Augen.«

Ich ziehe meine Hand unter meiner Bettdecke hervor und lege sie auf Mamas warme Haut, ohne Altersflecken. Ganz leicht nur drücke ich ihre Hand gegen meinen Kopf, wobei ich die Augen schließe ... Pflegerinnen in Uniformen wie für Stewardessen. Bodentiefe Fenster und nüchterne Ausstattung, nicht die Spur von Wärme. Da tragen auch die lila Stoffveilchen im Tontopf auf Mamas Tischdecke nicht viel zur Gemütlichkeit bei. Ganz klar: Ich drücke mich davor, Mama öfter als nötig in der Residenz zu besuchen. Wenn ich ihr gegenüber im mitgebrachten Ohrensessel sitze, wenn Mama nur durch mich hindurchsieht ... Ich habe mir zu oft und zu schockierend echt ausgemalt, ihren Hinterkopf zu packen und ihn in das gehäkelte Sesselkissen in meiner anderen Hand zu drücken! Wie lange könnte sie sich wehren? Wann wäre dieses Pseudo-Leben für sie vorbei? Mamas blau geäderte, sehnige, verdorrte Hände sind wie getrocknete Hühnerfüße. Ihre Finger liegen meistens gespreizt auf ihrer fleckigen Stoffhose, sogar hier ist das Personal mau! Mamas Flusen, in die es keine fünf Lockenwickler mehr geschafft hätten, glänzen mit der Kopfhaut im Licht der Lampe unter der Decke um die Wette.

»... das ist nur vom Qualm in der Disko!«

Mamas Logik ist simpel. »Dann geh da nicht hin! Wenn du den Qualm nicht verträgst!«

Mamas besorgter Blick ist mit einem Mal über alle Berge, weil die Klamotten, die sie eben noch kommentarlos über den Stuhl gehängt hat, sie nun doch zu stören scheinen. »Und bring die Klamotten in die Wäsche. Hier stinkt es ja wie in einer Telefonzelle!«

»... Ingeborg, deine Rouladen ...«, kommt Papas Bariton aus der Küche.

»... da, hör dir das an! Dein Vater ist noch nicht mal in der Lage, den Bräter von der Herdplatte zu ziehen.«

Papa sitzt schon am Tisch. Seine kleine runde Pläte leuchtet mir entgegen, wie ein Bullseye in der Dartscheibe, als ich mit knurrendem Magen in die Küche komme. Ich setze meinen Begrüßungskuss in seine haarlose Mitte. Mein Vater ist so haarig wie eine ausgewachsene Vogelspinne, nur am Hinterkopf hat seine DNA ihm einen Streich gespielt. Nicht wenige unserer Nachbarinnen standen auf meinen rassigen Erzeuger! Ich kann sehr gut hören, wenn ich das will. Und auch wenn ich es nicht so gerne wollte, habe ich mehr als einmal mitbekommen, wie sie von meinem Dad schwärmten. Während dieser mit Ingeborg die Einkaufstüten aus dem Kofferraum auslud. Ich liebte ihn! Und ich freute mich, ihn zu sehen ... aber wer hätte es mir verübeln können, ihm den Hals umdrehen zu wollen, da er auch hier schon mit Angelika kokettierte. Doch der Gedanke daran, dass er diese doofe Ziege mit Loisa bescheißen wird, bringt mich zum Grinsen.

Ich setze mich auf meinen Stammplatz am Küchenfenster. Hansi hüpft von Stange zu Stange und piepst wie ein Verrückter, als hätte er mich ewig, nicht gesehen.

»Wie war es denn in der neuen Zappelbude?«, fragt Papa und

schiebt sich, ohne mich aus den Augen zu lassen, die gehäufte Gabel in den Mund.

»Schuuupa!«, sage ich, dabei werfe ich die heißen Kartoffeln mit Rotkohl und Fleisch in meinem Mund herum.

Er schiebt die nächste Gabel in sich hinein. »Das kann ich mir vorstellen ... dass das super war! Ich habe dich gesehen! Ich habe meine Tochter allein mit zwei Halbstarken um vier Uhr morgens auf der Straße lungern sehen.«

»Papa musste zum Klo!«, sagt Mama, während sie die Gabel in die Roulade schiebt. Und anschließend die Salzgurke aus dem Fleisch zieht, als wäre das Ding ein Haarwulst in einem Abflussrohr. »Und da hat er euch gehört!«

»Ich war nicht allein!«, sage ich und schiebe ein Stückchen lauwarme Kartoffel zwischen Hansis Käfigstäbe. »Silke war auch da. Und wir haben auch nicht gelungert!«

»Du weißt schon, was ich meine!«, sagt Papa und schiebt seinen Teller zur Seite. »Ich will nur nicht, dass du in Schwierigkeiten kommst.«

Meine Eltern sind keine Freunde endloser Debatten, außer Mama hat ihre »fünf Minuten«, und somit ist das Thema schneller vom Tisch als die lauwarme Kartoffel in meinem blauen Sittich.

Papa nimmt mehrere Schlucke aus seiner Bierflasche, dann setzt er sie ab. »Aaaarrrhh!«

Er wischt sich den Schaum aus seinem Oberlippenschnauzer. »Wir fahren am Nachmittag zur Oma, fährst du mit?«

Meine Oma war jene Oma, die man vor Augen hat, wenn jemand »meine Oma!« sagt. In Blümchenschürze und mit ausgekämmter Wasserwelle. Und egal, was war; sie hatte immer ein Schmunzeln auf dem Gesicht. Oma, Mutter meiner Mutter, besaß noch einen waschechten Ofen. Und dazu die Angewohnheit, mitten im Gespräch vom Tisch aufzustehen, um mit dem

Schürhaken in der Glut zu stochern. Diese Macke hat sie entwickelt, weil Opa eines Tages nicht mehr heimkam, nur seine Medaille. Oma lebte im Sauerland und Mama ist dort aufgewachsen. Und im Schuppen vor dem Haus waren unter tausend anderen spannenden Sachen selbst gemachter Apfelkompott und diverse Kuchen. *Reet wäre begeistert gewesen!* Ja, ich sehne mich sehr nach Oma! Aber mehr noch sehne ich mich danach, später Cristiano wiederzusehen!

»Heute nicht, Papa. Heute habe ich schon was vor.«

Am Nachmittag bin ich bei Silke. Ihre Eltern sind nicht da. Sie machen genau wie Mama und Papa, gern oder auch ungern, Verwandtschaftsbesuche. Wir sitzen uns gegenüber am Küchentisch, vor uns zwei Gläser mit Saft, und in meiner Hand schwitzt der Schnipsel des Bierdeckels. In der Tischmitte steht das Telefon mit Wählscheibe, es ist orange und so groß wie meine Angst, Cristiano anzurufen!

»Ist das nicht zu früh?«, frage ich. »Wir haben uns doch heute Morgen erst gesehen ...«

»Gib her!«, sagt Silke und reißt mir die Pappe mit Cristianos Nummer aus der Hand. Sie zieht das Telefon zu sich, hebt den Hörer von der Gabel und fängt an zu wählen. Fünfmal rattert die Wählscheibe, bis das Freizeichen kommt. Sie reicht mir den Hörer, aber anstatt ihn an mich zu nehmen, beiße ich mir in die Finger. Silke schüttelt den Kopf. »Jetzt stell dich doch nicht so an.« Meine Stirn ist ein Akkordeon, als ich die Hörmuschel nehme und sie mir ans Ohr halte. »Pollo?«, meldet sich die Frauenstimme. Cristianos Mutter?

Meine Hand ist aber schneller auf der Gabel, als Silke gucken kann. »Sag mal, bist du bekloppt?«, fragt Silke und fasst sich an die Stirn.

»Ich hab Schiss!«, jaule ich.

»Ich hör immer ›Schiss‹.«

Silke steht vom Stuhl auf, kommt um den Tisch herum und fängt an, meinen Pony zurechtzuzupfen. »Oder meinst du etwa, er hat kein' Bock mehr auf dich?«

Ich könnte heulen. »... und wenn nicht?«

»Quatsch! Ich sage: Der Typ liebt dich!«

»Klar, nach einer Nacht in der Disco!«

Silke lacht. »Warum denn nicht? Schon mal was von ›Liebe auf den ersten Blick!‹ gehört?«

Sie lässt meinen Pony los, dafür knufft sie mich in den Oberarm. »Und jetzt los! Lass den Armen nicht so zappeln.«

Wie ein Dschinn ist Silke daraufhin in den Telefonhörer gekrochen und hat natürlich mitbekommen, dass Andreas 'ne kleine Party schmeißt. »Was ziehn wir an?«, hat sie gefragt, da lag der Hörer noch nicht mal auf dem Telefon.

Damit bloß kein Haar verrutscht, hocken wir, wie mit 'nem Stock im Hintern, auf dem Sofa um den Wohnzimmertisch von Silkes Eltern. Im Ersten Programm läuft »Agentin mit Herz«. Wir tragen beide helle Jeans, die wir sogar zusammen gekauft haben, und weiße, ärmellose Blusen, die sich nur im Muster der gestickten Blumenranke an der Seite unterscheiden. Von Silkes Ohrläppchen baumeln weiße Muschelohrringe bis auf ihre Schultern. Und meine Affenschaukeln sind so groß wie Reets Untertassen. Wenn nicht noch größer. Und je weiter der Zeiger unserer Swatch, Silkes Uhr ist pink, meine Uhr ist hellblau, in Richtung 18.00 Uhr tickt, desto schneller tickt auch der Puls in uns, schneller als schnell. Bevor wir losgehen, bedienen wir uns an den eingelegten Kirschen (jeder nur einen Löffel, zum Lockerwerden) aus der Bar. Und wir sprühen ein letztes Mal Studio Line in unsere auftoupierten Pferdeschwänze.

Wie am Telefon besprochen, treffen wir uns vor Cristianos Haus. Ob Cristiano, sich dessen bewusst ist ... wie genial er aussieht? In seinem weißen Shirt mit amerikanischen Emblem und der 1977 auf der Brust! Ich meine, ich seh ja nicht schlecht aus. Man könnte mich durchaus mit Pocahontas vergleichen, nur halt mit Dauerwelle. Die Nachmittagssonne legt einen Schimmer auf sein dunkelbraunes Haar, jenen rötlichen Schimmer, den wir Braunhaarigen immer in der Sonne haben. Und seine italienische Bräune bringt seine türkisen Augen bestialisch gut zur Geltung.

Cristiano! Allein schon sein Name. Cristiano hätte jedes Mädchen haben können. Jedes!

»Hallo!«, sagt Cristiano, dabei lächelt er (Seufz).

»Hallo!«, sagen Silke und ich zusammen. Zu mehr kommen wir auch nicht, weil von der Straße »Woodpeckers from Space« als Fanfare ertönt. Andreas ist da!

Andreas parkt seinen Wagen vor einem Vier-Familien-Haus. Er wohnt im Dachgeschoss. War es Zufall, dass in meiner Jugend die erste Bude immer im Dachgeschoss lag? Oder war es Gesetz, wie es Gesetz war, im Bus auf der Rückbank zu sitzen und heimlich die Sitze zu bekritzeln ...

Im Hausflur riecht es nach Kohl (alte Leute kochen immer was mit Kohl) und nach Putzmittel. Andreas läuft vor, sein Schlüssel klimpert durch den Flur. Cristiano geht vor mir die Stufen hoch. Silke ist hinter mir und tritt gleich in ihr Fettnäpfchen: »... ist das aber spiiieeßig hier ...«

Als wir unterm Dach ankommen und Cristiano in der Tür auf mich wartet, hält er zwar keine Sektflöte in der Hand und seine Augen wirken auch nicht glasig, dennoch lege ich meine Hand auf meinen Magen. *Meine Fresse, Ela, es ist Silvester ...* ich reiße meinen Kopf herum, Silke verdreht die Augen. »... was is? Geh weiter! Ich steeerbe vor Durst!«

»Willkommen in meiner bescheidenen Kammer!« Andreas lässt seine Hand über das Wohnzimmerinventar schweifen. Wer 'ne eigene Bude hatte, aber kein schwarzes Ledersofa, keinen Tisch mit Glasplatte und keine Palme in jeder freien Ecke, der konnte sowieso einpacken. Über all jenem schwebt sekundenlang Andreas' Hand. Auch über dem Hi-Fi-Turm von Pioneer! Stereoanlagen waren nur was für die Alten. »Fühlt euch wie zu Hause!«

Andreas lässt eine Schallplatte aus ihrer Hülle in seine Hand gleiten. Vorsichtig legt er diese auf den Plattenteller. Und nachdem er die Nadel auf das Vinyl gesetzt hat, fängt es an zu knistern. Es mag banal und vielleicht auch abgedroschen klingen, aber ich kriege eine Gänsehaut ... und ich muss mich wegdrehen, damit keiner der drei meine Tränen sieht, weil nach dem Knistern Lionel Richie und sein »*HELLO*« aus den riesigen Boxen mit Yukkapalme rieselt und mich augenblicklich aus der Bahn wirft.

Aber ich hab mich schnell wieder unter Kontrolle. Gerade noch war ich im Klo, um meinen Kajal zu kontrollieren, aber da war alles okay. Jetzt sitze ich auf der Sofaecke und sehe zu, wie Cristiano Paprikachips, Cola und richtigen Alkohol auf dem Tisch arrangiert. *Ich will nicht, dass du in Schwierigkeiten kommst,* doch Papas Worte fliegen aus dem Fenster, wie mit einem Propeller auf dem karierten Hemd von »Karlsson vom Dach«. Cristiano zwinkert mir zu und ein Ruck geht durch meinen Bauch.

Und als er sich, nachdem er sein Arrangement beendet hat, neben mich setzt, fürchte ich, er könne mein Herz durch den Stoff der Bluse pochen sehen. Silke interessiert sich (vielleicht will sie aber nur ihren Fauxpas ausgleichen) für die gerahmten Fotos an den Wänden; Omma und Oppa auf Familienfeiern. Aber auch als Ölportrait. Sie posierten in ebenso schwarzen Rahmen, wie auch das Wohnzimmerregal schwarz ist. »Echt knuffig, deine

Großeltern!«, sagt Silke. Jene knuffigen Großeltern finanzierten ihrem Enkel übrigens Pioneer und Co.

Silke wendet sich ab und schlendert durch den Raum, zum Sessel unter dem Fenster.

Sie lässt sich in den Sessel gleiten, als erwarte sie, dass nun jemand käme, der ihr eine Handvoll Trauben, Traube für Traube, in den Mund fallen ließe. Andreas hat jetzt genug an seinem Hi-Fi-Turm rumgemacht und zieht nun einen Hocker auf drei Beinen zu sich ran. Dann setzt er sich neben Silke.

Meine Eltern haben mir erlaubt, bei Silke zu schlafen. Und Silkes Eltern haben sich dazu entschieden, bei der Verwandtschaft zu übernachten. Was für ein Timing!

Es macht »Kling«, als wir die bis zum Rand gefüllten Gläser über dem Tisch aneinanderstoßen.

»Auf einen bombigen Abend!«, sagt der Gastgeber. Aber noch vor dem ersten Schluck der Weinbrand-Cola-Mischung klebt sich einer der drei Eiswürfel an meine Oberlippe, wie ein Finger an das Eis in der Eistruhe im Supermarkt.

Doch ich habe Glück im Unglück; Andreas erzählt jetzt tatsächlich von seiner Omma. Und während es Cristiano gelingt, so zu tun, als interessiere er sich tierisch für Andreas' Anekdoten um Klein-Andy und Omma Erna, guckt Silke in meine Richtung. Ich bin jetzt dabei, den Eiswürfel mit meiner Zunge zum Schmelzen zu bringen, doch das könnte ewig dauern. Mit aufgerissenen Augen guckt sie belustigt zu, wie ich das Ding schließlich, mit zwei Fingern und inklusive Haut, von meiner Oberlippe ziehe.

Und auch wenn der Weinbrand echt ätzend ist, auch wenn er wie bescheuert an meiner Wunde brennt; wir lachen, und wir trinken. *Was würde Saskia dazu sagen, wenn sie ihre Mutter jetzt sehen könnte.*

Irgendwann steht Andreas auf und zieht Silke aus dem Sessel ...

Während die zwei sich ineinander vergraben, im Blues wiegen, setzt Cristiano sich zu mir. »Ich glaube, ich muss mich mal bei meiner Mutter bedanken. Ohne ihren italienischen Dickschädel wären wir nie im Leben hierhergezogen. Papa wollte niemals in ein *Ghetto* ziehen.«

»Aha!«, sage ich. Mehr traue ich mich nicht, weil ich Schiss hab, zu lallen.

Cristiano hat anscheinend keine Angst; lächelnd fährt er fort: »Wie du weißt, kamen wir in den Siebzigern aus Italien. Papa hat auch sofort Arbeit gefunden und wir zogen in das Viertel neben der Firma. Aber Mama fühlte sich dort nie wohl. Sie hat, ich weiß auch nicht, warum, nie so richtig Anschluss gefunden. Meine Tante Marta hat ihr gesteckt: In der Siedlung ist 'ne passende Wohnung frei! Und ab da war es eigentlich schon beschlossene Sache! Aber das Beste ist, dass ich endlich ein eigenes Zimmer habe!«

Ein bisschen Lallen ist ja okay: »Stimmt! Du hast ja einen Bruder.«

»Ja, Mario. Er ist schon zwanzig und hat öfter mal ein Mädchen da. Ich hatte echt kein' Bock mehr, mich dann immer zu verdrücken.«

Wie oft musstest du dich denn wegen deinem Bruder verdrücken?, will ich Cristiano fragen, aber das hätte ich sprachlich nicht auf die Kette gekriegt, und wissen wollte ich es, ehrlich gesagt, auch nicht.

In Sachen Knutschen war ich ein echter Spätzünder, ich wusste, wie es funktionierte, aber ich war kein Meisterakrobat. Und falls überhaupt noch möglich, verstärkt sich meine rote Bombe, als Cristianos Gesicht, ausnahmsweise mal mit ernstem Gesichtsausdruck, auf mich zukommt. Und ich halte seinem Blick stand, als sein Mund meinen Mund berührt. Unser erster Kuss ist für den ersten Kuss unfassbar gut.

Und ich bin dankbar, dass ich unseren »ersten Kuss« ein zweites Mal erleben darf ...

Die Langspielplatte ist längst zu Ende und die Nadel wieder an ihrem Platz. Andreas liegt im Sessel und pennt. Sein Kopf liegt eingebettet in Silkes Betonfrisur und diese lehnt an seiner Schulter. Silke lächelt im Schlaf. Ich lege meinen Kopf zurück auf Cristianos Brust und genieße sein Streicheln über mein Haar. Sein Herz schlägt, wie das Herz eines jungen Mannes gefälligst zu schlagen hat. Und dann ist *Karl* wieder da. Und mit ihm der warme, nasse Fleck in Cristianos Amerika-Shirt, unter meiner rechten Schläfe.

Cristiano ist eingeschlafen, und während er gleichmäßig atmet, hebe ich erneut den Kopf und betrachte seine Gesichtszüge. Sie sind nicht außerordentlich markant. Aber auch nicht weiblich. Er hätte ohne Frage auch ein hübsches Mädchen abgeben können. Ich hebe die Hand, dann fährt mein Daumen über seine Augenbrauen, danach über den dunklen, dichten Wimpernkranz. Auch er scheint im Schlaf zu lächeln, wie Silke. Beide sind tot und beide lächeln jetzt, im Schlaf.

Ich lege jetzt meine Stirn auf Cristianos Brustkorb ab, meine Lider sind zusammengedrückt, als hätte jemand sie zusammengenäht. Und ohne, dass ich es will, beiße ich mir auf die Oberlippe, bis ich das Blut warm in meinem Mund spüre.

FÜNF

Es sind Ferien und die Sonne knallt vom Himmel. Es wäre eine Sünde, den zweiten Tag der Sommerferien zu vertrödeln. Und so ist Andreas auf die Idee gekommen: »Leute, lasst uns ins Phantasialand!« Papa schüttelt seine »Bild« in Form. Während ich neben ihm, immer nervöser werdend, stehe, fragt er: »... ihr fahrt da mit den beiden Kerlen hin?!«

Ich hätte natürlich auch lügen können. Aber ich war keine Lügnerin. Lügen haben kurze Beine, hat Mama immer gesagt. »Ach ... du weißt das ja noch gar nicht ...«

»Was weiß ich nicht?«, fragt Papa.

»Dass Cristiano gegenüber wohnt.«

»Macht das einen Unterschied?«

»Na, er wird mich bestimmt nicht killen. Und schon gar nicht, wenn der Vater seines aufgeschlitzten Opfers gegenüber wohnt.«

Papa legt die Zeitung auf den Küchentisch, dann langt er in seine Hosentasche.

Er legt einen Zwanzigmarkschein, dann noch zwei Fünfer auf die Wachstuchtischdecke.

»Aber aufpassen!«

Ich küsse sein Bullseye und stecke das Geld in meine Jeans. »Versprochen!«

Ich fliege in mein Zimmer. Dann knalle ich die Tür zu. Ich reiße den Kleiderschrank auf und wühle so lange, bis ich mein rücken-freies gelbes Shirt finde. Die schwarze Jeans und die neuen »All-rounder« von Adidas passen klasse dazu. Meine Eltern waren, so lange ich denken kann, sparsam. Wenn sie unterwegs bei meinen Tanten und Onkeln waren oder bei Oma, konnte ich mir ein richtiges Vollbad erlauben. Sonst musste 'ne Dusche reichen. Aber heute lasse ich mir mein Vollbad nicht verbieten! Ich will nach Fenjala duften! Ich will die am besten Geschminkte sein. Ich will. Ich wollte. Ich werde ... alles tun, nur um Cristiano zu gefallen! Ich hätte Dinge getan, die ich hier nicht nennen möchte ...

Der Heimatfilm im ZDF hält meine Eltern im Bann und auf dem Sofa. Ich habe das Wasser nur so eben aufgedreht, damit das Rauschen mich nicht verrät. Immerhin duftet mein Fuß schon nach Fenjala, aber ich musste noch mal zurück, denn ich habe etwas Wichtiges, vergessen.

Zurück im Zimmer ziehe ich den Bettkasten auf (die knorrige Bananenschale windet sich wie unter einer stumpfen Guillotine) und wühle mich durch den staubigen Krempel. Meinen Walkman und die Kopfhörer finde ich unter einem Haufen alter *Bravos*. Neben dem Haufen liegt eine Zigarrenschachtel mit Glanzbildern aus der Grundschulzeit, mein kleiner Drachen schlummert darin. Ich hatte ihn nach der Disco in der kleinen Kiste versteckt.

Die passende Kassette finde ich auf meinem Kassettenstapel und schiebe diese in das Kassenfach des Walkmans.

So ungefähr sieben Minuten später liege ich in einer warmen, knisternden, nach Fenjala duftenden Schaumwolke und »The Riddle« bringt mich innerlich zum Jubeln. »Pretty Woman« hatte sich im Beverly Wilshire, in einer Luxus-Suite, in einer Luxuswanne und mit Kopfhörern im Dutt, im Duftschaum geräkelt. Ich mache gerade dasselbe, nur in einem 80er-Jahre-Ghetto-Badezimmer. Aber nichts, aber gar nichts, könnte das hier toppen! Auch nicht Richard Gere, und der ist mal 'ne Hausnummer!

Das Schrillen der Klingel liegt noch in der Luft, da öffnet sich schon die Tür und Anna Pollo steht lächelnd im Türrahmen. Ihr buntes Sommerkleid, worin das Rot klar dominiert, hätte an Sophia Loren nicht besser aussehen können. Ich könnte wetten, ihre Haare reichen ihr bis zum Hintern. Doch heute trägt sie die schwarze Pracht zum Dutt. Es wundert mich nicht, dass diese Granate keinen Anschluss gefunden hat, da hätte kein Hausmütterchen den Hosenträger ihres Angetrauten freiwillig losgelassen.

Anna Pollo führt uns durch die Diele zu einem Zimmer (Cristianos Zimmer) am Ende des Flures. Sie drückt die Tür auf und deutet auf das Jugendbett an der Wand. »Ich hoffe, es macht euch nichts aus, einen Augenblick zu warten. Mario, unser Ältester, und seine Freundin hatten Probleme mit dem neuen Wagen. Mein Mann und Cristiano sind aber schon unterwegs, um die beiden abzuschleppen.«

Frau Pollo hat die Tür aufgelassen. Wir können noch die Absätze ihrer hohen Pantoletten hören. In das Klappern mischen sich plötzlich Stimmen, und zwar vom Parkplatz her. Aber den Parkplatz kann man nur durch das Wohnzimmerfenster sehen.

Wie würde Anna Pollo wohl heute aussehen? Cristianos Tod ist ganz sicher nicht spurlos an ihr und ihrem Mann vorbeigegangen. Wenn diese Ehe Cristianos Drama überhaupt überlebt hat. Wenn die beiden überhaupt noch leben. Ich will mir nicht ausmalen, wie es wäre, wenn Saskia etwas zustoßen sollte ...!

Silke und ich gucken uns an und dann laufen wir einfach los, ins Wohnzimmer, zum Fenster zum Parkplatz. Cristiano, Andreas und ein Mann mit Hut hantieren in der Motorhaube eines italienischen Sportwagens. Okay, es ist nicht das neueste Modell. Aber auch für diese Variante muss 'ne Omma, lange stricken! Ich weiß bis heute nicht, auch nicht nach Jahrzehnten, warum diese Gattung Mensch in einer italienischen Ehe immer mit Händen und Füssen reden muss. Und dann noch so laaaut! Ein Parade-beispiel dafür ist der Hutträger vor der offenen Motorhaube. In der soeben erwähnten Weise erklärt Cristianos Papa Andreas und Cristiano, was seiner Meinung nach Schuld am Malheur ist. Mit jedem neuen Verdacht kommt er unter der Motorhaube vor, schiebt seinen Hut zurecht und erklärt ... wenn ihm das Deutsch ausgeht, erklärt er in seiner Muttersprache. Um dann erneut unter der Haube zu verschwinden. Wenige Meter entfernt steht ein Paar, das sich gegenseitig Feuer für ihre Zigaretten gibt. Die dauergewellte Rote in braunem Wildlederanzug und weißen Pumps wirft so, wie Silke es tut, das lange Haar zurück. Bevor sie ihren Kopf an die Schulter des Dunkelhaarigen lehnt. Und als wüsste Marlena, dass ich am Fenster stehe, zieht sie lasziv an ihrer Zigarette. Mario sollte sich lieber an der Reparatur beteiligen, denke ich, schließlich ist das sein Wagen. Stattdessen zieht er Marlena noch näher an sich. Diese lacht und wirft erneut ihre Mähne nach hinten. Im selben Moment schaut Mario hoch. Pu-pillen sind magnetisch, habe ich mal gehört. Oder habe ich das gelesen? Wie auch immer, es trifft durchaus zu! Trifft man sich auf der Straße, ist er sofort da, der Augenkontakt. Keiner glotzt dem anderen auf die Nase oder auf eine Warze am Kinn, aus dem ein Hexenhaar sprießt. Augäpfel haben tatsächlich eine ganz be-sondere Anziehungskraft. Wie in dieser Sekunde, zwischen Cris-tianos Bruder und ... zwischen mir!

»Erde an Elaaa!«, trällert Silke. Ihre in Pink geschminkten Lippen sind schon fast in meiner Ohrmuschel. »Komm, die sind fertig. Der Wagen ist wieder wie neu.«

In der dicksten Sonne warten wir in der Warteschlange vor der Geisterrikscha. Ich fühle mich wie ein Hummer im 100-Grad-Celsius-Badewasser. Meine Arme sind rot (sie passen nicht wirk-lich mehr zu meinem Oberteil) und sie brennen. Silke scheint ebenfalls aus dem Kochpott entflohen. Ihr Gesicht glänzt, ist rot und ihre blonden Augenbrauen, die sie dunkler gemalt hat, sind verschmiert. Und am Star geht es auch nicht vorwärts. Marlena ist offenbar immun gegen Sonne. Warum hat Mario keinen Abschleppdienst angerufen? Warum hat er seinen Vater angerufen? Vielleicht wären er und seine Marlena jetzt dort, wohin sie eigentlich unterwegs gewesen waren ... Ihr Betteln, als sie gehört hat, wohin wir wollten, war abartig: »... ich war schon eeewig nicht mehr in einem Vergnügungspark, Mario! Lass uns mitfahren, ja?«

Aber ich muss zugeben, dass ihr ihr polnischer Dialekt außerordentlich gut steht. Und während Silke und ich aussehen, als wären wir schon eine ganze Woche hier, ist in Marlenas perfekt geschminktem Gesicht nicht das winzigste Schweißtröpfchen zu sehen. Pickel übrigens auch nicht.

Aber schließlich sind wir dann doch noch an der Reihe. Die Fahrgeräte, jeweils eine Mischung aus Autoscooter und Droschke, halten mit quietschenden Reifen und Cristiano springt rein.

Ich habe Marlena (die ohne Schweißdrüsen Geborene) irgendwo in meinem Rücken, und das macht mich ganz kirre. Weshalb ich wie meine eigene Großmutter ins Boot wanke. Cristiano hat mir seine Hand angeboten, doch ich habe sie zur Seite geschoben: So weit kommt das noch! Silke und Andreas klettern in den Wagen hinter Cristiano und mir.

Die Show erfolgt zu beiden Seiten. Bevor der Schauplatz wechselt, drehen sich die Wagen. Man kann, wenn man will, seinem Vor- oder Hintermann (man sitzt sich praktisch gegenüber und auf dem Schoß) zuwinken. Anschließend sieht man sich der nächsten spuuukigen Show, in gruseliger Kulisse, gegenüber. Aus dem Lautsprecher zwischen den Kopflehnen krächzt das passende geisterhafte Brüllen. Oder man hört Kettengerassel. Wenn ich vorhin richtig aufgepasst habe, saßen Marlena und Mario im Wagen hinter Silke und Andreas. Und da passiert es: Marlena kreischt los wie bei 'ner Ice-Bucket-Challenge. Es muss Marlena sein, keiner anderen hätte ich solch ein Getue zugetraut. »Ob ihr 'ne Spinne in die Dauerwelle gefallen ist?«, sagt Cristiano und grinst. Dabei zeigt er auf die schwarzen Spinnweben, die wie dreckige Watte unter der Decke pappen.

»Die sind doch nicht echt … «, sage ich. Mein Fuß ragt schon aus dem Wagen.

»Die sind garantiert echt, unechte sind weiß und nicht so speckig wie die da oben.«

Unsere Reise durch die Unterwelt dauert vielleicht fünf oder auch sechs Minuten, bis wir kurz vor Boxenstopp der Reihe nach an einem riesigen und vor allem langen Spiegel vorbeikommen. Marlenas makelloses Antlitz kann ich nicht sehen, da das Gesicht *meines Mannes* darüber liegt. Offenbar vereint in einem intensiven Kuss.

Der Park hat seine Pforten schon lange geschlossen. Wie am Abend nach der Disco rauchen wir noch eine Zigarette. Außer Andreas, der musste noch zu seiner Oma. Ich habe *meine Oma* gar nicht gesehen! Marlena und Mario haben wir irgendwo auf der B1 aus den Augen verloren!

… wie soll ich mich gleich von Cristiano verabschieden …? Niemand zwingt mich dazu, *jetzt* zu gehen. Aber was würde es mir bringen, länger zu bleiben? Es wäre mit jedem weiteren Tag umso schwerer für mich, wieder nach Hause, zu meiner *anderen* Familie, zu gehen.

Ich schnippe meine Kippe auf den Gehweg. »Bis morgen, Silke. Ich ruf dich an!«

Bei unserem nächsten *Wiedersehen* wird Silke zwei Meter tief unter mir liegen. Und ein Marmorengel wird seine Arme über ihrer Grabplatte ausbreiten. Und ich werde nach Karl Ausschau halten. Und unter der Kastanie werden wir gemeinsam eine Zigarette rauchen. Und eines Tages werde ich, vielleicht vergeblich, auf ihn warten. Dann werde ich zu Hildes Grab hinübergehen, um zu gucken, ob der Sohn das Hochzeitsbild seiner Eltern an deren Gedenkstein montiert hat. Ich will Silke küssen. Und ich will Silke richtig eine reinhauen, weil sie mich zurückgelassen hat, genau wie Cristiano – Jahrzehnte zu früh! Ich will sie an mich reißen und mein Gesicht in ihrer Betonfrisur vergraben ... und sie nie wieder loslassen.

»Bis morgen, Elala!«, sagt Silke und drückt mir einen Kuss auf die Stirn. »... jetzt aber nix wie hoch, oder ich pinkle mir gleich in die Hose.«

Cristiano drückt mich an sich, dass es mir **nicht** möglich ist, **sein** Herz in **meiner** Brust **nicht** zu spüren. So, als mache er das mit Absicht, um sich mit mir zu messen, wessen Herz im Nachhinein stärker ist. Er lehnt seine Stirn gegen meine. »Gegen 17 Uhr müssten wir auf der Arbeit fertig sein. Vielleicht habt du und Silke Lust, uns abzuholen?«

Ich antworte nicht. Ich schließe die Augen und fange an, ihn zu küssen! Ich atme Cristiano ein, seine Haut und seine verschwitzten Haare, die nach Cristiano und nach Sommerferien duften. Nach Sommer '84. Ich nehme ihn in mich auf, ohne mit ihm zu schlafen. Ich will, so viel es nur geht, von ihm in mir behalten. Damit ich es mitnehmen kann, in eine Welt, in der Cristiano nicht mehr existiert.

Ich gehe rückwärts durch jenen Tunnel, durch den vor ein paar Minuten noch meine beste Freundin gelaufen ist, weil sie ganz schnell hoch musste, um sich nicht in die Hose zu machen. »Bis morgen!«, rufe ich und hebe meine Hand. Meine Stimme ist so mager, ich weiß gar nicht, ob er mich überhaupt verstanden hat.

»Bis morgen!«, ruft Cristiano, und er hebt wie ich seine Hand.

Die letzten Meter zum Ende der Unterführung jogge ich; *dreh dich um, dreh dich um, dreh ich um! Dreh dich um* – befiehlt mir der Bass in der Wohnung über mir. *Dreh dich um; du siehst ihn sonst nie wieder!*

Aber ich drehe mich nicht um, sondern renne jetzt um die Kurve. Ich suche, ich wühle nach meinem Schlüssel. Aber bevor ich ihn finden kann, erbreche ich mich, in die dicken Kiesel neben der Haustür.

Meine Eltern sitzen vor dem Fernseher. Ich setze mich, nachdem ich mir die Zähne geputzt habe, in den Sessel vor dem Wohnzimmerschrank und starre, ohne ein Wort zu sagen, auf die Mattscheibe.

»Hast du Streit mit Silke?«, fragt Mama.

»Oder mit dem Jungen von gegenüber!«, sagt Papa und legt die Fernsehzeitung auf den Tisch.

Er greift nach der Fernbedienung. »Ich glaube, der Italiener hat dir ganz schön den Kopf verdreht.«

»... wenn du was auf dem Herzen hast, du kannst immer mit mir reden!« Mamas Stimme wirkt so resignierend, sie wirkt so niedergedrückt. Mama, die sich mit mir quälte. Die zu allen Zeiten an mir verzweifelte. Die mich aber niemals aufgegeben, mich niemals im Stich gelassen hat! Kann ich von mir behaupten, meine Mutter nie im Stich gelassen zu haben? Vielleicht wäre es nicht verkehrt gewesen, mich ihr anzuvertrauen. Vielleicht wäre die Geschichte um Cristiano und mich dann ganz anders ausgegangen. Und hier ist auch der Punkt erreicht – ich kann nicht mehr.

Ich steh auf, um in mein Zimmer zu gehen. Um zu gehen!

Aber im Türrahmen bleibe ich stehen und drehe mich noch mal um. Mama hat ihr Strickzeug aus dem Körbchen neben dem Sofa gekramt und wickelt jetzt den roten Wollfaden um ihren Zeigefinger.

Ich mache es wieder gut, Mama. Das verspreche ich dir! Ich mache es wieder gut!

Zum letzten Mal überrolle ich die Bananenschale mit dem Bettkasten.

Wenige Minuten später stehe ich vor meinem geöffneten Fenster. In Cristianos Zimmer brennt Licht, aber Cristiano kann ich nicht sehen. Vielleicht macht er sich ein Brot, oder er musste pinkeln, wie Silke. Ich küsse meine Fingerspitzen und halte diese über das Viereck auf Cristianos Fenster.

Mit dem Drachen in der Hand rauche ich meine letzte Zigarette ...

Als ich fertig bin, schnippe ich die Kippe über den Balkon vor meinem Fenster. Ein letztes Mal sehe ich zum Haus gegenüber, doch Cristiano ist auch jetzt nicht in seinem Zimmer.

SECHS

MAMA

Nach einem ewig andauernden Stau auf der Autobahn, zwischen Autoabgasen und allem, was so zu einem richtigen Stau dazugehört, passiere ich das Tor zur Altersresidenz.

In der ersten Etage ist ein süßes Blumenlädchen. Ich kaufe in dem völlig überteuerten Laden einen Strauß bunter Wiesenblumen. Die Verkäuferin ist betagt, insofern betagt, dass ich bei meinem ersten Besuch dachte, ich hätte es mit einer ausgebüxten Bewohnerin zu tun.

Meine Absätze klappern über den Gang und ich weiche so gerade einer Bohnermaschine aus. Die Reinigungskraft hat entweder, ihren ersten Tag oder sie ist verliebt und mit ihren Gedanken woanders. *Nichts passiert,* will ich sagen, doch sie scheint nun den Bogen raus zu haben. Sie trudelt, als hätte sie mich nicht eben fast umgenietet, den Gang runter. Fehlt nur noch, dass sie dabei pfeift.

Mamas Zimmer ist sonnendurchflutet. Ich lege meine Blumen auf den karierten Bettüberwurf. Dann gehe ich zu der Gestalt im Sessel vor dem gardinenlosen, bodenebenen Fenster. Als ich hinter den Sessel trete und meine Hände auf die graue Strickjacke über den dürren Schultern lege, schaue ich nicht nach unten. Ich will nicht, dass das, was ich dann sehen würde, mein frisches Bild von *meiner Mama* kaputtmacht. Ich schaue stattdessen auf jenes, auf das Mama drei Viertel des Tages schaut. Auf die weitläufige Parkanlage und den Traumfänger, der sich an seinem Faden ab und zu mal dreht.

Einen Tag vor Heiligabend hat es angefangen, und kommende Weihnachten werden es zwei Jahre. Vor dem Fenster tanzten erste Schneeflocken und es dämmerte bereits. Mama wohnte in einer putzig eingerichteten Wohnung in der Innenstadt. Sie war mit der Bahn gekommen, um mit uns den Christbaum zu schmücken. Seit Papa sie damals für Angelika verlassen hat, waren wir nicht ein Weihnachtsfest mehr getrennt. Mario hielt ihr das Päckchen mit der Tannenspitze hin und Mama wickelte sie aus dem Papier. Dann drehte sie sich zum Baum und zu der Trittleiter. »Wo kommt *der* denn her?«, fragte Mama. Sassi, die gerade ein Tablett mit Tassen und einer Kanne mit Früchtetee ins Zimmer balancierte, stellte es klappernd auf den Tisch. »Oma, den haben wir doch letzte Woche zusammen geschlagen. Weißt du das nicht mehr?«

Mama nahm Marios dargebotene Hand, stieg bis auf die oberste Stufe und steckte die silberne Spitze auf den Zipfel. »Natürlich weiß ich das noch! Ich bin ja nicht von vorgestern.«

Mama zupfte ein paar grüne Nadeln von einem Zweig und ließ diese dann auf den Boden rieseln, so, als wären die Tannennadeln keine Tannenadeln, sondern Dreck. »Aber unser Baum war grün! Und dieser Baum, ist **rot**.«

Kontrollgänge, Kontrollanrufe und schlaflose Nächte gehörten bald zu unserem Alltag.

Mama ließ ihr Essen anbrennen. Sie vergaß den Wohnungsschlüssel zu Hause oder von außen in der Wohnungstür. Sie verbummelte Gegenstände und beschuldigte ihre Nachbarn, sie hätten diese gestohlen. »*Ela, fremde Menschen waren in meiner Wohnung.*« Später hat sich herausgestellt, dass sie selbst diese Menschen in die Wohnung gelassen hat. Es war ein süßes junges

Pärchen, das sich den falschen Weg ausgesucht hatte, *reich* zu werden. Irgendwann wurden sie geschnappt. Aber Mamas Knete war weg. Und auch ihr Schmuck.

Der Entschluss, Mama in ein Heim zu geben, fiel, weil sie im Bademantel (drunter war sie nackt) im Supermarkt gewesen war. Im Bademantel und in Pantoffeln mit Federboa, wo immer sie diese Puschen auch her hatte. Auf ihrem Bett habe ich meiner Mutter das schöne Zimmer und den Ausblick in den Park schmackhaft machen wollen. Doch Mama hat sich von mir gewandt, wie ein Kind, das die dargebotene Puppe boykottiert. Die anwesende Schwester war noch in der Ausbildung und damit noch nicht abgebrüht genug. Mit feuchten Augen hat sie zur Zimmerdecke gestarrt. Ich hörte Mamas Tränen, ihr **Vertrauen** und zugleich ihre **Hoffnungslosigkeit** auf ihren Stimmbändern. Mama sah es als ihre letzte Chance, mich bei den Händen zu packen, sich an ihnen festzukrallen wie ein armes Kind an einem reichen Piefke. »Aber ich kann doch bei euch wohnen. Ich mach auch *wirklich* keinen Ärger mehr!«

Es hat keinen Grund gegeben, meine Mutter nicht bei uns aufzunehmen. Ich arbeitete nicht, weil Mario der Meinung war, dass er als Zahnarzt genug Geld nach Hause brachte. Wozu sollte ich mir also die Beine in den Hintern stehen? Und ich fügte mich der italienischen Denkweise. Ich genoss meine Freiheiten mit Silke, an ihren freien Tagen shoppen zu gehen, oder mich bei der Massage oder im Nagelstudio oder auch beim Friseur verwöhnen zu lassen.

Drei Versuche scheiterten, Mama ins Bett zu legen. Sie schrie und nannte mich Angelika. Sie beschimpfte mich als Verräterin, als Hure, die nur ungestört mit ihrem italienischen Gigolo pimpern wolle. Eine dienstältere Schwester, der Tumult in Mamas Zimmer hatte sie auf den Plan gerufen, kam ins Zimmer geschneit. Sie nahm mich zur Seite und brüllte gegen Mamas

Beleidigungen an: »Es ist besser, wenn Sie jetzt nach Hause gehen! Kommen Sie morgen Nachmittag wieder! Dann hat sich Ihre Mutter sicher beruhigt.«

Mario hatte meinen Wunsch, im Flur zu warten, respektiert. Er legte seinen Arm um mich und wir rannten (ich heulend) an den zwischengeparkten Menschen an Rollatoren oder in Rollstühlen vorbei zum Aufzug. Der Parkplatz lag neben der Parkanlage. Und noch, als wir in das Auto einstiegen, konnten wir Mama hören. Es war nur ein Wort, und weil die Fenster geschlossen waren, klang es dumpf: »**Verräterin!**«

Als Nächstes knie ich neben Mama und bette meinen Kopf in ihren Schoss. Ich nehme ihre lasche Hand von der Sessellehne und lege diese auf meine Wange. Und so bleiben wir, bis mein Nacken anfängt zu brennen.

Ich lege die Hand meiner Mutter zurück, als es an der Tür klopft.

Und während ich vom Boden aufstehe und mir über die Knie putze, kommt Schwester Barbara ins Zimmer. Sie stellt das Tablett mit den bunten Tablettenschiebern auf die kleine Kommode, dabei nickt sie mir taktvoll zu.

Schwester Barbara weiß, dass ihre Aktion von meiner Mutter nicht gewürdigt werden wird, dennoch nimmt sie den Blumenstrauß, beugt sich vor und hält ihn meiner Mutter unter die Nase.

»Das sind aber schöööne Blumen, die Ihre Tochter Ihnen da mitgebracht hat.«

»Hätten Sie vielleicht ein paar Minuten Zeit?«, frage ich, da Mama, wie erwartet, weder die Blumen noch die Schwester beachtet. »Ich würde gerne was mit Ihnen besprechen.«

Schwester Barbara schaut auf ihre Armbanduhr. »Ein paar Minuten sind sicher drin.«

Die Klemmmappe meiner Mutter liegt vor uns auf dem Tisch des Schwesternzimmers. Daneben stehen zwei Tassen Kaffee und eine angebrochene Prinzen-Rolle. Seit über einer Stunde reden wir über den Auszug meiner Mutter. »Ich werde mich um eine Pflegekraft kümmern. Pflegerinnen aus Polen, die sollen doch so pflichtbewusst sein?!«

Schwester Barbara nickt und zieht eine Schublade auf. Sie nimmt einen Faltprospekt heraus und legt ihn neben meinen angebissenen Keks: »Diese Agenturen bevorzugen polnische und russische Pflegekräfte. Man wird Ihnen sicher jemanden schicken, der Ihre Mutter bestens versorgen wird.« Die Schwester steht auf.

»Ich wünsche Ihnen, Ihrer Familie und natürlich Ihrer Mutter alles Gute. Falls es nicht klappen sollte ... Sie wissen ja, wo Sie uns finden.«

Kein Zweifel, die Reinigungsfee hat es echt drauf. Der Flur glänzt, dass ich mich kaum traue, loszulaufen. Doch wenn der Opa, der mir entgegenkommt, es schafft, nicht der Länge nach hinzuknallen, sollte ich es ja wohl auch schaffen. Er lächelt mir zu und ich lächele zurück. Aber innerlich weine ich, weil *ihn* niemand hier rausholen wird. Er wird bleiben müssen, er und sein Plüschbär im Körbchen des Rollators ... Entweder hat der Greis sein Gebiss verweigert oder man hat es einfach verschwitzt, ihm seine Dritten einzusetzen, und so schlurft er in Filzpantoffeln und mit Kräusellippen an seinem Rollator über den Gang ...

Er steuert einen grünen Sessel an, auf dessen Sitzfläche ein melonengroßer *Fleck* leuchtet. Beobachtet von dem Herrn, der nun *auf* dem melonengroßen Fleck sitzt, lege ich meine Handfläche auf das Türblatt- *Ich habe es dir versprochen, Mama. Und ich werde mein Versprechen halten!*

Es ist schon Abend, als ich Marios Wagen vor dem Haus höre. Er fährt in das Carport und ich beobachte durch das Küchenfenster sein Profil: Mario hat schon länger Knitterfalten unter den Augen. Seine schwarzen, gelockten Haare, durch die er mit den Fingern gefahren ist, fast jedes Mal, nachdem er seinen Motorradhelm abgenommen hat, seine HONDA CB 900 zwischen seinen Schenkeln, sind jetzt mit Grau durchzogen und kurzgeschnitten.

Er schmeißt die Autotür zu und kommt, das Sakko über dem Arm, zur Tür.

Ich bin mit dem Abendessen beschäftigt, und weil Tomatensoße schwer rauszukriegen ist, trage ich eine Schürze. »Das nenn ich eine Begrüßung!«, sagt Mario und hängt sein Sakko an die Garderobe. Und die selben braunen Augen, die einst vom Parkplatz durch das Wohnzimmerfenster der Pollos in meine Augen gestarrt haben, starren nun auf meine Schürze. Mario nimmt meine Hand vom Knoten der Schürze. »Lass!«

Ich trage nur noch die Schürze. Mario trägt nichts außer schwarzen Socken. Auf dem Küchentisch, zwischen geschälten Tomaten, geriebenem Parmesello und zerbrochenen Spaghetti, schlinge ich meine Beine um seinen Leib. Jetzt sind Marios Augen geschlossen, seine Lider zucken und sein Atem rast. Als wir uns küssen, muss ich daran denken, wie er Marlena in der Geisterrikscha geküsst hat. Und vielleicht begehre ich ihn deswegen so wie nie zuvor in den letzten Jahrzehnten.

Noch etwas wackelig auf den Beinen habe ich die Nudeln in den Müll gefegt. Mario hat zermatschte Tomaten vom Boden gewischt, und jedes Mal, wenn sich unsere Blicke trafen, fühlten wir uns wie frisch Verliebte. Wir haben geduscht, haben uns gegenseitig Tomatensoße und Parmesankäse vom Körper geschrubbt.

Und weil das Abendessen nun unterwegs in die Kanalisation ist, stehe ich etwas ratlos vor dem Kühlschrank. Aber ich finde eine Packung Schrimps, die ich, mit Joghurt, Zitrone und Dosenmandarinen verquirlt, mit in den Garten nehme.

Mario öffnet eine Flasche Weißwein und wir machen es uns unter unserer Kastanie gemütlich. Mario erzählt aus dem Arbeitsalltag eines Dentisten. Aber ich denke nur daran, wie ich meinem Mann erklären soll, dass seine Schwiegermutter, Mama isst am liebsten mit den Händen, bald mit an unserem Tisch sitzen wird. »Ich hole Mama zu uns!«, sage ich, mitten in die bis ins Detail beschriebene Kieferhöhlenentzündung.

Mario stellt sein Glas auf den Tisch und schiebt mich sanft von sich. »Ist was passiert? Geht es ihr etwa nicht gut?«

»Ich war heute bei ihr, Mario! Bis auf die Versorgung und ab und zu ein soziales Projekt ist Mama alleine. Den ganzen Tag lang, das musst du dir mal vorstellen, sitzt diese Frau vor dem bekloppten Fenster. Sie ist meine Mutter! Mario. Und wir *beide* haben sie lebendig begraben, in diesem Altenheim.«

Mein letzter Satz bleibt von Mario unkommentiert. »Willst du einen Pflegedienst kommen lassen? Oder …«

»Ich habe an eine polnische Dauerpflegerin gedacht! Das Dachgeschoss ist doch leer, man könnte es barrierefrei machen. Ich habe auch schon mit einer Firma telefoniert. Sobald ich dein *Okay* habe, legen die los!«

Wenige Wochen später hat der Innenausstatter zusammen mit der Baufirma aus Saskias ehemaligem Reich einen rollstuhltauglichen Raum mit angrenzendem Bad kreiert. Und wir haben einen Treppenlift, so kann Mama mit in den Garten. Die oberen Räume wurden zu einem zusammengefasst. Und ein zweites Bad, für Aneta, Mamas Pflegerin, wurde geschaffen.

Aneta käme nächste Woche bei uns an.

SIEBEN

Violettas, Magdalenas, ja sogar eine Marlena, wurden vorstellig. Aber das Rennen machte die blonde, grünäugige Aneta. Gebürtig kam Aneta aus Warschau. Nun kam sie hier aus dem Ruhrpott. Nicht weit entfernt von dem Ort, wo *es* damals passiert ist.

Die Verkäuferin für Damenoberbekleidung bei C&A hatte ihren Freund zum Mond geschossen. Anetas *Tritt in den Hintern,* in ihren Augen war es leider nicht mehr gewesen als eine Freundschaft Plus, war erst der Anfang: Aneta war offen für Veränderungen. Aneta absolvierte ihr Examen in der Seniorenpflege für Demenzpatienten.

Es ist der vorletzte Abend vor Mamas Einzug, die Luft ist lau, die Grillen zirpen und das Feuer im steinernen Kamin prasselt in der Dunkelheit. Sassi und James sind auch gekommen und wir sitzen alle zusammen an unserem Holztisch. Mit dem Koffer in der Hand hat Aneta am Vormittag in der Mitte ihres Zimmers gestanden, so fremd, wie einst Heidi in der Ankunftshalle der Familie Sesemann. Ihre Augen leuchteten, während sie sich umsah, in ihrem Daheim für unbestimmte Zeit. Ich habe mit dem cremefarbenen Sofa und den in Brauntönen getünchten Wänden wie auch dem dunkelbraunen Laminat voll ins Schwarze getroffen. Genau wie mit den Möbeln von Ikea. Und das Bad, die Eckbadewanne, in die zwei Anetas gepasst hätten, brachte sie ein klein wenig zum Heulen.

Aneta hat noch nicht viel Berufserfahrung. Trotzdem weiß ich: Sie wird es rocken.

Auch mein Mann und ich sind offen für Veränderungen. Aber die Zeiten, in denen wir uns auf dem Küchentisch in passierten Tomaten suhlen durften, sind definitiv vorbei. Und deshalb findet unser Sex am nächsten Morgen in unserem Schlafzimmer statt. Anetas Schlafzimmer liegt genau über unserem Schlafzimmer, weshalb ich jetzt meine Hand auf Marios verzerrtes Gesicht presse. Denn so nett die Polin auch ist, den Orgasmus meines Ehemannes muss sie sich nicht antun.

Mario gehört zu jenen Menschen, die von Natur aus ausgeprägte Muskeln besitzen. Und während ich jetzt auf den Ellenbogen an ihm emporschaue, sehe ich das kräftige Schlagen seines Herzens unter dem graumelierten Brustfell ... wie würde Cristiano heute aussehen, als Mann in den besten Jahren? Ob Mario, wenn er sich im Spiegel sieht, auch so denkt wie ich in diesem Augenblick?

Die beiden besaßen zwar keine große Ähnlichkeit, denn Mario kam ja nach seinem Vater. Und Cristiano war eindeutig Annas Sohn. Aber in Marios Adern floss Cristianos Blut! Cristiano war so gesehen der Onkel meiner Tochter!

»Was hältst du von einer Zigarette danach?«, fragt Mario und rollt sich, ohne meine Antwort abzuwarten, über mich hinweg. Er fängt an, in meiner Handtasche zu kramen, die auf dem Hocker neben dem Bett steht. Hinterher klappert er mit der Zigarettenschachtel. »... du weißt doch, ich habe eine sehr gute Nase.«

Mario hat sich an die Rückwand des Bettes gelehnt und zündet nun zwei Zigaretten an. Und noch während er mir meine Zigarette reicht, wechselt meine Kulisse, zu Cristiano! Und zum Pool in Tante Pinas Haus am Meer ...!

Doch ich habe meinem Mann vorhin ganz umsonst seinen Orgasmus abgewürgt – Aneta hat zu dieser Zeit überhaupt nicht mehr in ihrem Bett gelegen. Die Seniorenresidenz hatte sich im

Datum vertan! Und aus diesem Grunde hat Mama ihre Reise in das neue Zuhause einen Tag früher angetreten. Aneta hat Mama und ihren kleinen Koffer in Empfang genommen, während ich mit meinem »italienischen Gigolo« gepimpert habe. Aneta hat uns Mamas Lieferschein unter der Tür durchgeschoben. Auf den Entlassungsschein der Residenz hat sie einen gelben Klebezettel geklebt: *Machen Sie sich bitte keinen Stress! Es ist alles geregelt!*

Da ja alles geregelt ist, haben Mario und ich uns anschließend noch eine heiße Dusche gegönnt. Ehe wir nach unten in die Küche, zu Aufbackbrötchen, Rührei und frisch gebrühtem Kaffee gingen. Und zu Mama.

Mama sitzt, mit Blümchenhalstuch, am Tisch. In der Hand hält sie eine angebissene Wurststulle.

»Guten Morgen«, sagt Aneta lächelnd. Sie schneidet gerade Schnittlauch in die Pfanne, in der mindestens fünfzehn Dotter pulsieren. Wie in *Alien – Das unheimliche Wesen aus einer anderen Welt!*

Ich gehe auf sie zu und nehme sie in den Arm: »Danke, Aneta! Danke, dass du da bist.«

Außer Schnittlauch hat Aneta auch noch reife Tomaten in das Ei gerührt. Und ich habe zweimal Nachschlag genommen. Ich denke über ein drittes Mal nach, doch da reicht Aneta Mario die Pfanne und er schabt den Rest vom Pfannenboden auf seinen Teller.

Mein scheuer Blick wandert zu Mama, die zwar ohne Ausdruck im Blick, jedoch ohne fremde Hilfe ihre Schnabeltasse an den Mund führt, um ihren Milchkaffee zu schlürfen. Ein paar Flusenhaare sind ihr in die Stirn gerutscht und ich beuge mich vor, um sie wieder in die rote Haarklammer mit Erdbeeren zu schieben. Dabei bin ich ihr so nah, dass ich die Kokosnuss in ihrem Tropic-Duschgel riechen kann: »Bis gleich, Mama ...!«, flüstere ich. »Bis gleich!«

Ich entschuldige mich kurz bei Mario und bei Aneta! Dann stürme ich die Treppe hoch, ins Schlafzimmer.

Ich habe den Drachen in die Schmuckschatulle gelegt. Jetzt reiße ich den Deckel auf wie ein Saufbruder seine Hausbar.

Und während ich Sekunden später die Spule drehe, die Melodie mich umhüllt, denke ich an jenen jungen Mann, an den ich seit meiner letzten Zigarette im Schlafzimmer nicht aufhören kann zu denken!

ACHT

'84

Mit einer Dose Pepsi in der linken Hand und dem Telefonhörer in der rechten Hand, und mit genau zehn Metern Telefonkabel neben meiner Siebzigerjahre-Liege hocke ich in der Sonne auf dem Balkon. Jetzt lege ich den Hörer zurück auf die Gabel. Dann stecke ich mir die nächste Kippe an. Und ich lehne mich zurück, um mit geschlossenen Augen schon mal in das Outfit, das ich gerade mit Silke am Telefon besprochen habe, zu schlüpfen.

Als Mama um kurz vor vier von der Arbeit zur Tür hereinkommt, knallen wir beide beinahe zusammen. »Ela, deine Haare, hast du keine Angst, dass du irgendwo kleben bleibst?«

Ich schlüpfe an ihr vorbei ins Treppenhaus und lache. »Neee, Mama, das trägt man heute so.«

»Hast du deine Hausaufgaben gemacht?«, will meine Mutter wissen.

»… wir haben doch Ferien, Mama.«

»… aber komm nicht so spät nach Hause! In *Aktenzeichen XY* haben sie am Freitag noch gezeigt, wie schnell …«

»… wir holen doch nur die Jungs von der Arbeit ab. Und mal sehen – vielleicht machen wir danach noch was zusammen.«

»Geht ihr zusammen? Du und dieser Cristiano?«

Cristiano hat mich eigentlich nie direkt gefragt. Und Briefchen zum Ankreuzen hat er mir auch nicht in den Briefkasten gesteckt.

Das musste er aber auch nicht. Seit unserem ersten Kuss auf Andreas' Fete war ich offiziell Cristianos Freundin!

»Ja, Mama!«, sage ich, und meine Augen glänzen, so als hätte ich jetzt wirklich Fieber. »Cristiano und ich, wir gehen zusammen!«

Unser Bus hat ein wenig Verspätung. Doch das scheint den Fahrer, dessen haariger Bauch auf dem Lenkrad liegt wie ein Schweinebauch am Stück über einem Holzwagenrad einer Metzgerei-Auslage, überhaupt nicht zu jucken. Er fährt schön im Schneckentempo weiter und das behaarte Bauchfett hüpft bei jeder Unebenheit der Straße hoch.

Als Silke und ich durch das Tor der Meisterwerkstatt spazieren (bis zum Tor sind wir noch gerannt), kommen unsere Freunde gerade über den Hof. Cristiano trägt ein dunkelblaues Shirt, Jeans und weiße Adidas. Andreas trägt so ziemlich das Gleiche, nur ist sein Shirt hellblau.

Cristiano stellt seine Tasche ab und kommt mit langen Schritten auf mich zu. Er küsst mich vor den Kollegen, die sich zusammengerottet haben, um zwischen Autoleichen die letzte Zigarette zu rauchen, mitten auf den Mund. Und ich; ich fange an, ihn so zu küssen, wie ich Cristiano zuletzt geküsst habe, um etwas von ihm mitzunehmen, in eine Welt, in der Cristiano nicht mehr existiert! Silke hat vorgeschlagen, irgendwo noch ein Eis essen zu gehen. Und da wir mit Andreas ja ziemlich mobil sind, fahren wir in die nächste Ortschaft, zu der besten Eisdiele der Stadt.

Kellner und Kellnerinnen balancieren ihre Tabletts zwischen den Tischen, um dem Andrang auf der Eiscafé-Terrasse gerecht zu werden, aber mit jedem Löffel Schokoladeneis, das auf meiner Zunge schmilzt, scheint mir, dass Cristiano meinen Blicken ausweicht. Ich besaß, und ich besitze sie noch immer, eine Art Antenne für geringste Stimmungsschwankungen.

Als ich es nicht mehr aushalte, nehme ich zwei Zigaretten aus der Packung auf dem Tisch und bitte Cristiano durch Kopfnicken, mir an einen frei werdenden Tisch zu folgen.

Wir setzen uns gegenüber, und wieder weicht er meinem Blick aus, indem er auf seine Turnschuhe starrt. »... vielleicht bilde ich mir auch nur was ein. Aber ist mit uns noch alles in Ordnung?«, frage ich zaghaft.

Als Cristiano hochguckt, hat er Tränen in den Augen. *Jetzt macht er Schluss,* habe ich damals gedacht. *Der macht jetzt wirklich mit dir Schluss!*

Mein Freund übergeht das Zittern meiner Hand, als ich ihm zuerst eine Kippe und danach auch Feuer gebe. Vor lauter Panik habe ich, das Rauchen vergessen und die Kippe in meiner nassen Faust bekommt sicher gerade braune Schweißflecken. Er nimmt einen tiefen Zug, dann lässt er den Rauch in grauen Kringeln in den blauen Himmel ziehen. »Bis heute Nachmittag wusste mein Vater noch nicht, dass wir diesen Sommer doch noch nach Italien fahren. Papa hat da oft was zu erledigen und einer von uns muss immer mit, und weil Mario Klausuren hat ...«

Cristiano ertränkt seine Kippe zischend in der Kaffeepfütze auf einem vergessenen Unterteller. Dann nimmt er meine Hände und nur ein bisschen erinnert mich diese Geste an Mama, als sie sich ihr Zuhause in meinem Zuhause erbetteln wollte. »... würdest du mitkommen?«

»... nach Italien???«

Cristianos Augen leuchten. »... bitte!«

»Meine Eltern – die würden mir das niemals erlauben! Nie – schon allein mein Vater ...!«

»Und wenn meine Eltern mit deinen Eltern reden?«

»Aber deine Eltern kennen mich doch überhaupt nicht richtig. Bist du dir sicher, dass die mich überhaupt mitnehmen würden?«

Cristiano lacht, als wäre die Kuh schon so gut wie vom Eis.

»Die kennen dich schon ganz gut. Mein Bruder findet dich übrigens auch nett.«

»Dein Bruder sagt *dir,* dass er *mich* nett findet?!«

»Klar. Der weiß doch, dass er gegen mich keine Chance hat!«

Nur wenige Tage später sitzen die Pollos wie die Hühner auf der Stange neben Mama und Papa auf unserem Sofa. Ohne ihnen etwas unterstellen zu wollen, sie haben zwei Flaschen Chianti mitgebracht, erträume ich mir, dass aus Papas » ... auf gar keinen Fall!« im Laufe des Abends doch noch ein: » ... aber nur unter einer Bedingung« wird.

Dieser ersehnte Satz fällt, als die leeren Rotweinflaschen in der Küchenecke stehen und die kleine Wodkaflasche aus unserer Hausbar ebenfalls zur Neige geht.

NEUN

ITALIEN

Mario ist nicht mit zum Flughafen gekommen. Er hat, wie üblich, eine seiner Prüfungen.

»Viel Spaß, Süße, und vergiss mich nicht«, sagt Silke an meinem Hals und ich merke an meiner nass werdenden Haut, dass sie weint.

»Ich werde dich, solange ich atme, nicht vergessen!«, flüstere ich in ihr Zementhaar und drücke sie noch ein bisschen fester an mich.

»Willst du es dir nicht doch noch mal überlegen?«, fragt Mama und dreht mir mit ihrer Umarmung fast schon die Luft ab. »So alleine, unter fremden Menschen.«

Ich kämpfe mich an die Oberfläche. »Letztens hast du noch geschwärmt: was für eine tolle Familie, so warmherzig – da könnte sich so mancher eine Scheibe von abschneiden.«

»Aber du meldest dich, sobald du gelandet bist! Hörst du?«, sagt Mama. Dann steckt sie die Nase in ihr Taschentuch und lässt meinen Vater zu seiner Tochter.

»Lass dich zu nichts zwingen! Hast du mich verstanden!?« Papas einzige Bedingung waren getrennte Schlafzimmer. Ich nicke und verdrehe die Augen, und ich denke an die Packung Antibabypillen in meinem Rucksack, die mir Silke über drei Ecken besorgt hat. In diesem Augenblick wird der Flug nach Catania–Sizilien aufgerufen.

Onkel Pupo, ein untersetzter Mann im Hawaii-Hemd mit krausem Haar und mit goldenem Kreuzanhänger im behaarten Brustbereich, wartet vor dem italienischen Flughafengebäude an sein Großraumauto gelehnt. Er pafft an seiner Zigarre und beobachtet dabei die Urlauber, die mit ihren Koffern schwatzend an ihm vorbeitrudeln. Er springt vor und winkt, als er uns aus der Abflughalle in die Sonne hinaustreten sieht.

Die Begrüßung zwischen dem Onkel und seiner aus Deutschland angereisten Familie hätte auch in New York oder in Schweden oder meinetwegen auch in Taiwan stattfinden können. Es wäre haargenau so, wie es in diesem Moment vor dem Flughafengebäude in Catania ist, gestenreich und laut!

Eine Viertelstunde danach rumpelt Onkel Pupo mit uns über das Pflaster, dass die Achsen in die Schlaglöcher krachen. Die Fensterscheiben sind runtergekurbelt und der Wind wirbelt unsere Haare durcheinander. Annas Zitronenparfum ist wie ein Erfrischungsstäbchen, welches der Hitze den nötigen Urlaubs-Splash gibt. Eine Herde Esel, die unter Olivenbäumen stehen, um sich vor der Sonne zu schützen, fliegt an uns vorbei. Wie auch ein knatterndes Moped, auf dem sich ein jugendliches Pärchen lachend den Wind durch die Sommerklamotten und ihr Haar blasen lässt.

Cristiano drückt meine Hand, als Onkel Pupo ein weiteres Mal beschleunigt und dabei das Radio volle Kanone aufdreht. Der italienische Radiomoderator kündigt voller Inbrunst seinen Lieblingshit aus dem Sommer '82 von Laid Back an. Und so rasen wir und poltern und scheppern mit »Sunshine Reggae« zu Onkel Pupos Haus. Wo Tante Pina schon auf uns wartet.

Auf dem hügeligen Sträßchen, in das wir vor Minuten eingebogen sind, schunkeln wir noch ein paarmal gegeneinander, dann lenkt uns der Onkel in eine Oase aus Pinienbäumen. Vor dem in sonnengelb gestrichenen burgähnlichen Haus mit Außentreppe kommen wir mit einem Ruck zum Stehen. Zur gleichen Zeit löst sich eine Gestalt aus dem Schatten des Vordachs. Sie läuft winkend und, wie zu erwarten, laut redend zu uns herüber. Es ist Tante Giuseppina (Pina). Und das Erste, was mir auffällt, ist, dass Cristiano seine unglaublichen Augen seiner Tante Pina zu verdanken hat.

Unsere Zimmer liegen genau unter dem Dach des zweistöckigen Hauses. Und so schleppt Cristiano meinen Koffer über die mit dunkelrotem Teppich ausgelegte Treppe. Ich folge ihm mit meinem Rucksack, dabei weiche ich den Blicken seiner Ahnen in Öl aus. Jene, die jetzt böse von den Wänden auf die potenzielle Mörderin eines ihres Nachfahren glotzen.

Oben angekommen, geht es nach rechts, in den nächsten Gang, somit auch aus dem Sichtbereich der Damen und Herren mit Federhut und Knickerbocker über grüner Strumpfhose und Schnallenschuhen. In der Mitte des Flures bleibt Cristiano abrupt stehen und ich schaffe es gerade noch, nicht in ihn reinzurennen, so beschäftigt war ich damit, ob nicht vielleicht doch noch eine Hutfeder oder ein Schuh mit Schnalle hinter mir auftaucht. »Da wären wir!«, sagt Cristiano vor einer der vier mit Schnitzereien verzierten Türen. »Ich hoffe, du wirst dich bei uns wohlfühlen.«

Noch bevor ich antworten kann, geht er in das Zimmer und stellt den Koffer auf den Teppich in der Mitte des Raumes. Und noch während ich auf dem Gang stehe und in das Zimmer starre, kommt er zurück und drückt grinsend einen Kuss auf meine Stirn. »Ich weiß, du wirst mich jetzt ganz furchtbar vermissen, Tesoro, aber ich muss jetzt wieder runter, *meinen* Koffer holen. Habe ich eigentlich schon gesagt, dass mein Zimmer gleich gegenüber liegt?!«

Die dunklen, schweren Fensterläden sind geschlossen. Dennoch lässt sich das Inventar ganz gut erkennen. Wie auch die Staubkörnchen vor den Schlitzen in den Läden, die wie klitzekleine Perlen in der Sonne tanzen. Ich gehe um meinen Koffer herum zu dem Bett an der Wand. Dabei halte ich mir die Hand vor den Mund, um nicht das ganze Haus zusammenzujuchzen. Das Bett an der Wand ist nicht etwa ein gewöhnliches Bett. Nein, das Bett an der Wand ist ein Baldachin-Bett! Mit schwerem dunkelblauem Samt und geschnitzten Bettpfosten, wie ich es noch kurz vor den Ferien in einem Fantomas-Film mit Louis de Funes gesehen habe. Die Fackeln, rechts und links neben einer italienischen Magd an der porösen Wand, mit Weidekorb und strengem Mittelscheitel, lassen mich kurz vergessen, wo mein Bett steht. Und was sich, jedes Mal, wenn ich den Bettkasten aufziehe, wie unter einer stumpfen Guillotine windet.

Nachdem ich den samtenen Bettüberwurf zum xten Mal befummelt habe, gehe ich zu der größten Lade. Ich stemme mit beiden Armen die schweren Läden auseinander und schiebe einen Hauch von Vorhang zur Seite. Dann schreite ich, wie Shakespeares Julia, auf den filigranen Balkon, der sich wie die Hälfte eines altertümlichen Vogelkäfigs um mich herum von Mauer zu Mauer schlägt. Die Balustrade ist so was von fein gearbeitet, dass ich Schiss habe, sie anzufassen. Aber ich fasse mir an die Augen, um meine Tränen wegzuwischen, denn durch die gezwirbelten Stäbe kann ich violette und pinke Stauden unter mir sehen. Und der Blick hinter den Teppich aus Pinienkronen, so weit das Auge reicht, lässt mich jetzt wirklich juchzen, denn dahinter liegt das Meer, glatt und still, nur ab und an blinkt es auf, als würde sich, obwohl es 15 Uhr mittags ist, ein Stern in der Wasseroberfläche spiegeln.

Ich habe die Balkontür aufgelassen und liege jetzt mit hinter dem Kopf verschränkten Armen auf meinem königlichen Bett. Unter anderem schreit ab und an eine Möwe vom Meer her und durchbohrt mit ihrem Ruf meine Gedanken – einen Mix aus meinem kompletten Leben … bin ich vielleicht doch bekloppt geworden? Und das hier ist die Realität? Und Saskia ist nur die Ausgeburt meiner Fantasie? Vielleicht habe ich aber auch nach Cristianos Sturz so einen abgekriegt, dass ich im Koma liege. Und alles, was nach diesem Silvester passiert ist, ist nie passiert.

Als es Zeit für das Abendessen ist, schlüpfe ich in das blaue, berüschte Sommerkleid, das Mama mir extra für Italien gekauft hat. Dann in meine weißen Turnschuhe. Meine Haare stecke ich zu einem unordentlichen Knoten. Und als hätten Cristiano und ich uns abgesprochen, begegnen wir uns, bevor es nach unten geht, vor unseren Zimmertüren im Korridor.

Von meinem Bett aus habe ich zu dem Möwen-Gezeter auch entfernte Stimmen gehört. Sie müssen von dort gekommen sein, wohin Cristiano mich jetzt führt. Er hat mich an die Hand genommen und wir laufen vorbei am mit Pflanzenkübeln aus Terrakotta umringten Pool in den hinteren Teil der Grünanlage.

Cristianos Eltern sind schon da. Sie sitzen auf der Holzbank an einem rustikalen Tisch, hinter dem sich *unser* rustikaler Tisch unter unserer Kastanie nur verstecken kann. Onkel Pupo, mit Zigarette im Mundwinkel, springt, wie er von seinem Großraumwagen abgesprungen ist, von seinem Stuhl auf, um mir den Platz neben Frau Pollo anzubieten.

Anna zwinkert mir zu, als ich mich neben sie setze. Cristiano sitzt mir gegenüber, neben seinem Onkel, als Tante Pina mit einer Terrine Lasagne aus dem Haus kommt.

Sie knallt das noch vor Hitze pulsierende Gericht auf den Tisch, dass die Tomatensoße spritzt, und wir kreischen auf, um danach zusammen loszulachen.

Tante Pina löst den Knoten ihrer Schürze und legt diese über die Lehne ihres Stuhles.

Sie streicht über ihr mit übergroßen bunten Blumen bedrucktes Sommerkleid, dann setzt sie sich an den Tisch. »Buon appetito!«

Als es zu Dämmern beginnt, knipst Cristiano bunte Lampions an. Sie sind zwischen den Bäumen und über dem Tisch gespannt. Und während diese Menschen um mich herum, was vollkommen legitim ist, sich die meiste Zeit in ihrer Muttersprache unterhalten, fühle ich mich zugehörig – so, als wäre ich eine von ihnen! Sie haben mir sogar das »Du« angeboten. Ich bin wie ein *besonders wichtiger Teil* ihrer Familie! Wie wichtig ich noch werde, das weiß in diesem ausgelassenen Moment nur ich. Ich habe nicht wenig Alkohol getrunken. Ich habe aber auch gut gegessen. Und der Rotwein, den man hier aus Wassergläsern trinkt, ist nicht wie der Wein, den Mama aus dem Sonderpostenregal fischt, mit Schraubverschluss und mit sieben orangefarbenen Preisetiketten übereinander, deshalb macht mir das Promille auch gar keine Probleme. Im Gegenteil, sie beflügelt mich noch weiter in meiner Liebe zu Cristiano.

Gegen Tagesanbruch ist der Tisch abgeräumt, die Küche im Erdgeschoss quillt über von ungewaschenem Geschirr. Nach dem Motto: Dreck rennt nicht weg, flattern alle ab, in die Betten. Tante Pina und ihr Mann schlafen im Erdgeschoss. Anna und Nino schlafen ebenfalls unter dem Dach, nämlich genau im Zimmer nebenan! Ich will nicht meinen Vater verdächtigen, das eingefädelt zu haben. Aber ich habe auch schon Pferde vor der Apotheke kotzen sehen! Cristiano und ich haben in unseren Zimmern abgewartet, bis seine Eltern auch wirklich in ihr Zimmer verduftet sind, dann trafen wir uns auf dem Flur, zu einem unglaublichen Kuss.

Und noch in meinem Bett spule ich diesen unglaublichen Kuss rauf und wieder runter ...

Mein »Scheiße!« bringt das morgendliche Zwitschern der Amsel auf meiner Balkonbrüstung wie ein Schwert zum Schweigen. Und nur Sekunden nach meinem bösen Erwachen springe ich aus dem Bett, in meine Jeans und danach in ein Shirt.

Und barfuß renne ich aus dem Zimmer, um die Kurve und dann die Treppe runter, den Ahnen und ihren bösen Blicken kann ich gerade keine Aufmerksamkeit schenken.

Ich reiße den Hörer vom Telefon auf der Kommode im Entree. Die Nummer mit der Vorwahl habe ich tagelang auswendig gelernt. Jetzt labere ich die Ziffern, wie ein Mantra, in das Surren der Wählscheibe. Es klingelt genau ein Mal: »Ela?!«

»Mama?! Mama – bitte nicht sauer sein, aber gestern war hier so viel los ... ich habe einfach vergessen, mich zu melden.«

Ich kann sehen, wie Mama abwinkt und wie sie sich dann erleichtert über ihre schweißnasse Stirn wischt, weil ihre Tochter sicher auf einem anderem Planeten gelandet ist. »... aber über die Manieren der Italiener, da müssen wir uns noch mal unterhalten. Papa und ich sind gestern Abend noch rüber, um nachzufragen, ob ihr euch vielleicht bei dem anderen Sohn gemeldet habt. Ja, glaubst du, dieser Lümmel von Mario hätte aufgemacht? Ja, er hatte seine Musik sehr laut. Die Klingel war aber auch laut genug zu hören. Papa hat Sturm geschellt. Und außerdem hat da die ganze Zeit eine Frau gekichert. Aber jetzt erzähl mal ... wie ist es dort? Sind die auch alle nett zu dir?«

»Die sind alle klasse, Mama. Wir duzen uns sogar.«

»Und das Haus? Wie sieht das Haus aus?«

»Das ist kein Haus, Mama. Es ist wie eine kleine Burg. Aber das kann man nicht am Telefon beschreiben. Das muss man mit eigenen Augen gesehen haben! Ich mache ganz viele Fotos, Mama!

Versprochen! Ich lasse die hier entwickeln und schicke sie dir mit der Post.«

Nachdem ich Mama beruhigt weiß, habe ich für heute Lust, meine Haare zu Zöpfen zu flechten, das sieht sicher klasse aus zu der graugelb gestreiften Latzhose und dem weißen Shirt.

Doch bevor ich zum Frühstück gehe, drücke ich ein Dragée aus der Pillenschachtel in meine Hand: Ich spüle sie mit Wasser weg ... das Klopfen an der Tür, es wird Cristiano sein, holt mich aus meinen Phantasien; wie wird mein »Erstes Mal« sein?

Wir sind die Letzten, die wenige Minuten später vor frischen Croissants, Pfannkuchen, dampfendem Kaffee und Rührei (Rührei ist anscheinend der Frühstücksklassiker der ganzen Welt) am Tisch Platz nehmen.

Eine Frau tut sich bekanntlich schwer damit, für eine andere Frau zu schwärmen. Doch ich muss zugeben: Ich bin fasziniert von Anna. Ich bin beeindruckt von ihrer Eleganz und ihrem Selbstbewusstsein. Anna trägt ein grünes Etuikleid, das dem Zeitgeschmack der Sechziger entspricht. Auch die schwarze Sonnenbrille in ihrem hochgesteckten Haar passt super zum Outfit. Statt vor einen Teller mit Rührei hätte diese Person meiner Meinung nach auf das Titelblatt der »Vogue« gehört. Mein hartgekochtes Ei will, weil meine Hände anfangen zu bibbern, nicht auf die blöde Brötchenhälfte. Anna hat dichte, geschwungene Augenbrauen und einen echt sexy Mund. Ich habe Anna, viel zu lange angestarrt und sicher hat sie es auch bemerkt, aber ihre Manieren verbieten es ihr, auch nur eine Silbe darüber zu verlieren. Und in diesem Moment weiß ich auch, *warum* meine Hände angefangen haben, zu schlottern – zu keiner Zeit ist mir ihre Ähnlichkeit zu Saskia in solchem Maße aufgefallen wie jetzt!

Nach dem gemeinsamen Frühstück helfen Cristiano und ich, das Geschirr in die Küche zu tragen. Als Cristiano seiner Tante vorschlägt, auch noch gleich, das Geschirr vom Vortag aus der Welt zu schaffen, drückt Tante Pina ihre Dankbarkeit aus, *heute ist Markttag,* indem sie ihren Lieblingsneffen auf die Stirn küsst. Anschließend küsst sie meine Stirn (die Stirne der Verräterin).

Cristiano und ich sind nun alleine! Cristiano lässt den Spüllappen über den Teller gleiten. Ich stehe neben ihm und meine Härchen auf meinem Unterarm berühren seine Härchen auf seinem Unterarm. Er gibt mir das Geschirr zum Abtrocknen, jetzt berühren sich auch unsere Hände.

Seine Hände sind nass und voll knisterndem Schaums, der abrupt aufhört zu knistern, als Cristiano mich anhebt.

Seine Augen sind ernst. Sein Blick lässt mich albern kichern, als er mich, als wäre ich leicht wie eine Scheibe Esspapier, durch den Garten rüber zum Pool trägt.

Mit dem Rücken zum Bassin bleibt er stehen. Dann fallen wir lachend und kreischend nach hinten. Wir fummeln an Gürteln und Knöpfen und strampeln uns aus den Klamotten.

So muss er aussehen und solche Augen muss er haben. So sollte seine Haut sich anfühlen, so sollte er schmecken, so riechen!

Cristiano wird für mich immer der Erste sein! Egal, wie viele Reets oder Flavins noch meinen Weg kreuzen. Cristiano wird derjenige sein – und das kann mir niemand mehr wegnehmen. Derjenige, der mir zeigen wird, wie Liebe geht ...!

Als Cristiano mich, wie in einem Hollywood Film, über die Stufen aus dem Becken trägt und das Wasser von unseren Körpern rinnt, bin ich kein Mädchen mehr. Nur ein leichtes Brennen zeugt davon, dass Cristiano mich zur Frau gemacht hat.

Cristiano springt mit einem Köpper in den Pool zurück und

sammelt unsere Klamotten ein, die noch auf der Wasserober-fläche schwimmen. Nachfolgend verteilt er sie am Beckenrand, damit sie in der Sonne trocknen. Ich lege mich auf eine der Liegen vor der Mauer und lehne mich an den warmen Stein. Während ich das Wasser aus meinen Zöpfen drücke, fresse ich Cristiano mit den Augen auf.

Mit Zigaretten und zwei kleinen Flaschen Cola kommt er aus dem Haus zurück.

Cristiano schiebt seine Liege neben meine Liege, dann legt er sich neben mich. Sein Bein berührt jetzt mein Bein, wie da-mals im Käfer von Andreas. Cristiano senkt seinen Kopf, dann knutscht er letzte Wassertropfen von meinem Knie. »… wir müssten so langsam mal aufräumen, Tesoro. Jeder Markttag geht irgendwann zu Ende.«

Cristiano reicht mir meine Cola. Dann, genauso wie Mario, wie mein Ehemann in unserem Schlafzimmer es getan hat, zündet er für uns zwei Zigaretten an … ich bin eine Zeitreisende!

Ich bin eine Zeitreisende, die sich ganz schrecklich in eine Sackgasse gefahren hat!

Onkel Pupos Autohupe knaaatscht, wie die Hupe der Waltons, bis in die Küche, gerade, als ich die letzte gespülte Tasse in den Schrank stelle.

»Aus dem Weeeeg!«, ruft Cristianos Vater, als er in die Küche stürmt und dann ein Netz mit Muscheln in die Spüle wuchtet. Innerhalb von Sekunden duftete es nach Meer und nach Strand und nach italienischer Sonne. Ich breite gerade das nasse Tuch zum Trocknen über einen Stuhl, als Anna mich zur Seite nimmt.

Anna führt mich am Pool vorbei in den Garten, und ich folge ihr, wie eine Schülerin ihrer Lehrerin folgt, zu einer Bank. Wir setzen uns, dann schauen wir, ohne zu reden, eine lange Weile auf das ruhige Meer ...

Anna lächelt, als sie ihre Hand auf meine Schulter legt, aber die Intensität, mit der sie mich ansieht – Anna weiß *nichts,* beruhige ich mich. Anna kann doch gar nichts wissen! Sie wird viel zu spät wissen, dass sie heute mit der Mörderin ihres Sohnes auf dieser Bank gesessen hatte.

»Ehrlich gesagt ...«, sagt Anna. »... ich habe keine Ahnung, wie ich es sagen soll ...!« Ich bin still, aber ich halte ihrem Blick stand.

»Wir haben mitbekommen, wie du und Cristiano ... na ... wie ihr euch eben anschaut. Vor allem, wie Cristiano dich anschaut, Michaela. Nino und ich, wir hoffen beide, dass es für dich nicht nur ein flüchtiges Liebesabenteuer ist. Cristiano liebt dich, Michaela! Das hat er mir, nachdem er dich in der Disko kennengelernt hat, erzählt.«

Ich wage es, meine Hand auf ihren Unterarm zu legen. »Ich kann eure Angst verstehen. Aber ihr müsst euch keine Sorgen machen. Ich liebe Cristiano! Ich würde ihm niemals das Herz brechen.«

Als ich mit Anna aus dem Garten zurückkomme, ist Tante Pina alleine in der Küche. Die Männer sind noch mal in die Stadt gefahren, um noch etwas Geschäftliches zu erledigen. In der Zwischenzeit hat die Tante alle großen Töpfe, die sie finden konnte, auf dem Ofen verteilt, um aus dem Berg aus Muscheln ein ordentliches Abendbrot zu kredenzen.

Tante Pinas Gesicht ist abgekämpft und genauso rot wie die Tomatensoße, in der ich rühre. Weil der Topf mehr als eine Übergröße hat, stehe ich auf einem Hocker vor dem Ofen. Der Löffel, mit dem ich in der Tunke rühre, ist fast so lang wie ein Besen. Das leichte Brennen in meinem Unterleib meldet sich in Intervallen.

Und ich bin mit den Gedanken wieder in Tante Pinas Pool. Und dann ist mein Gesicht genauso rot wie das Gesicht von Tante Pina.

Als am späten Nachmittag die Männer heimkommen, ist der Tisch gedeckt und die Lampions leuchten. Und wieder verbringen wir einen wunderbaren, italienischen Abend. Dieses Mal sogar mit Musik. Onkel Pupo hat das Kassettenradio an den untersten Ast gehängt. Und je später der Abend, umso mehr haben wir einen hinter der Binde. Und umso öfter dreht jeder mal am Lautstärkeregler.

Was ist eine Nacht? Eine Nacht ist nichts, wenn man sich begreiflich macht, dass nichts für die Ewigkeit gemacht wurde. Es ist weit nach Mitternacht und die Party läuft so langsam aus, sogar Tante Pina hat so einen sitzen, dass sie beim Tanz mit Onkel Pupo neben seine Hand statt seine Hand gegriffen hat. Und nur in Pirouetten hat sie, so gerade noch, die Kurve gekriegt, um nicht in der zur Seite gestellten leeren Muschelkasserolle zu landen.

Mein Brennen aus dem Pool meldet sich den ganzen Abend über; ich durchlebe mein Zurfraugewordensein noch einmal und noch einmal …

Und nachdem in dieser Nacht Cristiano in mein Zimmer gekommen ist, ist »*das im Pool*« zu »*dem im Pool*« geworden. Es hat etwas *anderem* Platz gemacht.

Cristiano kommt, als die anderen schlafen, und er wirkt irgendwie nüchtern! Oder mir kommt es nur so vor, dass er nüchtern ist, weil ich breit wie 'ne plattgefahrene Schnecke bin. Cristiano hat das Radio, das den Abend über am Ast gehangen hat, unter dem Arm. Unter dem anderem Arm hat er doch tatsächlich eine offene Flasche Wein. Ich habe zuvor geduscht, mich neu geschminkt und ich habe mich in ein Micky-Mouse-Shirt geworfen.

Der dünne Vorhang in der Balkontür bauscht sich gegen das Radio, das Cristiano dort hingestellt hat. Er hat eine neue Kassette eingelegt, anschließend ist er zu mir, zum Bett, gekommen. Er nimmt mir die Weinflasche und die Gläser aus den Händen und stellt sie auf den Nachttisch. Ab diesem Moment sprechen wir kein Wort mehr, nur noch Bonnie Bianco und Pierre Cosso beherrschen, in Zimmerlautstärke, das Terrain. Wir kichern nicht und wir lächeln auch nicht, sondern küssen uns nur! Das können wir, uns küssen, als wären unsre Münder extra für uns geschaffen worden. Der Wein in unseren Gehirnen macht alles noch emotionaler. Heute Morgen im Pool bin ich unerfahren gewesen! Am selben Abend bin ich zwar nicht viel erfahrener, aber ich habe meinen Kopf ausgeknipst. Ich habe keine Angst mehr, etwas falsch zu machen. Und wie haben wir uns doch fortgebildet, in jeder ersten Pause nach Erscheinen der *Bravo,* für diese »*Große Sache*«.

Ich habe mich also fortgebildet, mit Dr. Sommer und seinem Team. Aber in Fleisch und Blut, mit Gerüchen und mit Geschmack, ist es dann doch nicht so wie bei Dr. Sommer auf Seidenglanzpapier. Aber es ist mit Cristiano. Es ist GRANATE!

Im Morgengrauen stehen wir auf dem Balkon. Wir schauen aufs Meer und teilen uns eine Zigarette. Obgleich es angenehm warm ist, ist der Himmel mit Wolken bedeckt und dicker Schaum liegt auf den lauten Wellen. »Lass uns noch 'ne Runde schlafen gehen«, sagt Cristiano, als er mich in den Arm nimmt. Ich lege meinen Kopf an seine Schulter. Ich konzentriere mich auf die Schläge in seiner Brust. Cristiano legt eine Hand auf mein zerzaustes Haar und drückt kaum merklich meine Schläfe gegen sein Schlüsselbein. Und wie so oft in letzter Zeit frage ich mich: **Was habe ich getan?!**

Die restlichen Tage vergingen wie im Fluge. Schon bald werden wir im Flieger nach Deutschland sitzen. Doch vorher hat Nino uns, um sein erfolgreich abgeschlossenes Geschäft zu feiern, zu einem Ausflug eingeladen. Zum Ätna. Diesen Vulkan haben wir vor den Sommerferien sogar noch in Erdkunde durchgenommen, und es hat mich nicht die Bohne interessiert. Ich habe, während der Lehrer mit dem Zeigestock herumhantiert hat, lieber in den blauen Himmel über der Schule geguckt. Oder einem armen Wicht beim Mülleinsammeln auf dem Schulhof zugesehen. Ich habe mich lieber damit beschäftigt, welches Parfum oder welchen Lidschatten ich am kommenden Wochenende tragen würde. Ein geiler Lippenstift war auch schon lange fällig. Ich war es leid, ständig die Reste mit der Spitze meines Toupierkamms oder mit dem Fingernagel aus der Hülse zu kratzen.

Wir boxen uns förmlich durch die Touristenmassen bis zur Absperrung des Vulkans. Cristiano hat Tante Pina unter der Fittiche. Sie hat sich 'ne fette Blase gelaufen, weil sie die verkehrten Schuhe angezogen hat. Aber Cristiano stützt sie und macht Rast auf jeder zweiten Bank, bis ich mit ihr die Treter tausche. Touristen aus Japan oder auch aus China haben ihre Knie vor gedrückt, sie haben ihre Finger am Auslöser der Fotoapparate, vor ihren Gesichtern. Wie Skarabäuskäfer um die Sphinx tummeln sie sich um den feuerspeienden Berg. Uns Deutsche erkennt man an bis zu den Kniekehlen gezerrten Tennissocken in braunen Sandalen. Und an den Fotokameras auf den Sauerkraut-Bäuchen.

Auch ich schieße mit meiner Pocket die versprochenen Fotos für Mama. Aber auch für Cristiano und für mich. Und für unsere Kinder und für unsere Enkelkinder. Alt und vergreist werden wir Bild für Bild auf den Tisch legen, unsere Enkel und unsere Ur-Enkel auf unserem Schoss werden wir die jeweils passende Geschichte dazu erzählen, wie es war, damals, am Ätna! Und im Haus von Tante Pina.

Und in Rom! In der besten Pizzeria der Stadt. Nun, die Pizza ist wahrscheinlich nicht anders als die Pizza bei unserem Italiener. Doch das Drumherum ist das, was es so besonders macht, denn die Pizzeria liegt an einem Neptunbrunnen, und anstatt brav am Tisch zu essen (wie überall), isst man seine Pizza hier durchaus auch am Brunnenrand. Mit hochgewickeltem Rock, so wie Anna und ich. Tante Pina kühlt im Wasser ihre Laufblase, während sie eine große »*Tonno*« vertilgte, auch mit aufgewickeltem Kleid. Die Männer sind am Tisch geblieben, um sich unter Männern ein ordentliches Bier zu gönnen.

Auf dem selben Platz gibt es einen Fotoladen, der für 'nen guten Kurs meinen Film sofort entwickeln kann. Und so fliegen meine Fotos (noch warm) am selben Tag zu Mama und Papa in die BRD.

In der letzten Nacht in Italien spüre ich etwas an meiner Wange und ich schlage irritiert die Augen auf. Cristiano liegt angezogen, auf den Ellenbogen gestützt, neben mir und schaut mich an. »Zieh dich an!«

Ich blinzele zum Wecker auf dem Nachtisch, darauf wieder zu Cristiano. »Um ein Uhr in der Nacht?«

»Nachts macht es am meisten Spaß.«

Am Lenkrad des Automobils mit Reserveifen an der Seite sitzt ein Mann mittleren Alters und lüftet, als er mich an Cristianos Seite aus dem Haus kommen sieht, seinen weißen Hut. Er hat den Wagen so geparkt, dass man ihn von keinem der Fenster sehen kann.

Wir haben noch nicht die Straße erreicht, da verbindet Cristiano mit einem weißen Seidenschal meine Augen. Eine Arie, die mir, wie ein Tennisballwurfautomat, hundert Schauer die Minute über den Rücken jagt, kommt jetzt aus den Lautsprechern; ich habe nicht gewusst, dass mir Al Bano Carirsi eine Gänsehaut bereiten kann. Doch mit diesem seinem Solo tut er genau das.

Etwas in mir sagt mir, dass wir zum Meer fahren, und ich versuche, mir den Seidenschal von den Augen zu ziehen, woran mich Cristiano aber sanft hindert, indem er meine Hand in seine Hände nimmt.

Dann, plötzlich, kann ich es riechen, das Meer, und ich kann das Meeresrauschen hören und das Klatschen der Wellen. Der Autofahrer hat den Wagen angehalten, zeitgleich hat er die Fensterscheiben heruntergelassen und dann das Radio leiser gedreht. Cristiano lässt behutsam meine Hände los, Sekunden später höre ich, wie Cristiano die Seitentür neben sich öffnet, wie er aussteigt. Und wie er dann um das Auto herumgeht.

Meine Tür wird geöffnet und Cristiano nimmt meine Hand. »Darf ich bitten?!«

An seiner Hand steige ich aus dem Wagen, das Meeresrauschen füllt meinen Kopf aus – mittendrin höre ich leise Al Bano, und ich höre Saskias babyhaftes Lachen, höre ihr Kreischen, als eine kalte Welle im Urlaub am Meer damals ihre kleinen Knubbelzehen erwischt hat.

Ich schaffe es, die Tränen zurückzuhalten, während wir den Weg zum Strand hinuntergehn. Minuten später kann ich durch die dünnen Sohlen meiner Leinenschuhe festen Sand spüren.

Auch wenn meine Augen verbunden sind, so ahne ich, rieche ich, dass ich direkt vor dem Wasser stehe, als Cristiano meine Hände, Finger für Finger, loslässt. »Warte auf mich, Tesoro, ich muss noch jemanden abholen!«

Ich höre, wie er nach links zu den Dünen geht, und ich beschließe, meine Schuhe auszuziehen. Darauf folgend tappe ich zum Wasser, um die nächste Welle zu erwischen, und erneut höre ich Saskia, sehe ihre kleinen Füße, indes die Wellen meine Füße umspülen.

Doch plötzlich lässt mich leises Schnauben herumfahren, ich heule schon los, noch bevor ich endlich den Schal runterreißen kann. Cristiano steht zwischen zwei weißen Pferden, die Zügel hält er in den Händen. Und er lächelt sein Cristiano-Lächeln. »Ich hoffe, du kannst reiten?!«

Als Cristiano mir in den Sattel hilft, bevor er sich, ebenfalls barfuß, seine Turnschuhe hat er auf meine Schuhe geworfen, auf sein Pferd schwingt, heule ich noch immer. Cristiano hat alles gegeben, als Gastgeber, als Neffe, als Sohn, als mein bester Freund und als mein Liebhaber! Er ist noch kein richtiger Erwachsener, er ist ein junger Mann in der Ausbildung zum KFZ-Mechaniker. Aber er ist mir meilenweit … voraus! Und ich wage zu behaupten; Cristiano war der Liebling seiner Familie, vielleicht waren Anna und Nino deshalb so unverzeihlich. Wäre es, wenn es andersherum gewesen wäre, wenn Mario anstelle von Cristiano gestorben wäre, auch so gewesen, wie es ist? Hätten sie Cristiano, so wie Mario, niemals mehr verziehen? Hätten sie ihr Kind einfach so zurückgelassen, wie sie Mario verlassen haben?! Hätten sie Cristiano auch mehrfach die Tür vor der Nase zugeschlagen, zu ihrem Haus und, was das Schlimmste ist, zu ihren Herzen?

Cristiano nimmt meine Hand. Und dann reiten wir den Strand entlang, so wie Aschenbrödel an der Hand ihres Prinzen durch den Schnee geritten ist. Wir reiten zu der kleinen Bucht, von der mir Cristiano schon mal erzählt hat.

Die Tiere haben wir an dem Rest eines verrottenden Zauns vor der Bucht angebunden.

Jetzt laufen wir, uns an den Händen haltend, über die

glitschigen Steine, zwischen denen das Wasser gluckert, runter zum Meer.

Am Meer legen wir uns in den Sand und ich lege meinen Kopf, wie so oft schon, auf Cristianos Bauch. Von hier unten beobachten wir die Sterne am fast schwarzen Himmel.

In dieser Nacht auf Cristianos Bauch, in dem es ähnlich gluckert wie zwischen den platten Steinen, träume ich von einer gemeinsamen Zukunft mit der **Liebe meines Lebens.** Von einer Hochzeit in Weiß, in der arabesken Kirche. Vom salzigen Wind, der meinen Schleier in den dunkelblauen Himmel hebt, auf der Klippe über dem Meer. Ich träume, dass meine Eltern neben meinen Schwiegereltern am Fuße dieser Klippe stehen, vor Stolz platzen und dabei wie bekloppt heulen. Es sind die Pläne eines total verknallten Mädchens. Es sind die Pläne, für die es keine Zukunft gegeben hat.

Aber jetzt habe ich die Chance dazu! Ich könnte meine Pläne von damals verwirklichen!

ZEHN

Silkes Kreischen geht durch die gesamte Abflughalle: »Da, da vorne sind sie. Ich kann sie sehen. Ich kann Ela sehen – meine Fresse, was sind die alle braun geworden.«

Noch ehe meine Eltern auch nur daran denken können, mich zu begrüßen, fängt Silke mich schon am Drehkreuz ab. Sie fällt mir lachend um den Hals. »Du doofe Kuh, ich habe schon gedacht, ich seh dich gar nicht mehr ...«

»Ich hoffe, sie gefällt dir!«, sage ich und schiebe das kleine weiße Päckchen zwischen Silke und mich. Silke lässt mich los und ihre Augen werden schon rot, noch als sie am Papier herumzerrt.

»Leg sie mir um!«, sagt Silke und hält mir, nachdem sie das Papier zu Boden hat fallen lassen, die Enden der Muschelkette hin. Die Kette ist weiß, schmal, nur in der Mitte hat sie einen Ring aus dunklen Muscheln. Meine Eltern stehen noch weiter abseits und meine Pupillen sind bis dato überallhin gewandert, nur um nicht auf die Pupillen meines Vaters zu treffen. Doch am Ende wird sein Donnerwetter sich nicht vermeiden lassen; mein Vater weiß, dass ich weiß, dass er weiß – dass ich mit Cristiano geschlafen habe.

Und als er zusammen mit Mama auf mich zukommt, weiche ich etwas zurück.

»Man sieht es dir an, Fräulein!« Papas schwielige Pranke knallt auf meinen Hintern, dass ich hörbar die Luft einziehe.

»Heeeinz ... muss das denn sein ... alle gucken schon!«, sagt Mama.

Doch da drückt Papa mich schon wieder an sich: »Darüber reden wir noch!«

Mama hat sich wirklich Sorgen um mich gemacht, das kann ich ihr ansehen. Und jetzt ist sie überglücklich, dass ich »am Stück« wieder zu Hause bin. Um sie noch glücklicher zu machen, drücke ich ihr, nachdem sie mich weinend vor Freude umarmt hat, ihren Lieblingsduft aus dem Duty free in die Hand. »... hab ich dir mitgebracht. Ich hoffe, es ist keine Fälschung!«

Am selben Abend treffen wir uns alle bei Familie Pollo. Andreas war natürlich auch eingeladen, aber Silke ist allein gekommen.

Silke hat vor zwei Stunden, blöderweise unangekündigt, auf Andreas' Fußmatte gestanden. In der Hand hatte sie eine kleine rote Plastiktüte und in dieser kleinen roten Plastiktüte lag ein Männertanga. Silke hatte im Kaufhaus einen Schlüppi mit Comicfiguren ausgesucht, es sollte eine Überraschung werden, damit die Beziehung auch noch lange in Schwung bleibt. Grinsend hatte sie in der Straßenbahn gesessen, sie hatte sich darauf gefreut, ihrem Freund den witzigen Schlüpfer unter die Nase zu halten, und vielleicht mochte er das Teil auch sofort mal überziehen? Entweder hatte Silke aus düsterer Vorahnung gehandelt ... jedenfalls war da wohl schon was nicht in Schwung, weil nicht Andreas die Tür öffnete, sondern eine sexy Braunhaarige! Und gehüllt war diese in Andreas' schwarzen Kimono. Andreas kam ihr in Pantoffeln aus dem Keller entgegen, als Silke schon wieder auf – Rückzug war. Er hatte seine Arme hochgerissen, weil er wohl angenommen hatte, Silke würde ihm eine runterhauen, und so krachten die zwei Rotweinflaschen, die er aus dem Keller geholt hatte, auf die Stufen. Kurz bevor Silkes Faust auf seine Nase krachte. Aber ich wäre keine gute »beste Freundin«, wenn ich Silke jetzt sich selbst überlassen würde.

Aber Silke hat auch ihren eigenen Kopf. Deshalb bringt es wenig, ihr zu erklären, dass sich Amaretto und Sekt im selben Glas nicht wirklich vertragen. »**Genau darum!**«, sagt Silke und kippt noch einen guten Schluck Genever obendrauf. »... damit ich den Arsch und seine Rehaugen-Schlampe erst mal vergessen kann!«

Cristiano ist aufgestanden. Er wartet in der Tür, bis ich aufgestanden bin, als die in Selbstmitleid badende Silke den Genever in das Glas gekippt hat.

Er führt mich in sein Zimmer und macht einen auf geheimnisvoll, während er die Tür hinter uns schließt. Cristiano lehnt sich gegen die Tür, als könne man damit rechnen, dass ich vielleicht türmen würde, er schiebt seine rechte Hand in die Vordertasche seiner Jeans. »Und jetzt mach die Augen zu.«

Cristiano nimmt meine Hand, und ich kann spüren, wie er etwas um mein rechtes Handgelenk legt.

»So!«, sagt er, als er meine Hand loslässt. »Jetzt kannst du sie wieder aufmachen.«

Als ich lächelnd (ich habe mir natürlich schon gedacht, dass es ein Armkettchen ist, das da an meinem Handgelenk kitzelt) meine Augen öffne, baumelt ein silbernes Panzerkettchen mit einem kleinen Anhänger an meinem Unterarm. Cristiano schiebt den Ärmel seines weißen Rippenpullis hoch und gibt damit den Blick frei auf ein schwarzes Lederarmband, das auf seiner dunkelbraunen Haut unmenschlich gut aussieht. Zwischen die Lederriemchen gespannt blinkt die linke Hälfte eines senkrecht zerteilten Herzens! Cristiano drückt *seine* linke Herzhälfte auf *meine* rechte Herzhälfte, wie man es bei einer Blutsbrüderschaft macht: »Wir sind jetzt für immer verbunden, Tesoro! Weil man mit 'nem halben Herzen nicht leben kann!«

Selbstverständlich bleiben wir noch eine Weile in Cristianos Zimmer und besiegeln unsere kleine heimliche *Verlobung?* – mit einem langen Kuss! Ganz bestimmt hat Cristiano vorgehabt, es irgendwann offiziell zu machen, vielleicht mit einem süßen kleinen Ring. Doch leider machen ihm, seine kleine Verlobte?

... und das siebente Stockwerk eines Hochhauses in Essen-Bredeney einen dicken Strich durch die Rechnung!

Cristiano hat seinen Arm um meine Schultern gelegt, als wir auf dem Weg zurück ins Wohnzimmer sind. Auf der Höhe der Wohnungstür hören wir, wie von außen ein Schlüssel in den Zylinder gesteckt wird – Wimpernschläge später stehen wir drei uns gegenüber.

»Na, Lieblingsbruder ...«, sagt Mario, »... wieder im Lande?!«

Die Brüder knuffen sich jetzt, laut lachend, gegen ihre Oberarme. Weil ich mir überflüssig vorkomme, schlage ich den Weg zum Wohnzimmer ein. Aber Marios Stimme ist es, die mich nach nur wenigen Schritten zum Stehenbleiben bringt: »Nicht so eilig, junge Dame!«

Er lässt seinen Bruder los und kommt auf mich zu. Mario umarmt mich, dann klopft er mir auf den Rücken. Während er auf mich eindrischt, nehme ich den Duft seiner Lederjacke wahr und den Duft seines Aftershaves. Mario benutzt *OLD SPICE* noch heute, wenn ihm danach ist. »Na, dann ma: Herzlich willkommen! In unserem kleinen, aber feinen sizilianischen Clan.«

Und damit lässt Mario mich stehen, ich bin die Freundin seines *kleinen* Bruders, die er *nett* findet, und geht mit langen Schritten ins Wohnzimmer. Cristiano legt wieder seinen Arm um mich und wir folgen Mario.

Während auf gewohnt typische Weise die gegenseitige Begrüßung vom daheimgebliebenen Sohn und seiner zurückgekehrten Familie stattfindet, setze ich mich neben Silke, die jetzt mit knallroten Augen an einer Handvoll Salzstangen kaut. Nebenbei hoffe ich, dass meine Eltern Mario jetzt nicht noch darauf ansprechen, dass er sie damals vor der Tür hat stehen lassen und er sich lieber mit der kichernden Marlena vergnügt hat. Doch meine Sorge ist

119

unbegründet, weil auch mein Vater von Mario begrüßt wird, als wäre er ebenfalls ein klein bisschen Italiener. Während Cristiano sich ebenfalls in die Party-Ecke verdrückt, bleibe ich bei Silke. Und ich höre, bis wir uns auf den Heimweg machen, unter anderem, was für 'ne Flasche Andreas doch eigentlich im Bett war!

Wir machen uns nach ungefähr zwei Stunden auf den Nachhauseweg. Und auch, wenn der Terrorismus damals anders aussah, als er das heute tut, sperrte man dennoch den Hausflur um 21.00 Uhr ab, wie auch im Block der Familie Pollo. Cristiano war so freundlich, uns mit dem Schlüssel nach unten zu begleiten, nur hat Silke länger gebraucht, um unten anzukommen, weil sie nach ihrer Spezialmischung so unglaublich knülle war, dass sie sich, immer und ewig, am Geländer festgekrallt hat. Erst recht, wenn man ihr helfen wollte.

Aber irgendwann hat auch Silke es geschafft – die Geduld meiner Eltern ist auch fast ausgeschöpft und auch die wissen jetzt, wie scheiße Andreas poppen kann!

Papa knipst Silkes Schlüssel ab, der an einem pinken Karabinerhaken an der Schlaufe ihrer Jeans baumelt. »Wir liefern sie zu Hause ab! Und du, Michaela, mach auch, dass du nach oben kommst!«

An Cristianos Seite sehe ich zu, wie die drei den Tunnel ansteuern ...

Das kaputte Deckenlicht im Tunnel blinkt wie das Licht in einer Disko (Stroboskop) über Mama, Papa und über der fluchenden Silke, wegen der schnellen Lichtabfolge sieht es so aus, als machten die drei 'ne Runde Breakdance. Silke hat sich an Papa gehängt wie an ihren lebendigen Kummerkasten. »... beschissenes Aschschloch!«, schallt es mal lauter, dann wieder leiser von den Graffiti-Wänden der Unterführung. »… duuu be-schissenes Arschloch!«

Ich habe mich nachfolgend, auf dieselbe Weise von Cristiano ver-abschiedet, wie ich es auch bei meinem letzten Abschied getan habe. Später habe ich auch wieder in die Kiesel neben unserer Haustür gekotzt. Oben habe ich mir den Mund ausgespült und mich dann von meinen Eltern verabschieden wollen. Doch sie haben meine Worte neben ihren Betten nicht mehr gehört.

Sie haben zwar jetzt nicht so tief ins Glas geschaut, aber es hat ausgereicht, um die Abschiedsworte ihrer Tochter, weil sie sofort in den Schlaf gefallen sind, nicht mehr zu hören.

Meine halb gerauchte Zigarette hängt in meinem Mundwinkel, wie die halb gerauchte Kippe im Mundwinkel eines Cowboys hängen würde. Eines Cowboys, der auf seinem Gatter sitzend seine muhende und grasende Rinderherde betrachtet. Doch ich hocke auf keinem Gatter, sondern sitze auf meinem Fenster-sims, und ich fixiere Cristianos Fenster im Block gegenüber, das genauso schwarz ist wie der Himmel über den flachen Hochhaus-dächern. Da wird schräg gegenüber die Haustür neben dem Kiosk geöffnet und Oma Fittich schlurft in Latschen und im Schlafrock aus dem Haus. Sie bückt sich und lässt Bello von der Leine, damit er an den erstbesten Baum einen Meter weiter pinkeln kann.

Wie gewohnt schnippe ich die Kippe über den Balkon hinweg auf den Gehweg. Der Drache hat brav in seiner Zigarrenschachtel mit den Glanzbildern gewartet, jetzt wartet er neben mir, auf dem Fenstersims, auf seinen Einsatz. Er glänzt im Licht der Straßen-laterne, wie die Herzhälfte an dem Silberkettchen an meinem Unterarm glänzt.

Ich schließe nun meine Augen, ich drehe die Spule im Rücken des Drachens herum.

Und dann fliege ich, auf kaum hörbaren Klängen, wie Sindbad

auf seinem *Fliegenden Teppich* zu seinem nächsten Ort geflogen ist, nach Hause.

DAHEIM?!

Ich habe den Drachen zurück in meine Schatulle gelegt, und als ich jetzt Stufe für Stufe in die Küche hinuntergehe, sinkt mit jeder der Holzstufen meine Laune noch tiefer.

Als ich in die Küche komme, beißt Mama gerade in ihre Wurststulle, nur schluckt sie den Bissen runter, ohne ihn ordentlich gekaut zu haben; ich habe nicht gewusst, wie schnell sich ein menschliches Gesicht verfärben kann. Aneta lässt die Pfanne los, die Pfanne knallt auf Marios Teller, Aneta springt auf und reißt meiner Mutter das Halstuch runter, sie reißt Mamas Kiefer auseinander, dann steckt sie ihre Hand in den Rachen meiner Mutter. Dann fängt sie an zu wühlen, bis Mama würgt und mit den Händen rudert, ich kann hören, wie ihre mageren Schienbeine vor das Gestänge des Rollstuhls schlagen. Aneta wühlt weiter, ich bin jetzt kurz davor, sie von Mama wegzureißen und spätestens jetzt den Notruf zu wählen.

»Sie dürfen nicht so schlingen!« Aneta pfeffert einen durchweichten Haufen aus Mamas Hals auf Mamas Teller, anschließend patscht sie auf den Wangen meiner Mutter herum, bis diese wieder ihre normale Farbe annehmen.

Erst jetzt setze ich mich ächzend neben Mario, der genauso weiß ist wie das Glas Naturjoghurt neben seinem Teller.

So, als hätte Aneta Mama gar nicht vor dem sicheren Tod bewahrt (für mich ist diese Frau eine wahre Heldin), schiebt sie meine Mutter nach dem Frühstück in den Garten. Sie parkt die alte Frau im Rollstuhl unter dem zitronengelben Sonnenschirm und kontrolliert noch mal den Allgemeinzustand. Hiernach drückt sie ihrem Mündel einen großen Schnabelbecher in die Hand und Mama fängt wie auf Befehl an, an ihrem Saft zu zutzeln.

Auf dem Gartentisch liegt schon Anetas Buch. Aneta schnappt sich den Roman und setzt sich in den Sonnenstuhl. Anschließend schlägt sie ihre schlanken, gebräunten Beine, die aus ihrer Shorts ragen, übereinander. Sie streift sich gegenseitig mit ihren Füßen ihre Flip-Flops ab. Aneta zappelt mit den Zehen (ihre Nägel sind kirschrot), als sie ihr Buch aufschlägt.

Ohne seinen Blick von Anetas kirschroten Nägeln zu nehmen, beugt sich Mario über seinen Teller, er stinkt nach abgestandenem Rührei und ich drehe meinen Kopf zur Seite.

»Was hältst du davon, wenn wir jetzt hochgehen und dort weitermachen, wo wir heute Morgen aufgehört haben?!«

Nur will ich nicht weitermachen. Ich will ihn in diesem Moment nur noch loswerden!

Und da ich sowieso leichte Kopfschmerzen habe, bastele ich mir daraus eine erstklassige Migräne …

Damit Mario auch keinen Verdacht schöpfte, habe ich zwei Kopfschmerztabletten aus der Packung gedrückt, aber sie danach ins Klo geworfen. Anschließend habe ich mein Telefon aus der Handtasche genommen und dann leise den Schlüssel im Schloss der Schlafzimmertür herumgedreht. Ich habe mehrmals angefangen, Reet anzurufen, aber spätestens nach dem zweiten Klingeln habe ich wieder aufgelegt. Nach einer Weile bin ich aufgestanden, habe die Tür wieder aufgeschlossen und meinen Kopf aus der Tür gesteckt, doch es ist nichts zu hören, Mario ist sicher zur Arbeit gefahren, er kann es sich leisten, zu kommen und zu gehen, wann immer er das will. Und Aneta ist mit Mama im Garten.

ELF

Meine Jacke habe ich dieses Mal eigenhändig an die barocke Garderobe gehängt.

Und genauso wie bei meinem letzten Besuch sitze ich auf dem Sofa und spiele mit den Kordeln der Lehne. Reet steht neben mir und schenkt frisch gebrühten schwarzen Kaffee in die geschnörkelten Tassen vor uns auf dem Tisch, und wieder gibt ihr der Leuchter an der Decke einen Hauch von Medusa.

Reet setzt sich, dann stellt sie die Kanne über das Teelicht im Keramikstöfchen, neben die aufgeschnittene Himbeertorte. Sie nimmt ihre Tasse in die Hand und lehnt sich im Sessel zurück. Ich bin froh, dass sie mir bis jetzt keine Torte angeboten hat, sicherlich sieht sie mir an, dass ich am liebsten gegen die Wand brechen würde. »Du siehst verändert aus, Michaela!«, sagt Reet und nippt an ihrer Tasse.

Ich habe mir auf dem Weg hierhin den folgenden Satz mindestens drei Millionen Mal durch den Kopf gejagt. Nein, es sind mindestens sechs Millionen Mal gewesen, weil ich kurz vor dem Ziel doch noch kalte Füße bekommen – und noch einmal zurück nach Hause gefahren bin.

»Reet, ich habe mich ...«

»... du hast dich entschieden! Ja, ich sehe es dir an! Aber ich muss gestehen; du siehst mich überrascht, dass es dann doch so schnell ging, da du ja so glücklich warst und deine Chance auch überhaupt nicht nutzen wolltest.«

»Ich glaube, ich habe Bewunderung mit Liebe verwechselt!« Reets Augenbrauen hüpfen zur Decke. »So?«

»… natürlich war ich in Mario verknallt, schließlich war – und ist – er ein sehr gut aussehender Mann. Ich glaube, es war seine Geradlinigkeit und sein Wille, etwas im Leben zu erreichen. Als wir noch Musikkassetten getauscht haben, oder auf schmutzigen Mauern herumsaßen und uns gegenseitig unsere Turnschuh bemalten oder die doofen Punker mit Steinen bewarfen, da wollte Mario Arzt werden! Und dass so jemand an mir Interesse gezeigt hat, das hat mir wohl ganz schön imponiert!«

Bei jedem zweiten ihrer folgenden Worte wackelt Reets Kopf wie der Kopf eines Wackeldackels auf der Hutablage über einem Kofferraum: »Und dass er ein dickes Motorrad fuhr, dass er dir Geschenke machte … und dass er **fähig** dazu war, seinen **eigenen Bruder zu hintergehen,** das hat dir wahrscheinlich auch imponiert!«

Ich übergehe Reets Provokation, schließlich bin ich eine erwachsene Frau und keine siebzehn!

»Mario war anders! Mario dachte an seine Zukunft. Und er hatte Träume und Ziele, die er erreichen wollte und die er auch erreichen würde, uns anderen war unsere berufliche Zukunft doch scheißegal. Irgendwie würde es schon weitergehen. Aber Mario wollte Arzt werden! Und nicht Fabrikarbeiter oder Verkäufer oder …«

»… oder KFZ-Mechaniker-Meister, wie Cristiano!«, sagt Reet.

Ich stehe auf, gehe zum Fenster und sehe hinunter in den Hof. Auf dem langen Tisch, neben dem verstaubten Teppich über der Teppichstange, stehen Töpfe und gefüllte Schüsseln. Gleich werden die Menschen, die hier wohnen, zusammensitzen, und vielleicht werden sie bunte Lampen aufspannen, und vielleicht werden sie Wein aus Wassergläsern trinken. Und vielleicht wird einer von ihnen ein Radio auf den untersten Ast des Baumes hängen …

Tränen kullern nun auf meine schicke Bluse. »Reet?«

»Ja, Michaela?«

»In meinem Leben gibt es keinen Menschen, den ich mehr liebe als Cristiano! Nicht meine Mutter, nicht meine Oma und auch nicht meinen Vater. Und auch nicht Mario! Außer …«

Die gesamte Zeit über hat mich etwas bei dieser Sache gestört, das, was ich nicht in Worte fassen konnte. Nun weiß ich, was es war … dazu muss ich den Namen meiner Tochter gar nicht erst aussprechen!

SASKIA

In das laute Brummen meines Motors (ich fahre 200 Sachen, um nur schnell von Reet wegzukommen) schleicht sich das laute Quäken meiner gerade geborenen Tochter! Schwester Daphne, die Hebamme, war Amerikanerin, und sie war schwarz. Sie war unglaublich feinfühlig, die feinfühligste Schwester der ganzen Station, und sie hat meine Tochter auf die Welt gebracht.

»Darf ich Ihnen das schönste Kind der Station präsentieren?!«, hat sie mit einem Akzent gesagt, den kaum ein Amerikaner restlos ablegen kann. Der Akzent ließ mich an Howard Carpendale denken, der aber Afrikaner war, wenn ich mich nicht irre. Meine Tochter, die ausgesehen hat wie ein fetter, weißer Mehlwurm auf meinem eingesunkenen, hutzeligen Bauch, hörte bei Daphnes Stimmlage sofort auf zu brüllen und ihre dunkelbraunen Augen schauten mich ewig an, ohne auch nur zu blinzeln. Es war Liebe! Es war **bedingungslos!**

Leider muss ich mein Tempo jetzt drosseln, da ich mein erstes Ziel nach Reet und meinem Aha-Erlebnis erreicht habe.

Vor dem Tante-Emma-Laden stehen zwei Frauen mit ihren vollen Bastkörben (es gibt Möhren mit Grün und Lauch) zwischen ihren Birkenstock Sandalen, so, wie es den Anschein hat, sind sie im Plausch versunken. Sie unterbrechen ihren Plausch, um zu mir herüberzugucken, als ich im zweiten Gang, aber noch mit Bleifuß, auf den Parkplatz lenke.

Ich parke meinen Wagen. Wenige Augenblicke danach springe ich aus dem Auto und stürme an ihnen vorbei die Ladentreppe hoch und dann zum nächsten Weinregal.

Mit zwei Flaschen Rotwein renne ich erneut an den beiden Hausmütterchen vorbei zum Auto, die wiederholt ihren Plausch unterbrechen.

Als ich vom Parkplatz fahre, gucken sie mir kopfschüttelnd hinterher. Ich sehe es, im Rückspiegel.

Die Flaschenhälse stecken vorne und hinten in meinem Hosenbund, es gluckert bei jedem meiner Schritte, während ich den Weg zu Silkes Grab gehe. Dummerweise habe ich nicht an eine Plastiktüte gedacht, um den Wein aus Respekt gegenüber den Verstorbenen zu verstecken. Aber an ein Feuerzeug habe ich heute gedacht.

Bevor ich mich auf *meine* Bank neben Silke setze, halte ich kurz Ausschau nach Hildes Grab und nach ihrem gutherzigen Witwer, doch leider kann ich den alten Herrn nirgendwo entdecken.

Und nur gut, dass ich Wein mit Schraubverschluss genommen habe. Ich hatte mir einfach die zwei erstbesten Flaschen gegriffen, die das Weinregal zu bieten hatte, nicht auszudenken, hätte ich mir jetzt auch noch 'nen Korkenzieher organisieren müssen.

Mir fällt auf, dass ich an Blumen überhaupt nicht gedacht habe, was auch in meiner Verfassung kein Wunder ist, als ich den Schraubverschluss in den kleinen Mülleimer werfe, in dem ich bei meinem letzten Besuch das Blumenpapier entsorgt habe.

Ich setze mich auf die Bank, dann atme ich tief durch und setze die Flasche an.

Ich trinke, bis der Wein die Schrift in der Mitte des roten Etikettes erreicht hat ... es ploppt ziemlich laut, als ich den Flaschenhals von meinen Lippen ziehe – nach einer halben Flasche Rotwein ist die Welt um mich herum gleich nicht mehr die Hölle, sondern nur noch der Vorhof zur Hölle.

Ich stelle die halbleere Flasche neben die Bank, um aus der Hintertasche meiner Jeans meine Zigaretten hervorzukramen. Da es keine Pappschachtel ist, sondern eine weiche Packung, muss ich das Päckchen auf meinem Oberschenkel erst wieder in Form bringen, um überhaupt an eine Zigarette ranzukommen. Wie ein Junkie vor seinem Bierglas auf dem bumsvollen Bierdeckel wühle ich knisternd in der Packung, doch endlich schaffe ich es und stecke mir die noch leicht eckige Kippe zwischen meine blau verfärbten Lippen, die ich vorher noch gründlich abgeleckt habe.

Ich erinnere mich noch daran, die Flasche in die Hand genommen – und mich dann angelehnt zu haben. Aber ich muss dann doch eingenickt sein, denn als ich mich jetzt gerade aufsetze, liegt der Friedhof nicht mehr wie vorhin im gleißend hellen Sonnenschein, sondern in langen Schatten der Kastanien. Eine Oma mit Hut, ein paar Reihen weiter links, rückt ihre Lilien in einer Metallvase zurecht, wobei sie mich nicht aus den Augen lässt.

»Was gibt es denn da zu glotzen?«, lalle ich und hebe drohend die nun leere Flasche. »... keine eigenen Sorgen?« Aus dem Handgelenk und sogar ohne hinzugucken werfe ich die Flasche in den Mülleimer. Weil aber die Tonne leer ist, ist das Geräusch, als die Flasche am Boden aufschlägt, lauter, als ich eigentlich beabsichtigt hatte. Worauf die Alte jetzt ihre Lilien Lilien sein lässt und sich lieber daranmacht, ihre in der Gegend verstreuten Harken und Schippchen in die blaue Discountertüte zu stopfen.

Ich mache mich aber erst an die zweite Flasche, als die Dame, nur noch als Miniaturausgabe, hinter das Friedhofstor tritt, dann um die nächste Ecke biegt. Hoffentlich holt die nicht die Polente, denke ich, während ich mit den Zähnen dem hartnäckigen Verschluss zu Leibe rücke.

Dann krieche ich endlich zu Silke und setze mich hart auf die noch warme Platte.

Ich lehne mich an den Fuß des ebenfalls noch warmen Marmorengels und lasse, wie schon auf der Autobahn und vor dem Weinregal und wie die ganze Zeit über hier auf dem Friedhof, mein Gedankenkarussell sich von Neuem drehen ... um Reet nicht ins Gesicht zu springen, habe ich mich hinter meinem Rücken an die dünne Fensterbank gekrallt, und brüllend habe ich ihr an den Kopf geworfen – sie und ihr Bruder hätten mich überhaupt nicht richtig aufgeklärt!

Reet zupfte und fummelte sichtlich nervös an ihrer Turmfrisur, dabei erklärte sie, regelrecht pissig: Ich wäre ja schließlich kein kleines Kind mehr – so weit müsste ich doch wohl denken können, dass Kinder nicht von den Bäumen fallen. Und den Storch könnte ich auch getrost weglassen! Dass es Saskia nun mal nicht geben *konnte,* wenn ich mich für Cristiano entscheiden sollte. Auf den Lippen kauend habe ich abgewogen, sie mitsamt ihrer lächerlichen Frisur in der Torte zu versenken. Oder sie zusammen mit ihrem Clan im Innenhof auszuräuchern. Doch ich habe nichts davon getan!

Ich habe irgendwann zu ihren Füssen auf dem plüschigen WC-Vorleger gekniet und habe in Reets Kloschüssel gebrochen, Reets fetter Hintern ist neben mir über den Rand der Wanne gequollen. Ihr Turm aus Haaren legte sich als ein langer Schatten über den ebenfalls plüschigen Klodeckel, Reet tätschelte mir mitleidig über den Rücken und während ich mich in Krämpfen wand, wollte ich nichts anderes, als sie an ihren Haaren in die Kloschüssel stopfen. Ohne vorher abgezogen zu haben.

Ich bin von Reet aus zu Silke gefahren, weil ich es ja gewohnt bin, wenn die Kacke am Dampfen ist, zu Silke zu fahren. Silke hat mir niemals Vorwürfe gemacht, sie hat starken Kaffee gekocht oder einen Pott Vanilleeis und zwei Esslöffel geholt, und meistens stellte sie noch einen Schnaps dazu. Doch mir wäre jetzt weder mit Schnaps noch mit Vanilleeis geholfen! Außerdem braucht jeder, der sich mit Schuld bekleckert hat, seinen persönlichen kleinen Sündenbock – mein *Sündenbock* lag zwei Meter tief unter mir.

Darüber hinaus rumpelt in meinem Kopf seit Jahrzehnten ein nicht enden wollender Zug mit tausend kleinen Rädern. Die Räder rattern und rattern und wiederholen immer nur den einen Satz: **Ela, es ist Silvester. Ela, es ist Silvester. Ela, es ist Silvester ...** mit wutverzerrtem Gesicht werfe ich die Flasche in den benachbarten Rhododendron.

Dann drehe ich mich hin und her, um auf irgendeine Weise auf die Beine zu kommen.

Ich greife mir den erstbesten Stein und ich heule, während ich das **Subjekt** unter mir verfluche, während ich seine bescheuerte Jakobsmuschel mit dem Stein zerkratze. **Sie** ist schuld daran, dass ich mich jetzt zwischen **Cristiano** und meiner **TOCHTER** entscheiden muss! **Sie!**

Immer schneller kratze ich, ich stelle mir vor, wie ich Silke an ihrem verfaulten Schlafittchen packe und sie ganz nah an mein Gesicht zerre: Warum warst du nicht hartnäckiger – warum nur; Ela, es ist Silvester ... **DU HÄTTEST MICH ZURÜCK-HALTEN MÜSSEN!**

Als mein Koller verebbt ist und ich keuchend in der weit fortgeschrittenen Dämmerung stehe, lasse ich den Stein neben die Jakobsmuschel fallen: Kann ich Silke überhaupt die Schuld geben?

Hätte mir eine Mutter in Saskias Krabbelgruppe oder wo auch immer irgendwas mit Entscheidung auch nur angedeutet, ich hätte sie gesteinigt!

Eine wahre Mutter hätte gesagt: Tschööö, Reet, es war schön mit euch und es war auch schön, mal wieder zurückgegangen zu sein, doch es steht außer Frage, wie ich mich entscheide!

Ich nehme das Handy aus meiner Hosentasche, um mit der integrierten Taschenlampe über das Schlachtfeld, welches ich auf dem Grabe meiner besten Freundin angerichtet habe, zu leuchten. *Bitte nicht so schlimm, bitte nicht so schlimm, bitte nicht so schlimm!* Und es ist auch nicht so schlimm! Die Platte ist deutsche Wertarbeit, bis auf wenige Kratzer, ich werde sie mit Schleifpapier bearbeiten, ist es noch einmal gut gegangen.

Inzwischen ist es fast völlig dunkel, dennoch beschließe ich, bevor ich nach Hause fahre, zu Hildes Grab zu gehen.

Ich lasse das Licht über Hildes Grabstelle gleiten. Der Steinmetz hat wirklich gute Arbeit geleistet, wie bei Silke, nur nicht so pompös, beugt sich ein Engel aus Marmor über den Acker. Er legt schützend seine Flügel über Hilde und über ... *Karl!* Auch das Bild des Hochzeitspaares hat ihr gemeinsamer Sohn schon angebracht.

Ich gehe näher ran, wische mir über meine feuchten Augen und leuchte auf das Sterbedatum: Karl hat nicht lange gebraucht, um *seiner großen Liebe* zu folgen.

Zweifelsohne habe ich die Anrufe in Abwesenheit auf dem Display gesehen, aber ich habe sie ignoriert. So, wie ich auch ihre Kurznachrichten ignoriert habe. Mit Rotweinfahne und mit trockenen Blättern in den Haaren bin ich durch unsere Haustür geschlichen und bin dann auf die Traube Menschen, mit Jacken und Mänteln in den Händen, getroffen. Mama ist im Rollstuhl eingeschlafen. Ich habe mich gefühlt wie der Überraschungsgast auf seiner eigenen Überraschungsparty.

»Warum bist du nicht ans Telefon gegangen?«, fragt Saskia unfreundlich, sie hängt ihre Jacke zurück an die Garderobe. »Wir wollten gerade zur Polizei, damit die dich suchen!«

»Ich hatte was mit Silke zu besprechen ... «

»Es ist schwer für dich, hm ...?«, sagt Saskia, nun freundlicher, dabei zupft sie mir ein Blatt aus dem Haar.

»... mehr als das!«, antworte ich und schlucke hart.

Ich lasse sie im Glauben, ich hätte mich nur aus Trauer um Silke auf dem Friedhof herumgetrieben, was sonst hätte ich meiner Tochter auch sagen sollen? Dass ich von Silke einen Rat gebraucht habe? Weil ich wegen IHR – wegen SASKIA – in der Zwickmühle saß?

Früher oder später hat die Traube sich aufgelöst. Mario hat mir ein warmes Bad eingelassen. Und auch Aneta ist mit ihrem Roman und mit Mama nach oben gegangen.

Ich habe in der heißen Wanne gesessen und habe nicht weniger heiße Tränen vergossen. Sie haben sich, um sich die Wartezeit zu versüßen, Pizza bestellt. Mario hat mir ein Stück Thunfisch-Pizza ins Bad gebracht. Die »Tonno« und das Wasser. Beides zusammen lassen mich an den Tag in Rom zurückdenken, worauf sich erneut ein heißer Schwall aus Tränen in mein Badewasser ergießt.

Nach dem Bad bin ich sofort ins Bett gegangen. Dort habe ich mich in den Schlaf geweint.

Und nun liege ich wach, und meine Augen brennen. Ich traue mich kaum, mich zu bewegen, um den schnarchenden Mario neben mir nicht zu wecken. Deshalb macht mein Arm, wie von selbst, einen weeeiiiten Bogen um Mario, um Marios Nachttischlampe auszuknipsen.

Um so weit wie möglich von Mario entfernt zu sein, robbe ich in Zeitlupe bis an die Kante meiner Betthälfte, und fast falle ich raus, doch ich schaffe es dann doch, mich am Bettpfosten festzuhalten und mich dann einigermaßen gemütlich hinzulegen.

Nur als Silhouette erkenne ich die Kommode an der Wand. Dort steht mein Schmuckkästchen, unter dem silbernen, schweren Deckel liegt, auf dunkelblauem Samt, mein Drache auf dem Rücken. So wie ich, weniger als einen Meter von ihm entfernt, in meinem Bett liege.

ER in seiner Schatulle, und ICH in meinem Bett: Wir wissen beide, dass unsere letzte Reise, unsere LETZTE REISE, gewesen ist!

ZWÖLF

Trotzdem laufe ich Wochen später durch die Zimmer unseres Hauses. Der kleine Drache schwitzt in meiner schweißnassen Faust. Ich suche nach einem Versteck für ihn, um ihn nicht greifbar zu haben. Erst gestern habe ich in der Garage gestanden, meinen Freund habe ich auf den Baumstumpf neben dem Kaminholz gelegt. Die Axt hat in meinen Händen gebrannt! Ich habe auf den dünnen Hals der Figur gezielt, wenn der Drache kaputt ist, gibt es kein ZURÜCK. Und mein Schrei, als die Axt runtergesaust ist, war kurz und angestrengt, wie es manchmal bei Tennisspielerinnen der Fall ist, wenn sie den Ball schlagen! Aber ich habe daneben geschlagen! UNABSICHTLICH natürlich! Jedenfalls redete ich mir das auch noch auf dem Weg ins Schlafzimmer ein. Und auch noch, während ich die Figur in die Schatulle zurücklegte.

Weitere Wochen vergehen, und ich kann jetzt ohne jeglichen Stolz behaupten: Unser Zusammenleben ist eine *Farce*. Vor Kurzem erst habe ich meinen Ehemann von mir gestoßen. Obwohl die Stimmung den Tag über schon mehr als lausig war, wollte Mario es abends wissen, und während er an mir wühlte und »*vorm Tor*« tänzelte, während ich mich seinen nassen Küssen entzog, schob sich Cristiano, wie er zwischen den Pferden gestanden hat, zwischen mich und meinen feurigen Ehemann. Da ist es einfach passiert: Ich habe meinen Mann von mir weggetreten! Mario war, wie ein Dummy nach einem Frontalaufprall, mit dem Rücken gegen die hohe Kommode gegenüber dem Bett gekracht und die Vasen und der ganze andere Plunder, aber auch mein Kästchen, wackelten. Doch augenblicklich hat er sich nach oben gehievt. »Bist du bescheuert?«, hat er geschrien und dabei mit verzerrter Miene über seinen Nacken gerieben. Sein Penis, der bis eben noch nicht zu übersehen gewesen war, war nun zu einem dicklichen Wurm zusammengeschrumpft, der trotzig zwischen Marios Beinen zappelte. Aber *ich* habe an jenem Tag *nicht* die Koffer gepackt. Mario hat die breiten Schubfächer aufgerissen, dann schaufelte er seine Unterwäsche und Krawatten und Socken in seinen bereitstehenden Sportrucksack. Bügel fielen klimpernd auf den Schrankboden, weil Mario wie eine Furie an den gebügelten Hemden zerrte, die er dann ebenfalls in den Rucksack vor dem Schrank stopfte. Ich habe im Schneidersitz auf dem Bett gesessen, ich wollte meine Hand nach ihm ausstrecken, ihn aufhalten und mich natürlich bei ihm entschuldigen. Nachdem er schließlich die Treppe hinuntergepoltert war, dann die Haustür hinter ihm ins Schloss gekracht war, hatte ich nichts von dem, was ich hatte tun wollen, getan.

Ich habe fest damit gerechnet, dass Mario, nachdem seine Wut verraucht war, nach Hause zurückkäme. Aber Mario kam nicht. Und er rief auch nicht an. Ich schrieb am laufenden Band SMS, entschuldigte mich. Ohne Mario konnte ich meinen gewohnten Lebensstandard unmöglich halten. Mama müsste wieder in ein Heim, aber eine Seniorenresidenz wäre ganz sicher nicht mehr drin!

Außerdem braucht Saskia ihren Vater, auch wenn sie eine erwachsene Frau ist. Nur für den Notfall, falls ihre Rabenmutter doch noch diese Sache mit dem Drachen begehen sollte. Und irgendwann hat Mario geantwortet.

»Warum?«, hat Mario gefragt, als wir noch am selben Abend bei Weißwein in der Küche saßen.

»Ela, du hast mich aus dem Bett getreten!«

Ich nahm einen großen Schluck Wein, wälzte ihn im Mund hin und her, um Zeit für eine glaubhafte Lüge zu schinden. Die Wahrheit konnte ich ihm ja schlecht um die Ohren schlagen: *Jaaa, aber doch nur, weil dein Bruder mit den beiden Pferden aufgetaucht ist und ich an jene wunderschöne Nacht, erinnert worden bin. Und weil ich dir gegenüber solch einen Ekel verspürt habe, weil ich hier bleiben muss, damit unsere Tochter am Leben bleiben darf!*

»... vielleicht sind es diese *verflixten Hormone, oder die Trauer um Silke. Ich kann dir nur sagen: Es tut mir leid, Mario! Es wird nie wieder vorkommen!«

Und eine gewisse Zeit lang lief es auch wirklich gut. Wir gaben uns Mühe und spielten den anderen das perfekte Paar vor, doch in Wirklichkeit sah es ganz anders aus. Wir waren wie zwei Truthähne zu Thanksgiving in ihrer Bratensoße, kurz bevor der Rote Pin in deren Rücken herausspringt: kurz vorm Explodieren! Zu Mama verlor ich immer mehr den Bezug. Ich hatte sie nach Hause geholt, so, wie ich es versprochen hatte, aber **diese Frau im Rollstuhl** war nicht mehr meine Mutter, nachdem ich drüben gewesen war: **nicht mehr!** Wenn Aneta mit leuchtenden Augen, eigentlich sollten meine Augen leuchten, von den Fortschritten meiner Mutter erzählte, sehnte ich mich nach der Mama, die mir Vanillepudding mit Johannisbeeren gekocht hatte. Die mir aber auch, wenn es sein musste, mein fleckiges Matheheft um die Ohren gehauen hatte. Die Mutti, die ihr halbes Leben mit

Stricken vertrödelt hatte. Und ich ihr liebstes Opfer gewesen war. Einer musste die kratzigen Pullover ja schließlich tragen.

Und dann war der Tag da: Mario hatte eine Geliebte. Ich hatte mich auf dem Rücken liegend, schlafend gestellt, als Mario frische Wäsche aus dem Schrank kramte. Er hatte eine Melodie gesummt, als er ins Bad geschlendert war. Kaum hatte er die Tür hinter sich geschlossen, schlug ich die Augen auf. Aber erst, als ich das Wasser in die Duschtasse prasseln hörte, hatte ich mich zu Marios Nachttisch gerollt, um mir sein Smartphone aus seiner Schublade zu nehmen.

Die Intuition einer Frau, die nach Marios gefühlt hundertster Überstunde wie eine fette rote Strandboje an die Wasseroberfläche gesprungen war, war schuld daran, dass ich nun auf unserem Bett sitze und im Handy meines Mannes spioniere. Ich schäme mich vor mir selbst, dennoch kann ich es nicht lassen, durch seine Chats zu blättern. Mario hat es noch nicht mal für nötig gehalten, *ihren* Namen zu verschleiern. Die Brause ist jetzt zugedreht. Dafür knattert der Rasierapparat, und Mario summt schon wieder.

Ich höre die Schutzklappe der Steckdose klappern, weil Mario den Stecker seines Rasierapparats herausgezogen hat. Und spätestens *jetzt* hätte ich das Telefon zurücklegen sollen.

Spätestens aber, als ich Marios Badeschlappen an seine Fersen in Richtung der Tür schlagen hörte …

Marlena war es, die den ersten Schritt getan und meinen Mann über die sozialen Netzwerke zu einem Bier überredet hat, und Mario hat sich doch tatsächlich mit ihr getroffen. Doch Mario war, wenn überhaupt, nur an Freundschaft und nur der alten Zeiten wegen interessiert. Mario hat sich frisch rasiert in seinem Bademantel neben mich gesetzt, er hat mir *sein* Telefon aus der Hand genommen, danach hat er mir Fotos vom letzten gemeinsamen Treffen gezeigt ... aus der einstigen Venus ist eine Bioladenfanatikerin geworden, mit selbst gestrickten Norwegersocken über Trekkingschuhen. Die bunten Perlen in den Dreadlocks (und grauem Sidecut) reichen bis zum Sitz ihres Barhockers. Mario hat danach auf meinen Wunsch die Bilder aus der Galerie gelöscht. So wie auch Marlenas Nummer. Wir haben miteinander geschlafen, die Eifersucht hat mich, auch wenn Marlena heute aussieht wie eine aus der Kommune 2, dazu gebracht, Mario zu verführen. Mag sein, er hat sogar Spaß gehabt. Ich habe diesen nicht gehabt! Doch ich habe die Gewissheit, dass Mario trotz unserer Probleme treu ist!

Am nächsten Morgen sitze ich allein beim Frühstück, Mario ist früher zur Arbeit gefahren. Da weder das Radio plärrt noch der Fernseher läuft, höre ich Anetas freundliche Stimme, oben in Mamas Zimmer. Sie wäscht Mama. Danach wird sie sie hübsch anziehen. Aneta wird meine Mutter in den Rollstuhl setzen und ihr anschließend noch mal durchs wenige *Haar* fahren.

Aneta wird sie zu mir an den Tisch rollen, dann wird sie die Bremsen festsetzen. Sie wird ihr den Latz umlegen und von mir erwarten, dass ich beim Anblick meiner Mutter zu strahlen anfange. Wahrscheinlich wird Mama ihre Leberwurststulle, wie so oft, zu einem Klops formen, den Aneta ihr aber aus den Händen nehmen wird. Sie wird sich zu meiner Mutter beugen, um ihr zu erklären, was man mit einer Schnitte Brot tut.

Ja, gleich werden sie um die Ecke biegen, die lächelnde Aneta hinter meiner Mutter, die wie eine Vogelscheuche mit Pupillen, trüb wie trübe Murmeln, vor ihr im Rollstuhl hockt. Doch wer kann schon sagen, was Mama den Tag über denkt ... unter Umständen denkt sie sogar zurück und sehnt sich nach der Tochter, die sie mit Pudding bekochen konnte. Und die sie in kratzige Pullis stecken konnte ...

»Wir wünschen einen wunderschönen guten Mooorgäään ...«, trällert Aneta schon von Weitem, doch ich schau gar nicht erst in ihre Richtung.

Ich renne in die Diele, dort klemme ich mir die Turnschuhe unter den Arm und nehme schnell den Schlüssel vom Haken. Und ohne mich noch mal umgedreht zu haben, ziehe ich hinter mir die Tür zu.

DREIZEHN

»In New York, in der Bronx, da musst du nur über die Straße gehn und du bist in einer komplett anderen Welt!« Dieser Satz fällt mir ein, während ich von der »ehrenwerten« Straße in das »Ghetto« einbiege.

Ende der Siebziger wurde es auf dem Land eines Bauern emporgezogen. Unsere Familie war eine der ersten, die in die damalige *Wohnklasse Eins* eingezogen ist, einige der mit Schiefer getäfelten Kasten gab es damals noch nicht mal. Und Spielekonsolen hat es damals ebenso wenig gegeben, man galt schon als »King«, wenn man unter dem Fernseher einen VHS-Videorekorder hatte. Aber wir Kinder hatten einen riesigen Spielplatz vor der Haustür. Zwischen Baggern und Containern haben wir auf der Baustelle gespielt. Wir klauten von zu Hause Alufolie und Kartoffeln, die wir in die Glut legten, oder aufgespießt auf einen langen Stock in das Feuer hielten, auf dem bisschen Feld, das noch nicht vom Beton überrannt worden war. Abends sahen wir aus wie kleine Ferkel. Und unsere Mütter hatten ihren Spaß, Lehm und auch Glaswolle, die unter dem eh schon juckenden Pulli noch mehr juckte, aus den Klamotten zu waschen, damit wir geduscht, gecremt und schön gescheitelt im Schlafanzug am Tisch vor der heißen Bockwurst sitzen konnten. Ich kannte in jedem Block mindestens eine Wohnung, in der ich an Kindergeburtstagen, mit Haarkränzen aus Krepppapier, Watte über die Tischplatte gepustet – und bergeweise »Kalte Schnauze« genascht habe. Die Stellplätze sind voll von kleinen und großen Buckeln, dort, wo die Baumwurzeln den Asphalt durchbrochen haben, und ich schaukele hin und her, bis der Wagen an exakt derselben Stelle steht, an der Andreas damals seinen Käfer nach der Disco abgestellt hat. Der *kleine Baum* vor meiner Motorhaube ist nun, nach Jahrzehnten, riesengroß. Und er liegt wie ein riesiger, aufgeklappter Zirkel halb auf dem Gehweg (ihn hat wohl der Blitz getroffen) und trocknet vor sich hin. Ein Mädchen, auf seinem Smartphone tippend, umgeht, ohne von ihrem Handy aufzusehen, dieses Hindernis, dann schlendert es weiter zu der Bushaltestelle auf der anderen Straßenseite.

Links von mir liegen unsere Fenster. Und gegenüber, etwas weiter den Weg rauf auf der rechten Seite, liegen die Fenster der Pollos. Aber ich schaue weder zu den einen noch zu den anderen Fenstern. Stattdessen, lege ich meine Stirn auf das Lenkrad, zwischen meine schweißnassen Hände, und sehe meinen Tränen zu, wie sie auf meine neuen Nike-Turnschuhe tropfen.

Inzwischen habe ich mich aus dem Auto und bis zur Mitte des kleinen Weges gewagt. Von hier kann ich alles sehen, was mir damals lebenswichtig erschienen ist. Die einst mickrigen Sträucher in der Mitte des Platzes reichen jetzt bis zur vierten Etage, ihre weißen Blüten sehen aus wie Miniaturblumenkohl. Arschkohl habe ich ihn früher immer genannt, weil er gerochen hat wie, meiner Meinung nach, ein Hintern riecht. Mit dieser Meinung habe ich allerdings allein dagestanden. Fakt ist: Er stinkt auch heute noch. Doch der Geruch, der mir früher furchtbar auf den Keks gegangen ist (der Gestank lag halt immer irgendwo in der Luft), stimmt mich heute melancholisch. In *meinem Zimmer* ist das Außenrollo heruntergezogen, aber es hängt schief, weil in der oberen rechten Ecke ein paar Lamellen fehlen. An der Fassade klettert ein Plastiknikolaus an seiner Strickleiter an Satellitenschüsseln vorbei in den zweiten Stock.

Ich recke den Hals, um auf den untersten Balkon zu schielen;

Bierflaschen liegen aufgestapelt wie Kanonenkugeln neben einer Kanone. Und an der Wand, in einer Pfütze, steht ein mit Kötteln und einer verschrumpelten Möhre verdreckter Käfig. Wer auch immer diesen Käfig sein Zuhause nennen durfte, er hat es hinter sich!

Silkes Block ist mit meinem Block verbunden, nur der Tunnel zwischen ihrem und meinem Block unterbricht die sonst ununterbrochene Häuserwand. Unter *Silkes Balkon* lehnt ein älterer Herr im Rippenunterhemd und mit Schnauzbart an seinem Geländer, er hält ein Pinnchen in der linken Hand. In seiner rechten Hand auf dem Geländer qualmt seine Zigarette. Ich winke ihm zu, und er lächelt, dabei zeigt er schwarze Trümmer. Sie kreischen deutlich nach einem Dentisten!

Und während ich mich in Zeitlupe zu *Cristianos Fenster* umdrehe, erwarte ich die ehemaligen Bewohner, blass und durchsichtig, mit traurigen Augen hinter der glanzlosen Scheibe. Doch das Rollo in Cristianos Zimmer ist geschlossen, es ist mit rohen Eiern beworfen worden, die Reste von Eierschalen kleben im jetzt gelben Eiweiß quer über das Rollo verteilt, wie kleine Milchstraßen. Ich mache ein paar Schritte auf das Haus zu, um die Klingelanlage besser sehen zu können; sie ist vergleichbar mit der von Reet. Und dort, wo früher »Pollo« stand, ist das kleine graue Fach leer.

Ich gehe die weniger Meter zur Tischtennisplatte, die anscheinend tatsächlich noch existiert – wenn auch nur mit drei statt mit vier intakten Kanten, aber wer weiß, vielleicht ist sie ja doch irgendwann mal ersetzt worden. Ich setze mich auf die rechte Hälfte.

Im nächsten Moment befinde ich mich unter der Platte, ich habe mich natürlich vorher umgesehen, ob auch keiner guckt, und fahre und taste mit tränennassen Augen über den grauen,

rauen Stein. Eines Tages hat Cristiano unsere Anfangsbuchstaben in ein schon vorhandenes, krumm und schief eingeritztes Herz gemalt: *E & C.*

»Für immer?«, hat er mich gefragt und die Hülle auf den grünen Edding gesteckt, bevor er mich an sich gezogen hat.

»Für immer!«, habe ich geantwortet und ihn dabei auf die Wange geküsst.

Nachdem ich auf den Knien unter der Platte hervorgekrochen gekommen bin, zupfe ich zwei matschige Zigarettenfilter und einen weichen, platten Weingummifrosch von meinen Knien, immer noch laufen mir die Tränen. Als ich hochgucke, ob mich auch wirklich niemand gesehen hat, blicken Augenpaare von ihren Balkonen auf mich herunter – sie passen, wie so vieles hier, nicht in das Bild, das ich bis vor einer halben Stunde noch in meinem Gedächtnis hatte, und ein Augenpaar kichert. Gern würde ich denen da oben meinen Mittelfinger präsentieren, aber was würde das bringen?

Stattdessen gehe ich ein paar Meter weiter, zum Kiosk – auch hier ist der Rollladen bis zum Boden heruntergelassen, zu der Haustür von Oma Fittich, die, die ihren Köter immer an den Baum vor ihrer Haustür hat pinkeln lassen. Das einst grüne Gras um den Baum war damals schon ganz gelb und drumherum hat es gestunken wie im Zoo. Dort, wo nie die Sonne schien, immer nur die Rotlichtlampe. Die Punker, die sich zuerst für 'n Bier und anschließend, um irgendwelchen Mist zu veranstalten, vor der Trinkhalle versammelten, sie waren von der harten Sorte, mit Sicherheitsnadeln durch die Ohren, bei manchen sogar durch die Lippen, pfiffen die alte Dame fast jedes Mal aus. Sie bombardierten sie mit den beklopptesten Sprüchen und mit asozialen Bewegungen. Sie brüllten dabei vor Lachen und pogten um die beiden (Oma und Hund) herum, dass ihre bunten Irokesen wackelten. Und es war denen egal, ob die Leute mit dem Kopf schüttelten, denn das taten sie. Aber geholfen hat von den feinen »Kopfschüttlern« keiner.

Der Pudel war weiß und er hieß Blacky und er hatte immer (es muss an der Rasse gelegen haben) einen knallroten Hintern. Die Farbe des Hundehinterns hat anscheinend ausgereicht, um Frauchen und Hund zu verspotten. Aber auch diese beiden haben ihre Tickets längst eingelöst, für ihre Reise in den Himmel, vielleicht sogar in ein- und denselben.

Plötzlich geht mein Handy. Ich fische es aus meiner Jeans und beobachte das vibrierende Glöckchen über Marios Namen, aber ich bin noch nicht bereit für die Gegenwart, und so lasse ich es klingeln. Ich will noch mal zu unserem Haus, will noch einmal vom Keller bis zum Dach laufen. Und ich will noch bei einem Nachbarn schellen, falls es überhaupt noch einen gibt, der es bis heute hier ausgehalten hat, um zu quatschen. Und ein letztes Mal an *unserer Wohnungstür* riechen, das will ich auch noch.

Doch Marios Anruf hat mich rausgebracht! Ich werde nicht mehr zu unsrem Haus gehen, ich will mir meine heutigen Erinnerungen nicht mit Mario *besudeln*.

Ich gehe zurück zu meinem Wagen, dort lasse ich mich auf den Sitz fallen, der annähernd heiß ist wie Mamas Trockenhaube, aber anstatt sofort wieder aufzustehen, bleibe ich tapfer sitzen und wähle Marios Nummer.

Ich halte mir mein Handy an mein Ohr, mein Gesicht halte ich in das Gebläse des Ventilators. Dieser bläst zwar in der höchsten Stufe, eine Abkühlung bekomme ich aber dennoch nicht, denn der ersehnte kalte Wind kommt als schwüler Furz, was aber auch keine große Überraschung ist – das Auto steht seit fast einer Stunde in der prallen Sonne.

»Ist bei dir alles in Ordnung – was ist denn das für ein Getöse im Hintergrund?«, schreit Mario. Hat Mario eigentlich immer so gesprochen? – Getöööse!

»Jaaa – alles okay. Ich bin zur Ruhr gefahren. Ich musste mir mal die Beine vertreten, und das Getöse ist die Lüftung im Auto, ich stehe in der prallen Sonne. Aber ich habe deinen Anruf vorhin verpasst, was wolltest du denn?«

»Ein paar Patienten haben ihre Termine für heute abgesagt, was hältst du also davon, wenn wir zwei Hübschen heute mal schick zum Mittagessen gehen? Das haben wir nämlich schon ewig nicht mehr gemacht.«

Ich schaue auf die Esprit-Uhr an meinem Handgelenk. Es ist jetzt 10.40 Uhr!

»Ich muss aber vorher noch in den Supermarkt! Und danach wollte ich noch mal zu Silke. Aber so um eins – gegen eins müsste ich zu Hause sein!«

»Also dann. Bis um eins. Ich freue mich!«, sagt Mario, und ich glaube ihm.

Ich lege auf. Doch ich mache mein Smartphone nicht aus, sondern öffne die Galerie. Dann zoome ich das zuletzt geschossene Foto heran und drücke meine Lippen vorsichtig auf das krumm und schief geritzte Herz und auf die grünen Initialen *E & C* darin.

Das mit dem Supermarkt war natürlich gelogen, eigentlich will ich zum nächsten Baumarkt, um Schleifpapier zu kaufen. Und danach, in der Friedhofsgärtnerei, werde ich den größten Blumenstrauß kaufen, den ich kriegen kann, das ist nach meinem Entgleisen das Mindeste, was ich als Entschuldigung tun kann. Später werde ich die Jakobsmuschel wieder *auf Vordermann* bringen! Und ich freue mich auch auf unser Mittagessen. Wir müssen das Beste aus allem machen, einen anderen Weg gibt es nicht!

Im Baumarkt habe ich mich beraten lassen. Ich habe meine Entgleisung auf eine imaginäre Bekannte geschoben, den Grund ihrer Entgleisung habe ich natürlich nicht verraten, die nun passende Stärken an Schleifpapier bräuchte. Später, als ich hinter Herrn »OBI« durch ein Labyrinth aus Farbtöpfen, Tapeten und Schrauben laufe, kann ich nicht *genau* sagen, ob er mir meine Geschichte, den Teil mit *imaginär*, abgekauft hat.

Nun, im Blumenladen, warte ich, dass mir die Dame mittleren Alters im grünen Kittel hinter der Ladentheke ihre Aufmerksamkeit schenkt, sie steckt gerade eine langstielige weiße Rose in einen Strauß weißer Margeriten. Auf der Theke, neben verstreuten Blumenstängeln, liegt ein Zettel. Soweit ich erkennen kann, handelt es sich um einen Familiennamen und um eine Nummer, die Nummer ist vermutlich die Nummer des Feldes, zu dem der Strauß geliefert werden soll und dort auf den Verstorbenen warten wird.

»Ich bin gleich für sie da!«, sagt sie, ohne von dem Blumenstrauß aufzusehen, als rechts von mir eine kleine Tür (das Lager) aufgestoßen wird. Eine Frau mit blondem GI-Schnitt und ohne Kittel, dafür aber mit einer Menge bunter Tattoos auf den Unterarmen, rumpelt mit dem Hintern voran einen Eimer gelber Rosen über den rauen Steinboden.

Sie schleudert ihn geradezu in die Ecke neben dem Ladentisch. Sie richtet sie sich auf und sieht mich an. »Wie kann ich Ihnen helfen?«

»Ich hätte gern den größten …«, meine Stimme kommt zum Stillstand, im selben Augenblick, in dem ihr Blick in meinem Schambereich zum Stillstand gekommen ist wie ein kaputter Aufzug auf dem Weg ins Parterre.

Zehn Minuten später schleiche ich, zwar ohne Blumen, aber mit der Bildzeitung vor meinem Intimbereich (die mit den Tattoos hat mir teilnahmsvoll ihre Pausenlektüre überlassen), aus dem Blumenladen. Der Parkplatz, der vorhin noch leer gewesen ist, ist jetzt proppenvoll, einige der Trauergäste haben ihre Wagen sogar quer geparkt. In schwarzen Klamotten, mit Taschentüchern in den Augenwinkeln, steigen sie aus ihren S-Klassen.

In der Zeit, in der ich mir den Kopf darüber zerbreche, ob man mich womöglich eingeparkt hat, muss ich ganz schön die Luft anhalten, um mich zwischen dem blauen Van und einem roten Pampersbomber hindurchzuquetschen. Unbeholfen und gewiss auch mit leeren Versprechungen versucht eine junge Mutti, ihren blonden Fratz in seinen rosa Kindersitz zu stopfen. Aber ihre Tochter hört erst auf, nach ihrer Mutter zu treten, als ich, mit seitlich angelegten Armen, die offene Wagentür des roten Bombers passiere. Die Mama folgt dem Blick ihrer Tochter, die jetzt ihren kleinen doofen Finger nach mir ausstreckt. »Hat die Frau da Aua?«

VIERZEHN

Während ich meinen Wagen in das Carport lenke (die Zeitung liegt unter meinem Hintern, um den Sitz zu schonen) und mein Auto dann neben den Wagen meines Mannes stelle, frage ich mich, ob Mario, was meine Uhrzeit betrifft, mich vielleicht falsch verstanden hat ... oder ich ihn.

Nachdem ich ausgestiegen bin, schaue ich in Marios Wagen, ob es Marios Wagen ist, obwohl ich weiß, dass es Marios Wagen ist ... die runde Metalldose zuckerfreier Eisbonbons neben der Kupplung bestätigt mir: Mario ist daheim!

Aber auch die Diele ist leer und still, was mich fast glücklich macht, weil ich nicht möchte, dass man mich in meiner nach Heilbutt stinkenden Hose und dem rotbraunen Fleck zwischen meinen Beinen sieht. Im Sitzen im Auto ist es ja irgendwie noch gegangen, jetzt, als ich die Treppe ins oberste Stockwerk zum Badezimmer hochgehe, als hätte man mich an den Knien mit einem Strick zusammengebunden, läuft ein Schwall nach dem anderen, jedes Mal, wenn ich ein Bein hebe, in meine Jeans.

Meine Klamotten sind sofort in die Waschmaschine gewandert und ganze vier Mal musst ich mich einseifen, um diesen elenden Fischgeruch zwischen meinen Beinen loszuwerden. Ich habe vollkommen vergessen, dass meine Periode in den Startlöchern stand.

Gerade seife ich mich zum fünften Mal ein – sicher ist sicher – und denke darüber nach, was ich gleich Schickes anziehen werde. Eigentlich bräuchte ich mir gar keine Gedanken über so etwas zu machen, da in meinem Schrank nur Schickes hängt. Ich tue es aber dennoch – mein Trip in das *Ghetto der Gegenwart* hat Wunden aufgerissen, es sind andere Wunden als die Wunden meiner Rückreise! Und um nicht darüber zu grübeln, *fahre ich noch mal hin oder fahre ich nicht noch mal hin* ... grüble ich eben darüber nach, was ich Schickes anziehen werde.

Mein Besuch im *Ghetto der Gegenwart* ist oder war vergleichbar mit einer Szene in einem altmodischen Horrorfilm: einst ein blühender Rosengarten mit einer plätschernden Fontäne in seiner Mitte, die plätschernde Fontäne war der Pipimann eines lächelnden, nackten, glatzköpfigen Bengels am Rande des Teiches. Dazu Vogelgezwitscher und hellster Sonnenschein.

Die Realität dagegen: kahle Rosenstöcke und ein grüner, stinkender Teich und von Sonne keine Spur. Zu hören ist kein einziger Vogel. Nur von irgendwoher das jammernde Quaken eines einsamen Frosches. Der nackte Bub pinkelt auch nicht mehr, sein Lächeln ist zu einem bösen Grinsen geworden und auf seinen Kopf haben mehrere Generationen Krähen geschissen.

Ich habe mich vor meinem offenen Schrank für eine weiße Bluse und schwarze Jeans entschieden. Aber ich lege die Garnitur, ohne mich anzuziehen, nur auf das Bett, weil mir die immer noch andauernde Stille im Haus nicht gefällt. Wo sind die denn alle? Zumindest Mario muss doch da sein, schließlich steht mein Wagen neben seinem. Oder ist was mit Mama passiert und er und Aneta sind mit Mama in ein Krankenhaus gefahren? Ob Anetas kleiner Wagen vor der Tür gestanden hat, kann ich jetzt noch nicht mal sagen.

Ich schlage meinen Bademantel enger, dann rase ich aus dem Schlafzimmer über den Gang zu Mamas Zimmer. Ohne anzuklopfen, drehe ich den Knauf der Tür, dann stoße ich sie auf.

Mama sitzt in ihrem Rollstuhl, ihr Gesicht ist dunkelblau. Ihre

Augen sind so sehr aufgerissen, dass Adern geplatzt sind, weshalb das Weiße im Auge teilweise rot ist. Mama röchelt, ringt nach Luft und rudert mit den Armen. Dunkler Schaum quillt über ihre blauen Lippen, er tropft auf ihren grünen Pullover, auf ihren Busen. Ich will mich bewegen. Ich will meiner Mutter helfen. Ich will, dass sie atmet, dass sie endlich mit dem Rudern aufhört! Aber ich stehe nur in der Tür und bin außerstande, auch nur einen Schritt in das Zimmer zu gehen. Ich stehe einfach nur da und starre abwechselnd auf Mamas dunkelviolett verfärbte Finger und auf die aufgerissene Tüte mit Salmiak-Kugeln auf dem Beistelltischchen neben ihr.

Wie Aneta im Hals meiner Mutter nach dem Wurstbrot gewühlt hat, so wühle ich jetzt im Hals meiner Mutter, dabei schwirren Fragmente aus dem letzten Erste-Hilfe-Kurs von vor ungefähr 15 Jahren in meinem Kopf herum.

Weil das Wühlen aber nichts bringt, boxe ich immer wieder, schreiend und unter Tränen, in ihren knochigen Bauch. Mama ächzt jedes Mal und jedes Mal rechne ich damit, dass diese beschissenen Lakritzdinger sich beim nächsten Schlag aber endlich lösen. Oder aber, dass ich ihr alle Rippen breche.

Mit letzter Hoffnung löse ich mit einem Klick den Gurt um ihren Bauch, ich stelle mich vor sie und gehe in die Knie. Ich umschließe Mama mit meinen Armen, um ihren Oberkörper hochzuwuchten, damit die Bonbons sich vielleicht dadurch ablösen.

Aber als Mama nach nur wenigen Versuchen schlaff in meinen Armen hängt – ich weiß, dass sie tot ist –, gehe ich rückwärts und lasse sie vorsichtig aus meinen Armen, auf den Teppich.

Danach setze ich mich, nach Luft japsend und zitternd, neben meine Mutter. In diesem Moment erscheint Aneta in der offenen Tür, sie hat ihre Hände vor ihren Mund geschlagen und sie zittert und wirkt atemlos. Sie ist so blass, wie ein Mensch nur blass sein kann, ich kann mich aber auch täuschen und sie erscheint mir nur so blass, weil meine Mutter die Farbe eines Tintenfisches angenommen hat. Neben der blassen, zitternden Aneta in Unterwäsche steht aber noch jemand ... Ich beuge mich vor und blinzele, fast schon reibe ich mir mit den Fäusten die Augen – neben Aneta, ebenfalls blass und zitternd und nur in Unterhose, steht Mario?!

Im Haus ist es jetzt so still, wie es vor der Katastrophe gewesen ist. Mama hat, bis auf ihr Röcheln, still für sich allein gekämpft, als ich unter der Dusche gestanden – und Mario ihre Pflegekraft gepimpert hat! Aneta klappert jetzt mit den Zähnen.

Und irgendwann macht sie einen Schritt in Mamas Zimmer.

»Raus!!!«, brülle ich! Aneta gehorcht aufs Wort und geht den Schritt zurück, womit sie wieder neben Mario steht, immer noch mit den Zähnen klappernd, augenblicklich fängt sie an zu weinen.

FÜNFZEHN

Mama liegt immer noch so, wie ich sie abgelegt habe. Ich sitze auch immer noch genau so, wie ich mich neben sie gesetzt habe, nur dass ich jetzt alleine bin und dass ich jetzt heule. Unten fiel vorhin die Haustür ins Schloss, danach hörte ich Anetas Absätze durch das offene Fenster in Richtung ihres Stellplatzes klappern. Aneta ist aber nicht sofort abgefahren, ganz bestimmt hat sie noch ausgiebig geheult und dabei nach einem guten Anwalt gegoogelt. Aneta ist abgehauen, bevor die Kripo sie vernehmen kann, und dafür wird sie sich auch verantworten müssen!

Mario kann ich hier oben auch hören, sein nervöses Laufen unten in der Diele, während er auf die Kripo und auf den Notarzt wartet, der Mamas Tod bestätigen wird. Und natürlich auf den Bestatter.

Eine Stunde haben die Kripobeamten gebraucht, um ihre Arbeit zu erledigen, mit undurchsichtigen Gesichtern haben sie daraufhin unser Haus verlassen. Nach der Kripo auch der Notarzt. Er hat Mama untersucht und danach den Totenschein für den Bestatter ausgefüllt, den er auf den Beistelltisch gelegt hat, genau an die Stelle, an der vorher die Lakritzkugeln gelegen haben. Ein Kripobeamter hat die Tüte mit den restlichen Bonbons mithilfe einer Pinzette in einen durchsichtigen Beutel fallen lassen.

Ich stehe am Fenster und sehe zu, wie man meine Mutter in den Leichenwagen schiebt, kurz zucke ich zusammen in dem Moment, in dem der Bestatter den Kofferraumdeckel zuknallt. Und ich zucke noch einmal zusammen, als er den Motor anlässt.

Zu weinen fange ich aber erst an, als der Wagen den Weg zur Ampel runter fährt. Ich weine nicht nur, ich trommele gegen die Fensterscheibe, ich schreie, wie ein Kind im Kinderheim schreien würde, wenn seine Mutter sich noch einmal umdreht, um ein letztes Mal zu winken ...

Aber ich warte nicht, bis der Leichenwagen um die Ecke biegt, sondern renne mit wehendem Bademantel aus Mamas Zimmer, über den Flur, in unser Schlafzimmer.

Unter dem Bett (wenigstens haben sie es in Anetas Bett getan) ziehe ich Marios Koffer hervor und wuchte diesen auf die Matratze. Danach reiße ich den Kleiderschrank auf, dass die Scharniere knacken, und zerre nacheinander Marios Klamotten von den Bügeln. Plötzlich packt mich Mario an meinem Handgelenk. »Ela, mach jetzt keinen Fehler!«

Ich beiße mir auf die Zunge, um Mario nicht ins Gesicht zu schreien, was ich vielleicht noch bereuen könnte, sondern schüttele nur seine Hand fort.

Anschließend werfe ich die Klamotten mit Schmackes in den Koffer, knalle den Deckel zu und lasse die Schlösser einschnappen.

Der Koffer rumpelt hinter mir die Treppe runter, Mario tippelt hinterher, bis wir an der Haustür angekommen sind.

»... wiedersehen!«, sage ich und drücke Mario den Griff des Koffers in die Hand.

»Ela, bitte mach jetzt keinen Fehler!«, wiederholt sich Mario.

Doch ich ziehe die Haustür auf, zeitgleich greife ich einen der mundgeblasenen, handgroßen Porzellanschwäne aus dem Regal neben dem Spiegel. »Ich soll keinen Fehler machen? ICH ...? Soll ich dir mal was verraten? Soll ich dir mal wirklich was verraten – wegen dir! Habe ich den schlimmsten Fehler meines Lebens begangen!«

Mario schaut mich an, als ob ich nicht alle Tassen im Schrank hätte, doch ich kann sehr wohl sehen, dass er anfängt, in die richtige Richtung zu denken. Er zeigt mir einen Vogel, will an mir vorbei aus der Tür, aber ich stelle mich ihm in den Weg und knalle die Porzellanfigur zwischen uns auf den Boden, woraufhin sich die Porzellanscherben in alle Richtungen verteilen.

»Warum hast du uns nicht in Ruhe gelassen? Warum hast du wie ein **geisteskranker Idiot** an mir rumgegraben? Du hattest doch Marlena! Wieso, Mario – wieso musstest du dich zwischen uns drängen, du und dein bescheuertes Paris!«

Mario wird mir gegenüber jetzt zum ersten Mal laut. »Was ist eigentlich passiert, dass Cristiano auf einmal eine sooo große Rolle für dich spielt? Wir hatten damals vereinbart, ihn aus unserem Leben zu streichen, und ich muss sagen: Du hast dich prima dran gehalten.« Leise sagt er: »Außer ... manchmal im Schlaf. Und selten, aber es ist durchaus vorgekommen, dass du, während wir miteinander schliefen, *seinen* Namen geschrien hast, sogar neulich noch, aber es ist dir ja noch nicht mal aufgefallen!«

Während ich noch darüber sinne, wann ich mich verplappert haben soll, geht Mario mitsamt seinem Koffer aus der Tür!

Ich finde mich vor dem Kühlschrank wieder. In der Hand halte ich ein halbes Glas Wein.

Ich stürze den Wein hinunter, im Kopf setze ich mir die passenden Sätze für Saskia und James zurecht. Erst danach rufe ich die beiden an, um ihnen mitzuteilen, dass Oma tot ist und dass Mario und ich uns getrennt haben. Aber auch, dass ich jetzt nicht in der Lage bin, weder über das eine noch über das andere zu reden. Dann lege ich auf, und wider Erwarten akzeptieren die beiden meinen Wunsch, denn das Smartphone bleibt still.

Und nur vorsichtshalber setze ich das Handy, aber auch die Klingel an der Haustür, auf »Aus«. Danach gehe ich zurück in die Küche und nehme die Flasche Weißwein aus der Kühl-schranktür.

Zurück im Wohnzimmer suche ich im Radio den WDR-4-Sen-der, um mit den Songs der 80er meine Tortur noch ein bisschen aufzubauschen …

Während im Hintergrund noch die Werbung läuft, schiebe ich den Sessel vor das große Fenster und setze mich hinein. Draußen ist es dunkel, und spürbar kühler ist es auch. Diese Frau in der Scheibe, ist sie überhaupt noch ich? Oder bin ich schon ein biss-chen die Ela von 1984 …

Die Werbung ist jetzt zu Ende und ich nehme den ersten Schluck Wein aus der Flasche, zu den ersten Saxophonklängen des Mitschnitts eines Live-Konzerts von 1984. Es ist der Mit-schnitt von »Careless Whisper« **und die Tränen fließen,** weil ich mich schon mal zu genau diesem Saxophon in einer Fenster-scheibe gespiegelt habe. Es war in der Fensterscheibe meines Jugendzimmers, und Silke hat neben mir auf der Fensterbank gesessen. Wir haben uns heimlich mit Dosenbier vom Kiosk aus-gestattet und wir haben die zwei Dosen auch leer getrunken. Silke hat dabei die meiste Zeit über geheult, weil der Stachel Andreas tief saß.

George Michaels Stimme schleift mich zurück in die (ich mache mir nichts mehr vor) schönste Zeit meines Lebens! Und jetzt will ich nichts anderes, als nur noch meine Augen zuzu-machen, um mir vorzustellen, ich säße jetzt nicht vor den Trüm-mern meiner Ehe, in einem ausgestorbenen Haus, sondern neben Silke auf der Fensterbank, in meinem Kinderzimmer … aber die bösen Bilder der Gegenwart zerren an mir, wie ein Kind, welches am Mantel seiner Mutter zerrt, um Aufmerksamkeit auf sich zu ziehen: Am späten Nachmittag bin ich noch im Beerdigungs-institut gewesen, zusammen mit der Auszubildenden im dritten

Lehrjahr (die Tunnel in ihren Ohrläppchen haben die mittlere Größe längst überschritten) habe ich im Särge-Prospekt geblättert. Wir haben besprochen, welche Lieder gespielt werden sollen, es soll kein großes Brimborium sein, das hätte meiner Mama bestimmt nicht gefallen.

»Prost, Mama!«, sage ich, dann nehme ich den Flaschenhals in den Mund und lege meinen Kopf in den Nacken. Damit die Flasche nicht kippt, halte ich sie fest, und der kalte Wein läuft meine Kehle entlang wie das Wasser auf einer Wasserrutsche. Mein Vater hat mir gezeigt, wie das geht, ab da habe ich regelmäßig vor den anderen damit angegeben.

Und da ich die Dreiviertelflasche Wein soeben sozusagen auf ex in mich hineingeschüttet habe, spüre ich die Wirkung des Alkohols eigentlich sofort!

Hinter meinem rechten Ohr klemmt eine Zigarette. Und unter dem Arm habe ich eine frische Weinflasche, die ich mir vorher aus dem Keller geholt habe. Innerlich nehme ich Anlauf, äußerlich packe ich das Treppengeländer, dann steige ich schwankend hoch, zu Mamas Zimmer ...

Die Stelle, auf der ich Mama abgelegt habe, auf der sie auch amtsärztlich untersucht worden ist, überwinde ich, ohne hinzusehen, mit einem großen Schritt, ich muss zu dem Schränkchen unter dem Fenster, an dessen Scheibe ich getrommelt habe, während der Bestatter meine Mutter **verladen** hat. Bevor ich mich aber an die Arbeit mache, gönne ich mir vor dem Schränkchen kniend ein paar Schlucke aus der Weinflasche, dazwischen rauche ich eine Zigarette ...

Weil die Schubladen klemmen, muss ich an ihnen rütteln, damit sie sich überhaupt aufziehen lassen. Dieses Schränkchen und der Sessel hinter mir in der Zimmerecke waren jene zwei persönlichen Dinge, die ich Mama in die Residenz mitgegeben hatte. Diese Dinge wurden übrigens zum korrekten Datum zurückgeliefert, während Mama dagegen ja einen Tag zu früh auf der Matte gestanden hat. Im Übrigen weiß ich nicht genau, ob das, wonach ich suche, überhaupt noch dort drin ist, aber es ist mehr als wahrscheinlich.

Die Kopie meiner Geburtsurkunde, abgegriffene Impfpässe, diverse Leichtathletikurkunden und Abzeichen fallen mir in die zitternden Hände. Doch das alles ist nicht das, wonach ich hier suche. Im Nachhinein hätte ich aber auch ruhig von unten anfangen können, zu rütteln, weil ich den DIN-A-4-Umschlag erst in der untersten Schublade finde.

Als Stapel nehme ich, neben dem Wohnzimmertisch sitzend, die Fotos aus dem Umschlag.

Dann lege ich ein Foto nach dem anderen, aber mit der weißen Seite nach oben, im Kreis auf den Boden. Die Fotos sind das Einzige, was mir von Cristiano geblieben ist ... das Armband ist längst verschollen und die Glückskäfer, ein Geschenk von ihm zu meinem Geburtstag, sind ebenfalls futsch. Das Radio ist jetzt aus, ich sitze auf dem Boden, inmitten der Bilder, und neben mir liegt mein Smartphone. Ich habe mir, die Bee Gees auf YouTube rausgesucht, und bevor ich gleich nacheinander die Fotos umdrehen werde, jene, die ich meiner Mutter damals aus Italien geschickt habe, drücke ich auf dem Telefon auf Play:

»How deep is your love?«

SECHZEHN

Die Fotos haben mir einen Tiefschlag versetzt! Einen richtigen Schlag in meine Eigenweide. Ich habe gewusst, dass es schlimm werden würde!

Aber wie schlimm es dann doch geworden ist, das zeigt mir mein Verhalten danach!

Mit aufgeweichten Lidern und Tränensäcken bis an die Knie. Mit Kippen und mit Wein im Jutebeutel und mit einem Herzen, sprichwörtlich aus Blei, steige ich in meinen Wagen, die Bildzeitung vom Sitz schmeiße ich auf die Rückbank.

Ich fahre schnell, deshalb brauche ich weniger als eine halbe Stunde, um vor dem Gebäude in Essen-Bredeney zu halten.

Aber ich brauche fast zwanzig Minuten, um den Mut zu finden, aus meinem Wagen auszusteigen! Mein Auto ist jetzt gerade so etwas wie ein Rettungsboot! Dieses Relikt aus der ach so beschissenen Gegenwart gibt mir doch tatsächlich jetzt gerade Sicherheit, beim Anblick des siebenstöckigen Wolkenkratzers, der neben meinem Wagen in den dunklen Himmel ragt.

Ich nehme meinen Jutesack von der Rückbank, infolgedessen schlage ich nacheinander die Autotüren zu.

Niemand, außer dem schlafenden Obdachlosen, der sich neben den Hauseingang gelegt hat (solch riesige Füße hat keine Frau), kann sehen, wie ich mit gesenktem Kopf auf das Haus zulaufe. Meinen Kopf halte ich deshalb gesenkt, weil man automatisch seinen Kopf senkt, wenn man traurig ist, und weil ich mir einbilde, so von keinem entdeckt zu werden. Aber ... ich bin mehr als traurig! Reet und ihr Bruder – sie haben mich **zerrissen!**

Weil ich so schnell, wie es nur geht, auf das Dach will, drücke ich alle zehn Finger auf die schwarzen Klingelknöpfe, wie ein Organist auf die Elfenbeintasten seiner Kirchenorgel. Und es scheint, die Bewohner haben schon auf mich gewartet, denn unmittelbar danach krächzt es aus der viereckigen Sprechanlage.

»Ja bitte?«

»Wer ist denn da?«

»Zu wem wollen Sie denn?«

»Karin? Bist du das?«

Nach und nach verebbt das Gekrächze, es ist auch nicht mal besonders laut gewesen, jedoch hat es ausgereicht, um den Obdachlosen neben mir, der bis eben unter seiner Decke geschlummert hat, zu wecken. Zuerst schleudert er seine Decke zur Seite, sofort im Anschluss richtet er sich auf, wie Graf Dracula in seinem Sarg. Seine schlampig gefärbten grünen Haare stehen auf seinem Scheitel wie ein aufgeklappter Fächer, über den Ohren trägt er einen blonden Sidecut. Um ihm schon im Vorfeld den Mund zu stopfen, halte ich meinen Zeigefinger an meine Lippen.

Hiernach nehme ich eine Weinflasche aus dem Beutel und drücke ihm diese in die Hand, wohl darauf bedacht, seine Hand nicht zu berühren. Er nimmt die Flasche mit einem überraschten Lächeln. Der junge Mann kann noch nicht sehr lange auf der Straße sein, denn seine Zähne sind weißer als weiß und so gerade wie ein Lattenzaun.

Er steckt die Flasche sofort unter sein Kopfkissen, einen fleckigen Parka! Und trotz meiner misslichen Lage, oder vielleicht gerade wegen meiner misslichen Lage, will ich nachfragen, was im Leben dieses noch jungen Punks so sehr schiefgelaufen ist, aber gerade jetzt drückt mir jemand die Tür auf!

Im Haus hat sich, soweit ich das nach so einer Zeit überhaupt beurteilen kann, auf den ersten Blick nichts verändert. Nur die Wände sind lindgrün gestrichen, das erst vor wenigen Tagen, denn eine mit lindgrüner Farbe bekleckerte Leiter und mehrere Farbeimer mit *Lindgrün* stehen noch neben der Wohnungstür des hiesigen Hausmeisters. »Hausmeister S. Müller« steht auf einem Metallschild mitten auf der Tür. Aber auch auf der Klingel.

Es waren Bekannte von Silkes Eltern, die damals in den Winterurlaub aufgebrochen sind. Bis in den Januar hinein würden sie in der Schweiz in einer schicken Holzhütte residieren! Silke, die in ihrer Abwesenheit die Blumen gießen und ab und zu in den Briefkasten schauen sollte, haben sie dagegen mit ein paar ollen Kröten abgespeist »... dann werde ich halt in deren Bude 'ne Silvesterparty starten!«, hat Silke verkündet. »So 'ne richtige Sause, die keiner von uns in seinem Leben jemals vergessen wird!« *Hat geklappt, Silke!*

Zum Aufzug geht es geradeaus, dann scharf links, also gehe ich geradeaus, dann scharf links, auch weil ich demjenigen, der so nachlässig gewesen ist, um diese Uhrzeit einem Fremden die Tür aufzudrücken, nicht unbedingt im Treppenhaus in die Arme laufen will.

Ebenso wie damals ist die Kabine an den Seiten verspiegelt. Die Jungs sind damals mit den Getränken und den Girlanden und was man sonst für 'ne Party braucht schon mal nach oben gefahren. Ich habe mit Silke unten gewartet, weil wir zwei nicht auch noch in die enge Kabine gepasst hätten. Die Tönung der Spiegel war damals viel dunkler, Silke und ich haben gekichert, weil unsere eh schon stark geschminkten Gesichter im Spiegel wirkten, als hätten wir uns mit brauner Schuhcreme eingeschmiert. Während der Lift uns in den siebten Stock brachte, haben wir den Refrain von »FAME« mehr gelacht als gesungen. Doch wir haben drauf geschissen, dass er krumm und schief war, wir waren doch unterwegs zu einer Silvesterfete in einer Penthouse-Wohnung!

Schon bevor ich auf der silbernen Knopfleiste auf den obersten Knopf drücke, fängt mein Herz so an zu schlagen, dass ich mich gegen die Rückwand lehnen muss, um nicht gleich zusammen-zuklappen.

Der Aufzug fährt lautlos. Er schwebt an den Stockwerken ent-lang, und als ich an der fünften Etage vorbeischwebe, kann ich sehr gut hören, wie eine Wohnungstür wütend ins Schloss ge-worfen wird. Sekunden später, mit einem zarten Pling, hält der Lift und sogleich öffnet sich die Schiebetür.

Sie haben Ihr Ziel erreicht!

Wie unter einem mittelschweren Anfall, sogar die Wein-flaschen im Jutesack klappern, trete ich aus der Kabine in den Flur. Hier oben gibt es nur diese eine Wohnung, nicht drei wie auf den unteren Etagen. Dort drüben in der Ecke, in der jetzt eine gepflegte Yukkapalme steht, hat ein Pärchen geknutscht. Sie war blond, mit rausgewachsener Dauerwelle, und sie war ein ganzes Stück kleiner als der schlaksige Junge, an dem sie wie 'ne Tube Klebstoff pappte. Die Wohnungstür war die ganze Zeit über auf, weshalb der Flur vollkommen verraucht war. Unsere Musik hat vermutlich bis in den Keller gedröhnt. So wie unser lautes Lachen und das furchtbar schiefe Singen der Partygäste! Silke hat die Dachterrasse gemietet, so wie man einen Partykeller bei der Hausverwaltung mietet, die Rechnung würde natürlich an die Herrschaften gehen. »… klar wird's Ärger geben, aber dann gieße ich deren Gemüse halt die nächsten 20 Jahre umsonst!«, hat Silke achselzuckend gesagt. Doch das musste sie gar nicht, Silkes Blumendienst wurde ab da nicht mehr gebraucht. Und die Rechnungen für die Miete, für die Aufräumarbeiten der Woh-nung, des Hausflures und der Dachterrasse, flatterten eines Tages in Silkes, oder besser gesagt: in den Briefkasten ihrer Eltern.

Ich werde unverhofft aus meinem Blick in die Vergangenheit gerissen, da hinter der besagten Wohnungstür plötzlich laut der

Fernseher eingeschaltet wird. Dass hinter dieser Tür noch immer dieselben Menschen wie damals wohnen könnten (wenn auch vergreist), daran habe ich absolut nicht gedacht. Über der Klingel klebt zwar ein gedrucktes Namensschild, da Silke aber einen Wohnungsschlüssel besessen hat, war ich auf deren Nachnamen gar nicht erpicht. Wiederum; wer auch immer seine Glotze eingeschaltet hat, sitzt jetzt bestimmt auf seinem Sofa, die Hand in der Chipstüte, doch darauf kann ich mich nicht verlassen, vielleicht käme man doch auf die Idee, während der Werbung noch schnell den Müll runterzubringen.

Deshalb wanke ich auf meinen breiigen Beinen zu der *Ela, es ist Silvester-*Treppe links neben der Wohnungstür. Hier brauche ich länger, um meinen Fuß überhaupt auf die unterste Stufe der Treppe zu stellen. Doch dann hangele ich mich am Treppengeländer entlang, den Jutebeutel halte ich wie einen Teddybären an meine Brust gepresst, bis ich vor der grauen Stahltür zur Dachterrasse stehe. Ich schaue meiner Hand zu, wie sie schlotternd auf die schwarze Hartplastik-Klinke zusteuert ... *was, wenn die Tür verschlossen ist?* Ich schüttle den Kopf über meine eigene Doofheit. Jemand hat hier Selbstmord begangen, die Tür ist nie im Leben auf! Aber es könnte ja sein, dass man vergessen hat, sie abzuschließen! »Denk positiv, denk positiv!«, rede ich mir gut zu, als die Finger meiner rechten Hand sich um die Klinke krallen. »Denk positiv«, wiederhole ich, dann drücke ich sie runter. ZU! Nein, das kann nicht wahr sein! Das darf einfach nicht sein!!!

Ich stelle den Wein ab und fange wie bekloppt an, an der Klinke zu rütteln. Ich hänge mich mit beiden Händen, mit meinem Gewicht und mit unterdrücktem, verzweifeltem Aufheulen an die beschissene Klinke – ob vielleicht im Kofferraum Werkzeug ist, womit ich diese miese Tür aufkriegen könnte? »Der Punker da unten, er ist meine einzige Chance.« Bei Chance bricht die Klinke ab und ich falle auf den Hintern, ich kippe nach links, falle mit der Tür, die jetzt gegen die Wand scheppert, mit der Klinke in der Hand, aus der der abgebrochene Metallstift ragt, auf die Dachterrasse. Die Holzbohlen sind nicht mehr da, der Boden ist jetzt aus Beton!

Ich habe die Tür angelehnt. Die Klinke klemmt jetzt zwischen Tür und Rahmen, sodass die Tür durch den starken Wind weder auf- noch zuschlagen kann. Und während ich ganz langsam über den Beton zur Reling gehe und der Wind an meinen Haaren reißt, fühle ich mich wie Rose auf der Titanic! Auch unter *ihrer* Reling haben Menschen geschrien, ich glaube, es waren am Ende 1500 Ertrunkene, für die es im Rettungsboot keinen Platz gegeben hat.

Unter *meiner* Reling haben damals vielleicht nur 40 Menschen geschrien, bis das Martinshorn ihre Schreie übertönt hat. Ich sehe das Blaulicht, das über die Wohnblöcke gekreist ist, während man Cristiano mit einem weißen Tuch abgedeckt hat, und ich höre jene Schreie und jenes Wehklagen, das weinende Rufen, das sich irgendwann überschlagen hat – nach einem Rettungswagen.

Das alles spielt sich natürlich nur in meinem Kopf ab – was es aber für mich nicht weniger schlimm macht. Auch Rose hat die Liebe ihres Lebens, verloren! Aber Rose hat keine zweite Chance bekommen, ihren Jack aus dem eisigen Meer zu sich auf die kaputte Tür zu ziehen. Ich bin mir sicher, sie hätte es getan, wenn Reet bei *ihr* aufgetaucht wäre. *Rose hatte aber auch kein Kind!* Ich bin jetzt etwa in der Mitte der Terrasse, und da mein Alkoholpegel von vorhin sich, meiner Meinung nach, zu sehr verabschiedet hat, bleibe ich stehen und fische in meinem Jutesack nach einer Flasche. Ich öffne den Wein auch an Ort und Stelle, denn die Reling wird in wenigen Sekunden greifbar sein! Jahrzehntelange Witterungen haben natürlich alle Spuren restlos abgewaschen. Dennoch, im Gegensatz zu der Pingpong-Platte, bin ich mir bei dem Dachterrassengeländer sicher: Es ist dieselbe Reling! Cristiano hat sie angefasst, sich an ihr abgestützt, bevor ... wie schon an Silkes Grab leere ich die halbe Flasche in einem Zug, bis zur Schriftmitte des Etiketts, und warte, bis sich mein rettender Fallschirm aus Wein weit genug aufgespannt hat. Erst dann setze ich meinen Weg fort.

Den Wein in seinem Beutel habe ich vor der Reling abgestellt. Nun beuge ich mich über das Geländer, ich fasse es aber nicht an. »Cristiano ... «, flüstere ich. »... Cristiano ...«

Kein: Verzeih mir! Kein: Es tut mir leid. Was würde es auch jetzt noch bringen? Zu weinen bringt ebenso wenig, dennoch – trotzdem fallen meine Tränen den von Straßenlaternen beleuchteten Pflastersteinen entgegen, wie Quecksilber, das in einem Glas mit Wasser in Perlenschnüren zum Grund sinkt ... Hat Cristiano in den letzten Sekunden seines jungen Lebens auch geweint? Und sein Herz? Was war mit seinem Herzen? Hat es auch so in seiner Brust getrommelt, wie mein Herz jetzt gerade in meiner Brust trommelt? Hat er mir vielleicht sogar kurz nachgesehen, als Silke mich vom *Schauplatz* zur Treppe weggeführt hat? Wie hat er mich in seinen letzten Sekunden empfunden? Hat er mich trotzdem geliebt? Hat er mich etwa gehasst? Was war wohl **sein letzter Gedanke?** All das habe ich mich schon so oft gefragt. Und, ob Cristiano seinen Aufprall gespürt hat. In ihm muss das Adrenalin förmlich hochgeschossen sein! Nein, er hat ganz sicher nichts gespürt.

Ich stelle die Flasche zur Seite. Dann fasse ich ganz bewusst an die Reling und wünsche mir, dass Cristiano seine Hände genau hier, **millimetergenau** unter meinen Handflächen, abgestützt hätte. Er ist angeblich seitlich gesprungen, so, wie über eine Mauer! So, wie ein junger Kerl halt über eine beschissene Mauer springt. Die Betonmauer mit der eisernen Reling ist ungefähr in

Bauchnabelhöhe und Cristiano war jung und sportlich, so ein Mäuerchen war für ihn leider kein Hindernis. *War es das wert, Cristiano ... wirft man aus Liebe sein ganzes Leben, weg ...?*

Ich stecke jetzt die offene Flasche in die Innentasche meiner Jacke. Darauffolgend klettere ich, ohne bewusst nach unten zu gucken, auf die andere Seite der Reling.

Wie auf der Rückenlehne einer Parkbank trinke ich meinen Wein, meine Füße stehen auf dem kleinen Vorsprung aus Beton, und immer, wenn das Zittern wieder stärker wird, trinke ich schnell einen weiteren Schluck. Meine Tochter ist gerade Mitte zwanzig, sie hat noch ihr ganzes Leben vor sich! Aber Saskia hat auch James, wenigstens mit ihm hat meine Tochter Glück gehabt, James wird ihr schon helfen, über den Tod ihrer Mutter hinwegzukommen. Und eines fernen Tages werden sie, ohne heulen zu müssen, ihre Blumen auf meine Grabplatte legen. Und vielleicht bekomme auch ich, wie Silke und Karl, einen schicken Marmorengel.

Ist es das wert – wirft man aus Liebe sein ganzes Leben weg? »Ja! Das tut man!«, sage ich laut, und bevor mich der Mut verlässt, stehe ich langsam auf. Mein Fuß rutscht wie von alleine über den Vorsprung, als würde ich testen, ob da wirklich nicht mehr ist als Luft ...

»Na, na, na ... das wollen wir doch nicht wirklich!«, sagt hinter mir die tiefe Stimme, völlig ohne Hektik. Bevor ich mich umsehen kann, ziehen mich zwei mit bunten Ankern tätowierte Arme an meinen Unterarmen, als wäre ich eine Ertrinkende, über das Geländer zurück auf die Dachterrasse. Das Klatschen der Weinflasche, die dabei aus meiner Hand fällt, dann aufs Pflaster kracht, höre ich wie durch Nebel.

SIEBZEHN

Wenige Tage nach meiner Entgleisung auf dem Hochhaus ist die Beerdigung meiner Mutter! Dazu kommt, dass ich in weniger als einer Stunde der Menschentraube aus Trauergästen gegenüberstehen werde, die wissen, was ich Tage zuvor auf einem Essener Hochhaus getrieben habe.

Der grünhaarige Punker hat den Hausmeister aus dessen Wohnung getrommelt, nachdem er beim Pieseln eine Gestalt auf der Reling sitzen gesehen hat. Leider hat mein lebensrettender Hausmeister seiner *Ex* von seiner Heldentat erzählt. Sabine (die Ex) ist fatalerweise aus einer Essener Ladenfiliale an die Ladenkasse unseres Supermarktes versetzt worden, und da Sabine die Verschwiegenheit nicht mit Löffeln gefressen hat, wurde die Geschichte zu einem Selbstläufer, zu einem Dominostein. Wodurch meine Tochter und weitere Menschen, die mich und meine Familie kennen, die regelmäßig in diesem Supermarkt einkaufen, von meinem Selbstmordversuch erfahren haben. Und praktischerweise auch noch den Grund: *ER* hat es mit der Pflegerin der Mutter getrieben. Ich bin in jener Nacht mehr als nur in Weinlaune gewesen, weil mir Salvatore Müller in seiner Hausmeisterwohnung einen Ordentlichen gemixt hat. Weil er Halbitaliener ist, habe ich Vertrauen zu ihm gefasst – und ihm die Geschichte von meinem Mann und der polnischen Pflegekraft erzählt. Obwohl der wahre Grund für meinen Selbstmordversuch ja ein ganz anderer ist – es war die einzige Möglichkeit, bei ihm, bei Cristiano, zu sein, ohne Saskia ihr Leben zu stehlen.

Der Leichenschmaus (mit diesem Ausdruck werde ich mich nie anfreunden können) findet in einem kleinen Café ein paar Straßen weiter statt, das holperige Thema steht wie der »blaue Elefant« im Raum. Die Anstrengung, Marios und Anetas Bettszenario nicht anzuschneiden, ist in den meisten Gesichtern der Gäste sichtbar.

Und nachdem ich zwei Stunden später den vorletzten Gast zur Tür begleitet habe, setze ich mich zu Saskia, zu James und zu Tante Liesel an den befleckten und mit Krümeln übersäten Kaffeetisch. Als hätte der Kellner nur darauf gewartet, dass ich mich vor die halbleeren Kaffeetassen und die Reste von belegten Brötchenhälften mit welker Petersilie setze, kommt er hinter der Theke hervor, um schnell abzuräumen. Er gibt sich Mühe, nicht zu sehr herumzuklappern.

Und als er mit dem schiefen Turm aus Tassen auf dem Tablett dahin verschwindet, woher er gekommen ist, versenke ich mein Gesicht in meinen Händen.

Umständliches Stuhlrücken sagt mir, dass nun auch Tante Liesel in Aufbruchstimmung ist. Sekunden später spüre ich eine Hand über meinen gesenkten Kopf streichen. »... nimm das alles nicht so schwer; ist ein sehr dummer Ratschlag, Michaela, ich weiß nur nicht, was ich dir sonst raten soll. ›Die Zeit heilt alle Wunden‹ stimmt nur bedingt, aber es wird besser werden, das glaube mir.«

Meine Tochter hat sich angeboten, meine Tante mit dem schwarzen Glockenhut auf dem Kopf nach Hause zu fahren, und kaum hat Saskia die alte Dame am Ellenbogen aus der Tür geführt, rutscht James zwei Stühle auf. Er legt seinen Arm über meine Schulter, während ich die Kaffeeflecken auf der Tischdecke mit dem Finger nachmale. »... diese Performance da oben auf dem Hochhaus! Verdammt, Ela, was sollte das? Weißt du, dass Saskia nachts nicht schlafen kann, weil sie eine scheiß Angst hat, du könntest es wieder tun! Ja, Mario ist ein Arschloch! Und deine Mutter ist verstorben und für andere Frauen wäre das vielleicht ein Grund, aber nicht für dich!« James zieht mich an sich. »Mit mir kannst du reden, Michaela! Ich verspreche dir: Ich werde Saskia nichts sagen, was sie noch mehr belasten würde, aber sag mir: Was war der wahre Grund?«

Anstatt zu sagen: »James, lass gut sein, ich brauche nur etwas Zeit – keine Sorge, ich werde es nicht noch mal machen, war ja eh' 'ne Schnapsidee, wer garantiert mir denn, dass ich Cristiano *drüben* überhaupt getroffen hätte«, verzieht sich mein Gesicht zu einer Grimasse und ich breche leise in Tränen aus.

Hinterher erzähle ich James unsere gemeinsame Geschichte. Bis hin zu der Silvesternacht.

James wischt sich das Haar aus seinem geröteten Gesicht, daraufhin hebt er die Hand in Richtung Bar. »Wir hätten gern zwei Vodka?!«

Niemand von uns hat ein Wort gesprochen, bis der Vodka vor uns steht. Wir warten auch nicht, bis der Kellner sich zurückgezogen hat, wir stoßen an und trinken, auf ex.

»Ich verstehe!«, sagt James und stellt sein Pinnchen in den runden Fleck, den ein Unterteller dagelassen hat, daraufhin sieht er mich an.

Ich drehe mein Pinnchen in der Hand, sehe ihn aber *nicht* an. » ... wie du siehst, ist nicht nur Mario ein Arschloch! Ich war nicht einen Deut besser!«

James geht auf meinen Kommentar nicht ein.

»Was hältst du von einem Besuch bei einem Therapeuten? Versteh mich bitte nicht falsch, aber ich glaube nicht, dass du so etwas, diese meiner Meinung nach unberechtigte Schuld, ohne professionelle Hilfe bewältigen kannst! Du hast ihn ja schließlich nicht von der Dachterrasse geschubst! Ich habe erst vor Kurzem was gelesen; jemand hat, mithilfe einer Konfrontationstherapie, was Ähnliches in den Griff bekommen. Und wenn du partout nicht zu einem Spezialisten willst, dann ist mir da gerade was eingefallen, wie es vielleicht ohne Seelenklempner klappen könnte.«

Erwartungsvoll schaue ich James an.

»Ela, würdest du dich trauen, Cristianos Grab zu besuchen?«

ITALIEN
2019

Saskia hat Zimmer in einer kleinen Pension außerhalb gebucht. James stellt gerade unser Gepäck auf den Rollwagen, dann gehen wir gemeinsam zum Ausgang der Abflughalle von Catania.

Dort drüben hat Onkel Pupo in seinem Hawaii-Hemd an seinem Wagen gelehnt und dabei an seiner Zigarre gezogen, und die Sonne hat vom azurblauen Himmel gebrannt! Jetzt gerade regnet es und die Luft ist kühl. »Ich geh den Mietwagen holen!«, sagt James und drückt mir den Rollwagen in die Hand. »Der Verleih müsste, wenn ich mich nicht täusche, gleich um die Ecke sein.«

Die kleine Pension liegt auf einem Hügel, zu dem ein schmaler Weg führt. James fährt im Schritttempo an dem Trupp nass gewordener Wanderer vorbei, die ihr Singen durch ihr Zuwinken nicht unterbrechen. Wir winken zurück. Dann gibt James Gas, bis vor das Haus aus Felsengestein, und parkt den Wagen in einem der Stellplätze davor.

Saskia checkt uns ein, inzwischen wende ich mein Gesicht dem Fenster, der Sonne, zu, die jetzt nach und nach durch die Wolken bricht. Sie ist angenehm warm und ich schließe meine Augen, um mir den Anblick von Zypressen, von reifen Zitronen und das salzige Meer besser vorstellen zu können.

»Mommy?« Ich öffne die Augen. Saskia wedelt fröhlich mit dem Schlüssel, aber in ihren Augen sehe ich Mitleid. James wird ihr natürlich alles von der *Fete, die man nie vergisst* erzählt haben, bis jetzt hat sie mir gegenüber aber noch kein Wort darüber verloren. Nur ein Mal, im Flugzeug, habe ich sie dabei erwischt, wie sie mich von der Seite angesehen hat; fremd, mitleidig, aber auch enttäuscht.

Wie wird Tante Pina auf meinen Besuch reagieren?, frage ich mich, als ich nach dem Einchecken in meinem Zimmer meinen Koffer auspacke. Wird sie versuchen, mich zu schlagen? Oder wird sie mir ins Gesicht spucken? Wohnt sie überhaupt noch dort? Und lebt sie überhaupt noch?

Sie müsste an die achtzig sein. Was, wenn Onkel Pupo auf James losgeht? Was, wenn sie die Carabinieri auf den Plan holen …?

Und was, wenn sie mir nicht sagen werden, wo ich Cristiano finden kann …?!

Am nächsten Morgen nach dem Frühstück fahren wir los. An diesem Tag stehen keine Esel unter den Olivenbäumen, um sich vor der Sonne zu schützen. Saskia telefoniert vor mir auf dem Beifahrersitz mit einer ihrer Freundinnen, während James über das Lenkrad hinweg auf die Straße starrt. Der Wagen schwebt über den Asphalt, denn auch die Schlaglöcher, in die Onkel Pupo mit uns gekracht ist, sind Geschichte, und das Radio ist aus, »Sunshine Reggae« läuft nur in meinem Kopf ab, ohne die Ankündigung eines munteren Radiokommentators. Ich habe mich auf der Rückbank zusammengerollt. Mein Gesicht liegt in meinen kalten Händen, durch die Finger betrachte ich das Profil meiner Tochter, die jetzt geradeaus auf die Straße guckt … Quid pro quo! Saskia vs. Cristiano. James hat mir, ohne es zu wissen, eine Option geliefert: an Cristianos Grab, jetzt, hier, in der Gegenwart, wäre ich ihm so nah, wie ich ihm näher nicht sein könnte! Vielleicht könnte ich hierdurch meine Entscheidung treffen.

»Ich glaube, hier müssen wir rein!«, sagt James, und schon schaukeln wir hin und her, wir fahren den schmalen und noch wie damals buckeligen Weg runter, bis vor Tante Pinas Haus.

»Wir sind da!«, sagt Saskia, und ich setze mich auf! Das einst gelbe Haus ist jetzt weißgetüncht, die Pinien, unter denen wir parken werden, sind um einiges gewachsen.

James stellt den Motor ab und wir lauschen eine Weile dem leisem Knacken des abgestellten Motors. Irgendwann drückt Saskia gleichzeitig auf die zwei Schalter in ihrer Wagentür, worauf ihre und James' Seitenscheibe mit leisem Surren in der Tür versinkt. Mit der lauen Luft und dem Zwitschern der Vögel kommt auch das Rauschen des Meeres zu uns ins Auto.

Ich rutsche auf der Bank zum linken Fenster und drücke auf *meinen* Schalter. Saskia und James von ihren Sitzen und ich von der Rückbank, starren wir zum Hauseingang. Wenn jemand da ist, so muss er uns doch bemerkt haben, man merkt doch, wenn ein Wagen direkt vor dem Haus parkt, erst recht, wenn nicht viel mehr zu hören ist, als das Meer und ein paar Vögel.

»Da ist keiner!«, sagt James.

»Das denke ich auch«, sagt Saskia, » Ich seh hier auch keinen anderen Wagen.«

»Es *muss* jemand da sein!«, sage ich. Ich öffne die Wagentür und steige aus dem Auto.

Ich klopfe zaghaft an die massive Tür, danach warte ich mit zugekniffenen Augen und mit Händen wie zum Gebet vor meinen Lippen auf ein Geräusch, ein Zeichen. Ich warte auf irgendetwas, Hauptsache, ich bin nicht umsonst hierhergekommen.

»Vielleicht haben sie verkauft!«, ruft James.

»Oder sie sind tot!«, ruft Sassi.

»Oder sie sind zum Markt …«, flüstere ich und wische mir mit dem Daumen eine Träne von der Wange. Doch plötzlich höre ich schlurfende Schritte hinter der Tür. Sassie und James haben sie offensichtlich auch gehört, denn als hinter mir zwei Wagentüren fast zeitgleich in die Schlösser krachen, öffnet sich vor mir knarrend die Haustür – eine Frau mit gelben Gummihandschuhen an den Händen und einem Fensterleder in der Kitteltasche schaut mich Sekunden später fragend an.

»Si, grazie?«

Mein Sprachtalent von Schwiegersohn hat das Problem schließlich in die Hand genommen und der Dame um die vierzig grob erklärt (einmal musste er googeln), weswegen wir hier auf der Matte stehen. Die schwarzen Pupillen in den ungeschminkten Augen sind wie Kugeln in einem Flipperautomat zwischen meiner Tochter, James und mir herumgesprungen.

»Un momento, per favore!«, hat das schmale Ding daraufhin gesagt und die Tür ins Schloss gedrückt.

Ihre Schritte sind nun von Schlurfen weit entfernt; die Hausdame ist jetzt ziemlich flink unterwegs.

Dennoch warten wir … und warten. Und von Minute zu Minute zweifele ich mehr und mehr daran, dass sich die Tür noch mal öffnen wird. Doch da, ich höre Schritte hinter der Tür … zwischen den langsamen Schritten kann ich aber noch etwas anderes hören, einen dumpfen, regelmäßigen Schlag, und ich weiß, dass, wenn sich gleich die Tür öffnet, werde ich Tante Pina gegenüberstehen.

Als Tante Pinas schmale Gestalt in den Türrahmen tritt, treten Saskia links und James rechts von mir wie bei einem Theaterstück in den Hintergrund und ich stehe alleine, wie ein Wurm, vor der Frau, die sich mit knotiger Hand an ihren Gehstock klammert. Ich lege meine Hand vor meinen Mund, trotzdem entfährt mir

172

ein Schluchzen, weil, wenn auch unter welken Lidern, **Cristianos Augen** auf mich blicken. Und ich muss mich zusammenreißen, um Tante Pina nicht an mich zu reißen, um nicht anschließend an ihrem schwarzen knöchellangem Rock in den Staub zu gleiten. Obwohl sie so zart scheint, drückt ihre Körperhaltung majestätische Überlegenheit aus.

Als ihre halb unter ihren Schlupflidern verborgenen Augen meine Tochter ansehen, huscht ein schwaches Lächeln über die harten Gesichtszüge. Und genau dieses schwache Lächeln gibt mir eine ebenso schwache Hoffnung auf Tante Pinas Vergebung, weil meine Tochter Saskia Anna so unfassbar ähnlich ist. *Damit habe ich sie!,* denke ich und male mir aus, wie sich gleich der schmallippige Mund öffnen wird, wie sie mir ihre knorrige Hand auf mein Haar legen wird. Um mir mit milder Stimme den genauen Ort zu nennen, an dem Cristiano begraben liegt. Wenn sein Grab nach so vielen Jahren überhaupt noch existiert.

Doch als sie wieder mich ansieht (James hat sie völlig ignoriert), fallen ihre Mundwinkel nach unten. Ich hatte als Kind eine Puppe, und damit diese Puppe ihre Kullertränen vergießen konnte, musste man zuerst ihren rechten Arm, wie einen Hebel, herunterdrücken, dann schossen dicke Tränen aus den blauen Augen und liefen über die Pausbacken. Ich besitze keine Pausbacken und meinen Arm muss man auch nicht extra bewegen, damit mir die Tränen aus den Augen schießen. Dazu hat es nur die Mimik von Tante Pina gebraucht, nachdem sich ihr Gesicht von Sassi mir zugewandt hat.

Noch bevor sie sich gleich an ihrem Stock umdrehen wird, um daraufhin, ohne sich noch einmal umgesehen zu haben, die Tür ins Schloss krachen zu lassen, wende ich mich ab.

Ich gehe an Saskia und James vorbei, zu der erstbesten Pinie, um mich an ihren Stamm zu setzen, weil ich nicht weiß, was ich stattdessen tun soll. Und ich bin erst wenige Schritte gegangen, als die Tür hinter mir *erschöpft* geschlossen wird.

»Ich denke, das war's dann!«, sagt Saskia. »Habt ihr gesehen, wie sie mich angeguckt hat?«

»Lasst uns fahren!«, sagt James und geht zum Wagen.

Sassi setzt sich zu mir auf die Rückbank und ich lege meinen Kopf auf ihren Oberschenkel, dann schließe ich die Augen. Meine Tochter legt ihre Hand auf meine Wange und ich denke an Mama und an meinen Besuch in der Residenz, als ich meinen Kopf auf *Mamas* Oberschenkel gelegt habe. Wer hätte damals damit gerechnet: Ich bin in Italien, mit Saskia und James. Ich bin auf der Suche nach Cristiano, wenn auch die Suche erst vor wenigen Minuten gescheitert ist. Meine Ehe ist auch gescheitert. Und Mama ist nicht mehr da.

James startet den Wagen, dann setzt er rückwärts, um zu wenden. Um in weniger als fünf Sekunden zum letzten Mal an Tante Pinas Haus vorbeizufahren. *Bitte, lass mich, wenn ich die Augen wieder aufmache, in meinem Zimmer aufwachen. Lass mich verpennt und total verpeilt aus meinem Bett kriechen und motzen, weil gleich 'ne Doppelstunde Mathe ansteht …*

Und dann fahren wir an Tante Pinas Haus vorbei, ich habe mich aufgesetzt, um einen letzten Blick darauf zu werfen, und wieder schlage ich die Hand vor den Mund, als ich Tante Pina in der Tür stehen sehe. James bremst, worauf Tante Pina an ihrem Stock aus dem Schatten des Vordachs zum Wagen schlurft. An mich und an James verschwendet sie keinen einzigen Blick. Ihr Blick gilt meiner Tochter, der sie mit relativ weichen Gesichtszügen einen gefalteten Zettel durch das Autofenster reicht.

Der kleine Friedhof liegt am Rande des Dorfes. Vor dem Tor sitzt auf einem Hocker ein Mann mit einer dunklen Brille auf der Nase. Er trägt einen Strohhut mit einer verbogenen Sonnenblume an der Krempe. Der weiße Stock, der an dem Baum neben ihm lehnt, verrät mir seine Blindheit, dennoch scheint er zu wissen, was er tut, als er die Schnittblumen (die meisten von ihnen sind weiß) in dem Blecheimer vor seinen braunen Schnürschuhen ordnet.

Wenn ich mir einen hinter die Binde gegossen habe, habe ich mir immer meine Umgebung laut eingeprägt, nur um mir selbst zu beweisen: So betrunken bin ich ja gar nicht. Schließlich kann ich noch klar denken. Mir ist der Opi vor seinem Blecheimer total egal, und auch die Damen in ihren ärmellosen Kleidern auf der Bank, die vielleicht gerade über eine Dritte, die mal austreten ist, lästern, während sich ihre zwei Schoßhunde an den Geschlechtsteilen schnüffeln, interessieren mich nicht. Deswegen suche ich weiterhin meine Umgebung nach weiteren Dingen oder Personen ab. Nur um mich nicht damit auseinandersetzen zu müssen, **aus welchem Grund** ich hier stehe.

Scheinbar ist der Torbogen des Friedhofs der Auslöser für meinen gigantischen Schweißausbruch gewesen – ich bin klatschnass, noch ehe wir vor den ersten Reihen mit vorwiegend weißen Kreuzen auf den Grabstätten stehen. In den knorrigen Bäumen flattern und zwitschern Hunderte von Spatzen.

»Wir schaffen das!«, sagt Saskia mit einem Augenzwinkern und wischt mir mit ihrem schon gebrauchten Taschentuch über die Wange. Ich weine nicht wegen Cristiano, das kommt erst später. Ich weine wegen meiner Tochter, die nur aus einem einzigen Grund hier ist, als Prüfung!

Weil meine Liebe zu ihr eben **nicht** bedingungslos ist.

Es ist so wie mit dem Schlüsselbund – der Letzte der Schlüssel ist meistens der passende.

Wir haben uns aufgeteilt, Saskia suchte mit mir zusammen bis zur Mitte und James übernahm die obere Hälfte der Grabreihen. In regelmäßigen Abständen sah ich zu James, dessen Gestalt sich gegen den blauen Himmel abhob. Ich beobachtete ihn mit rasendem Herzschlag, wenn er zwei Sekunden zu lange vor einem Grab stand, und mein Herz hörte erst auf zu rasen, wenn er suchend weiterging.

Man sagt das so: Aber ich weiß, wie es ist, wenn das eigene Herz kurz aufgehört hat, zu schlagen. Mein Herz hat aufgehört zu schlagen, als James: »Ich habe Cristiano gefunden!«, gerufen hat.

CHRISTIANO
20.03.1968 – 01.01.1985

Cristiano hat keinen Grabstein. Auf der tadellosen, naturbelassenen Platte ist ein gusseisernes, verschnörkeltes Kreuz verankert. Jemand hat ein paar Wiesenblumen um das Kruzifix geschlungen. Sie sind vertrocknet, dennoch haben sie von ihrer Schönheit nichts verloren. Schräg neben dem Kreuz steht eine weiße Laterne, die cremeweiße Kerze hinter dem Glas ist fast runtergebrannt. Sassi und James haben sich taktvoll zurückgezogen und ich fahre, auf den Knien, mit den Fingerspitzen über die Blumen, danach über seinen in die Platte eingravierten Namen, zugleich schluchzt Saskia auf.

Was habe ich in den letzten Jahrzehnten erlebt – ich und Mario ...

Wir haben die Welt bereist, haben die schönsten Orte gesehen. Wir waren in Shanghai und wir lagen am Strand von Florida. Einmal flogen wir sogar auf die Malediven.

Wir feierten Junggesellenabschiede, Hochzeiten und Feten, in den Neunzigern. Wir durften unsere Tochter aufwachsen sehen, durften unsre Hochzeit planen.

... was hat Cristiano gedurft ...?

Als ich aufstehe, gerate ich ins Wanken, James springt vor, um mich zu halten. »Schon okay!«, sage ich und wehre seine Hände ab. Saskia kommt zu mir und nimmt mein nasses Gesicht in ihre Hände.

»Ich werde für dich da sein, Mommy, wenn du damit anfängst, das hier zu verarbeiten.«

Die emphatischen Worte meines Kindes liegen noch in der Luft, doch ich weiß jetzt schon, dass mich der heutige Tag hier keinen Schritt weiter gebracht hat.

»Ich möchte noch ein bisschen mit ihm alleine sein!«, sage ich zu den beiden. Ich warte, bis sie einige Meter in Richtung des Ausgangs gegangen sind.

Hiernach setze ich mich auf meine Fersen vor das Grab. Dann bade ich wieder in Selbstvorwürfen, dazwischen weine ich, und ich frage mich: Warum sind Reet und Flavin nicht einen Tag danach, nach dem Drama, bei mir aufgetaucht, oder in den Jahren danach? Wieso erst jetzt? Weil es sonst für mich zu einfach gewesen wäre, die richtige Entscheidung zu treffen! Weil es Saskia geben *musste!* Saskia, der Konflikt, den ich überwinden muss. Ich habe mir die Frage selbst beantwortet. Unvermittelt höre ich sie, die verhaltenen Schritte hinter mir, und sofort pumpt mein Herz von Neuem. Ich hatte vollkommen ausgeblendet, dass Anna und Nino hier auftauchen könnten. Zufällig, oder aber, weil Pina sie aufgescheucht hat. Wie dem auch sei, es würde in einer Katastrophe enden. Und als Sekunden später eine weiße Blüte links neben meinem Gesicht baumelt, bin ich mir sicher, dass die beiden, ergraut und mit selbiger Mimik wie die von Tante Pina, hinter mir stehen.

Mein Kopf schnellt herum, Saskia geht neben mir in die Hocke

177

und legt mit einem schiefen Lächeln (sie weint) die Rose unter Cristianos Namen. »Mein Onkel würde sich sicher darüber freuen!«

ACHTZEHN

Ich habe meine schwach nach Italien duftende Reisetasche, so, wie sie war, in die nächste Ecke geknallt. Saskia hat sich inzwischen in der Küche daran gemacht, Tee für uns aufzubrühen.

Anschließend haben wir uns mit dem Tee an den Tisch gesetzt. Saskia saß mir gegenüber, nur der Küchentisch trennte mich von meinem einzigen Kind, und doch war es so viel mehr, das mich von ihr trennte. Unsere Unterhaltung war schleppend, während wir mit unseren Tassen zwischen den Händen am Tisch saßen. Außer über Mamas Tod, Mario oder über die *Performance* auf der Dachterrasse gab es nicht viel zu erzählen. Das Thema Italien rührten wir nicht an. Ich wollte das nicht, ich hatte noch im Flieger versprochen, gleich morgen einen Termin bei einem Psychiater zu machen. Aber auch gleichzeitig darum gebeten, dieses Thema erst mal sein zu lassen.

Später habe ich Saskia und James verabschiedet. Ich habe meine Tochter sehr lange im Arm gehalten ... weil ich mir nicht sicher bin, ob ich Saskia *jemals* wieder, im Arm halten würde. Losgelassen habe ich sie, als ich gemerkt habe, dass sie und James mitleidige, ja schon leicht genervte Blicke austauschten.

Jetzt, zwei oder auch drei Stunden später, liegt die kleine Zeitmaschine vor mir auf dem Wohnzimmertisch. Unter den harmlos wirkenden Drachen habe ich dieses Mal zwei Kreise aus Fotos gelegt. Der obere Kreis besteht aus den Fotos meiner Tochter. Saskias Milchzahn in Großaufnahme, an den Zacken, die in ihrem weichen Babyzahnfleisch gesteckt haben, klebt sogar noch etwas Blut. Auf dem nächsten Bild sitzt Sassi im Kinderwagen, im Park vor einer riesigen Fontäne, der übergroße rosa Schnuller verdeckt ihre untere Gesichtshälfte, dennoch kann man ganz deutlich sehen, dass Saskia lacht, weil Saskias Augen lachen. Auf dem folgendem Foto ist Saskia schon älter, wir waren zusammen im Fußballstadion. Mario hat Saskia auf die Schulter genommen, ich habe Bratwurst und Bier organisiert. Für Saskia gab es Saft und einen bunten runden Lolli. Der Fußballfan neben uns hat mehr als eifrig mitgefiebert, und als das 2:1 für seinen Verein gefallen ist, hat er so gebrüllt, dass Saskia angefangen hat zu flennen. Er entschuldigte sich, indem er ihr seinen blauweißen, mit Aufnähern verzierten Schal wie einen Schal mit Bommeln umgelegt hat. Sassis Augen waren noch rot, und sie schniefte noch ein paar Mal, aber ihr Kindermund verzog sich schon zu einem besänftigten Lächeln.

Ein weiteres Bild zeigt Sassi inmitten einer Schar von Kindern mit vor Aufregung glühenden Gesichtern und Tornistern auf den Rücken. Jedes der Kinder hat seine, wahrscheinlich mit Bonbons, Zirkeln, Buntstiften und Geodreiecken, gefüllte Schultüte im Arm. Mama hat mit Saskia zusammen die Schultüte gebastelt, deshalb war es auch kein Wunder, dass sie nicht perfekt geworden ist. Der gelbe Hund aus Filz hatte eine viel zu lange Zunge und viel zu lange Beine und sein schmaler Kopf glich mehr dem eines jungen Kaninchens. Und so manche Mutter *glotzte,* so wie auch ihr Balg, über den Rand seiner perfekt gekauften Tüte, doch Saskia ist nie ein Mitläufer gewesen, deshalb kümmerte sie sich nicht weiter darum.

Den unteren Kreis bilden die Urlaubsbilder aus Italien. Dieselben, die mich auf das Hochhaus getrieben haben, aber heute lasse ich sie, wie sie sind. Ich drehe sie nicht um.

Stattdessen gehe ich zur Bar. Mit Alkohol im Blut fällt es mir leichter, Zimmer für Zimmer abzugehen, so, wie man es bei seinem besenreinen Auszug macht; um noch ein letztes Mal, mit verklärtem Blick oder mit verweinten Augen oder auch wütend, zwischen den nackten Wänden zu wandern, um danach an Fenstern zu verharren, den Blick auf immer dieselben Autos gerichtet. Oder auf den Spielplatz, mit immer denselben Kindern, die man sonst hätte gerne ohrfeigen können, die nun gar nicht so schlimm sind. Oder mit dem Blick nur auf das Haus gegenüber, mit den ebenso vertrauten Gesichtern neben den vertrauten Gardinen, bevor man aus dem Haus geht, Zimmer für Zimmer ...

In der Küche nehme ich Saskias Tasse in die Hand und streiche mit dem Daumen über die Stelle, die vorhin noch ihr Mund berührt hat. Und bevor ich die Tasse in die Spüle stelle und Wasser hineinlaufen lasse, küsse ich ganz sanft die dezent rosa Lippenstiftspur.

Danach lösche ich das Licht!

1984

Das üble, fiese, knatternde Krächzen der elektronischen Kaffeemühle macht mir schonungslos laut klar: Diese Nacht ist zu Ende. Über den Rand der Bettdecke, durch die geschlossene Tür, kann ich sehen, wie Papa seine Zeitung zurechtschüttelt, wie er mittendrin an seinem Pott Kaffee nippt.

Und dass Mama, mit einem vergessenen, schief hängenden Lockenwickler an der Schläfe, einen frischen Laib Brot durch die Kreissäge der Brotmaschine schiebt. Anschließend sammelt sie die Brotscheiben zusammen und legt sie in das Brotkörbchen auf dem Tisch neben der Kirschmarmelade. Um dem Krach aus der Küche *Paroli* zu bieten (wenn ich es wollte, habe ich ganz schön was auf dem Kasten), strampele ich mich unter meiner Bettdecke hervor, dann springe ich den halben Meter, sozusagen auf einem

Bein, zu meinem Kassettenrekorder auf dem Regal gleich neben der Tür. Ich wühle aus dem Haufen loser BASF-Kassetten eine frisch bespielte und schiebe diese in das Kassettenfach. Ich liebe Cindy Lauper! Wie sie sich gibt und wie sie sich schminkt, vor allem aber, weil sie so hammermäßig singt. Und mein absolutes Lieblingslied »*Girls just want to have fun*« klimpert mir schon in die Ohren, noch bevor ich zurück in mein Bett hechten kann, um, bis Mama aus der Küche: »Ela, Frühstück ist fertig!« rufen wird, noch ein bisschen unter die Decke zu kriechen. Diese Platte muss ich auf jeden Fall auf meiner Geburtstagsparty laufen lassen. Auch wenn mir noch nicht mal klar ist, wo meine Superfete überhaupt steigen soll.

Hey, schließlich wird man nur ein Mal siebzehn!

Ich hätte es gemerkt, wenn zwischen meinem Vater und mir eine telepathische Verbindung bestehen würde. Erst recht, als Angelika angefangen hat, ihm sein Hirn zu verdrehen. Deshalb bin ich ganz schön verdutzt, als er mich am Frühstückstisch fragt, als hätte er meine Gedanken gelesen: » Ist dir schon eingefallen, wo du deine Superfete steigen lassen willst?«

»Das sind aber noch ein paar Tage hin!«, sagt Mama und flucht, weil sie den blöden Deckel der Marmelade nicht aufkriegt.

»Wer weiß, was deiner Tochter am Ende wieder einfällt?«, sagt Papa und legt die Zeitung breit auf seinen noch leeren Teller. Dann nimmt er meiner Mutter die Marmelade aus den Händen. »So einen Zirkus um *meinen* Geburtstag hätte es früher *nicht* gegeben.«

»Du bist ja auch ein Kriegskind, Heinz. Das kann man mit der Jugend von heute doch nicht vergleichen. Die wollen leben ...! Wer weiß, was noch alles auf uns zukommt!«

»Was soll denn auf uns zukommen ...?«, fragt Papa und drückt Mama das Marmeladenglas und auch den Deckel in die Hände.

Kopfschüttelnd nimmt er die Zeitung hoch, dann blättert er bis zum Sportteil. Dabei blitzt zwischen den Seiten ein Artikel auf, und plötzlich weiß ich, wo mein Geburtstag steigen wird!

SIEBZEHN JAHRE, ELA

Mir schmeckte nicht alles, was Mama kochte, aber sie konnte backen, da machte ihr so schnell keiner was vor. Denn ich liebe nicht nur Cindy Lauper! Ich liebe auch Torte, vor allem aber Schwarzwälder Kirschtorte. Sogar noch, nachdem ich mich, es war an Tante Lisels Geburtstag, daran überfressen habe. Damals trug sie keine Glockenhüte, sondern einen straffen Pferdeschwanz, der so straff war, dass ihre Augen ein bisschen chinesisch wirkten. Mama war auf der Fahrt nach Hause in ihrer Gardinenpredigt so richtig aufgegangen, zuvor hat man mir einen sauberen Mayonnaise-Eimer zwischen die Knie geklemmt. Ich habe hinter ihr auf der Rückbank gesessen, aber es war der leichte Mayogeruch, der sich in das Plastik eingefressen hatte, der mich erst dazu gebracht hat, mich zu übergeben. Als ich nach mehreren Ladungen fertig war und mein Erbrochenes sich mit in jede Kurve legte, meinte ich, mich verteidigen zu müssen.

»Ich kann ja nicht wissen, dass die für zwanzig Leute nur eine Torte und 'nen trockenen Kuchen da hat. Ich dachte, im Kühlschrank wäre noch was …!«

»Wo sie recht hat, hat sie recht!«, sagt Papa, während er den Wagen auf den Stellplatz direkt neben die Mülltonne parkt. Er parkt fast immer hier, kann sein, dass es daran liegt, dass er Müllmann ist. Aber eines Tages wird er hier nicht mehr parken können. Dann wird sein Lieblingsplatz von einem ausrangierten Wohnwagen besetzt sein!

»Ja«, sagt Mama und schnallt sich ab. »Trotzdem war es

peinlich, als Geburtstagskind losgehen zu müssen, um neuen Kuchen zu kaufen.«

»Du hättest ja gehen können ... schließlich hat *deine* Tochter die halbe Torte aufgefressen!«

Eben solch eine Schwarzwälder Kirsch steht jetzt direkt vor mir auf dem gedeckten Kaffeetisch, und mir läuft allein schon beim Anblick der saftigen Kirschen auf den Sahnehäubchen die Spucke im Mund zusammen. Hoffentlich hat Mama noch was in Reserve!

Spießig!, ist das Wort der Wahl, welches mir für die nächsten, unerträglich langen Stunden in den Ohren rauschen wird. Nur meine Oma wird mein Lichtblick sein, Oma und die Schwarzwälder in der Tischmitte.

»Herzlichen Glückwunsch zu deinem – ich kann das gar nicht so recht glauben; du warst doch gestern noch im Kindergarten – siebzehnten Geburtstag!«, sagt Oma und drückt mir, noch im Hausflur, einen Kuss auf die Wange. Sie hält mich auf Armeslänge von sich. » ... und gewachsen bist du ...«

Keine Ahnung, ob das bloß eine Floskel ist, die alle Erwachsenen benutzen, nur damit bloß keine peinliche Stille entsteht, mir ist Oma seit unserem letzten Wiedersehen, auf Tante Lisels *magerer* Geburtstagsfete, jedenfalls nicht kleiner vorgekommen.

»Dann lass uns mal reingehen«, sagt sie und schiebt mich sanft zurück in die Diele.

Nachdem sie die Haustür zugemacht hat, drückt sie mir augenzwinkernd ein flaches Päckchen in die Hand. »Ich glaube, diesen Song hast du dir schon länger gewünscht.«

SONG! Aus dem Mund meiner Oma hört »Song« sich irgendwie spacig an. Ich habe mir, auch wenn ich das Lied auf Kassette habe, es mir trotzdem auf Platte gewünscht. Die olle Kassette ist schon am Leiern und ich muss das Ding ständig mit einem Bleistift aufschrauben, um das Band stramm zu ziehen. Eine Platte ist da doch robuster.

Natürlich freue ich mich auch, meine Tanten und Onkel wiederzusehen. Onkel Herbert, ein langer Lulatsch in braunem Karohemd, ist Anfang der Neunziger gestorben. Krebs! Was sonst. Und nun sitzt er auf dem Sofa (seine dürren Knie reichen bald bis zu seinen Achseln), auf dem Platz, auf dem Mama immer sitzt, wenn sie strickt, und schenkt Tante Hannelore, seiner Frau, Kaffee ein. Während ihr Mann das tut, fährt meine Tante (eine Konditorei-Angestellte, der man ihren Beruf besonders an den Hüften ansieht), mit ihrem Labello mehrmals über ihre Lippen. Tante Hannelore ist ein Fettstiftjunkie – ich habe sie jedenfalls noch nie ohne ihren Labello angetroffen, den sie in einer angebrochenen Tempotaschentuch-Packung mit sich herumträgt. Ich werde ihr mein Tortenstück geben, weil ich sie lieb habe und weil sie mir leidtut. Denn Tante Hannelore wird die Neunziger auch nicht überleben. Auch wenn sie es bis 1999 schaffen wird, wenige Wochen vor dem Millennium, wird sie in ihrem Wagen von einer Straßenbahn mitgeschleift werden. Ich würde sie gern fragen, warum sie das Läuten nicht gehört hat. Warum sie mitten auf der Kreuzung, mitten auf den Schienen, gehalten hat. Laut Aussage des zitternden Straßenbahnführers ist kein anderer Wagen zu sehen gewesen, dem sie hätte Vorfahrt gewähren müssen. Nur sie und er. Quid pro quo!

Möglicherweise hat sie nach ihrem Labello gesucht. Vielleicht ist er ihr runtergefallen und sie hat beim Suchen alles um sich herum vergessen.

Tante Lisel hat abgesagt, sie hat es angeblich an der Galle, so hat man mir das lautstark durch die Badezimmertür ausgerichtet, da ich unter der Dusche war. Sie hat mir telefonisch gratuliert. Aber ich habe vermutet, dass sie einfach nur ihre Tage hat und lieber mit 'ner Wärmflasche und einem Heimatroman in ihrem Bett liegen will.

Und natürlich freue ich mich über meine Geschenke, vor allem aber über die dazugehörigen Geburtstagskarten. In jeder Karte wird ein kleiner Geldschein sein, außer in Omas Karte. In ihrer Karte wird ein großer Schein sein. Mama wird die Karten später, da habe ich das Geld schon rausgenommen, in den Wohnzimmerschrank stellen. Und wenn sie irgendwann genug vollgestaubt sind, wird sie sie in den Mülleimer unter der Spüle quetschen.

Nunmehr sind *Stunden* vergangen. Ich habe alle Fragen beantwortet, die ein Erwachsener einem Teenie so stellt. Meinem Onkel Horst habe ich brav meine Schulhefte vorgezeigt. Ob er noch lebt, das weiß ich gar nicht, er müsste dann in Mamas Alter sein und sein grellroter Hufeisenbart dürfte abrasiert, ausgefallen oder zumindest grau sein. Ich denke, er wollte mich an meinem Geburtstag nicht kränken, weil er meine Schrift *interessant* genannt hat. Nachdem er auch das letzte Heft zugeklappte hat, hat er mir zwei Mark in die Hand gedrückt. Meine Schrift war die berühmte Sauklaue – ich vermute, das kam daher, weil ich meine Schulfreundin Tanja nachgemacht habe. Tanja war Linkshänderin, das wollte ich auch sein. Und so schrieb ich für die nächsten Wochen nur noch mit meiner linken Hand. Irgendwann habe ich die Lust daran, Tanja kopieren zu wollen, verloren und schrieb wieder wie gewohnt. Was sich aber als nicht ganz so einfach herausstellte. Hätte ich das mal bleiben gelassen, dann hätte Onkel Horst vermutlich 'nen Fünfer springen lassen! Und ich denke jetzt im Minutentakt daran, den Gästen den Kuchen *eigenhändig* in den Mund zu stopfen, weil ich siebzehn geworden bin und keine zwölf! Ich fühle mich wie ein Bulle vor dem Tor. Ich will endlich zu Silke, um mit ihr zusammen *meine Fete* zu planen!

Doch Mama auf dem Geschirr sitzen zu lassen, möchte ich auch nicht. Und während sie die Tassen und Teller spült, bringt Papa meine Oma heim. Sie ist mit dem Zug gekommen, da sie Angst hat, sonst ganz einzurosten. Sie ist bis zum Schluss geblieben, die anderen Gäste haben sich bald nach dem Kartoffelsalat mit selbstgemachter Mayo und kalten Frikadellen oder Brühwürstchen verabschiedet. Ich trockne das Geschirr ab, das sie in das Abtropfbrett gestellt hat, und beobachte sie. Vor allem aber beobachte ich ihren schlanken Hals, den, eines fernen Tages, eigentlich harmlose Salmiak-Bonbons verstopfen werden.

»Brauchst du mich hier noch?«, frage ich und hänge, ohne ihre Antwort abzuwarten, das Geschirrtuch zum Trocknen über den Griff des Backofens.

»Den Rest schaffe ich schon allein!«, sagt Mama. »Pack du mal in Ruhe deine Geschenke aus.«

»Ela, du bist echt 'n Ferkel!« Mit spitzen Lippen und noch spitzeren Fingern ziehe ich endlich die Mumie von Bananenschale unter dem Röllchen des Bettkastens hervor. Anschließend lasse ich das Ding, wie eine Ratte an ihrem Schwanz, durchs Zimmer segeln, über dem Papierkorb lasse ich die Schale los. Hiernach nehme ich die Zigarrenschachtel aus dem Bettkasten und hole den Drachen an seiner Kette heraus. Wie damals, gleich zu Anfang, als Mario mir im Rücken hockte, klimpert es leise, als ich ihn auf meinen Handteller lege. Ich habe ihn aus seinem Versteck genommen, um nachzusehen, ob es ihn **tatsächlich** gibt. Um ganz, und das zum tausendsten Mal, sicher zu sein, dass das alles hier nicht doch ein Traum ist. Meine Verwandtschaft, die mir früher auf den Keks gegangen ist, hat mich nun etwas aus der Bahn geworfen, am meisten aber meine Oma!

Ich bin erst gegen Abend mit dem Arrangieren meiner Geschenke fertig. In Omas Karte, mit einer bebrillten Maus, deren Käse eine Tasche ist, in die man das Geld stecken kann, waren 50 Mark. Ich habe sie mit einem dankbaren Lächeln zusammengefaltet und anschließend in meine Geldbörse gesteckt. Die ich dann wiederum in die Schublade meines Schreibtisches gelegt habe. Ich nenne sie Schnappbörse. Sie ist aus Stoff, hat als Verschluss zwei fette Kugeln und ich habe sie in einem »Sarah Kay«-Store *geklaut,* weil mir zu diesem Teil, das ich unbedingt haben musste (sonst wäre ich auf der Stelle gestorben), genau 30 Pfennige gefehlt haben.

Mama hat sich mit ihrem Strickzeug vor den Fernseher gesetzt. Papa hörte ich im Bad werkeln.

»Ich geh dann jetzt zu Silke!«, rufe ich und ziehe meine Jeansjacke von der Garderobe. »Wir wollten noch mal zusammen die Geburtstags-Fete besprechen.«

»Oh, wie ich höre, ist unserem Fräulein was Feines eingefallen!«, höre ich Papas Stimme undeutlich, er hat anscheinend seine Zahnbürste im Mund, hinter der Badezimmertür.

»Was *ist* dir denn eingefallen?«, fragt Mama, ohne sarkastisch zu sein.

»Das wird erst verraten, wenn es so weit ist!«, sage ich mit einem Lächeln in der Stimme.

DIE SUPERDUPER-FETE

Ich sehe zwar nicht aus wie Linda Blair, und auch Cristiano hat mit Jim Bray nichts gemein. Dennoch verspricht der heutige Abend, der Hit zu werden. Schon wegen der angesagten Mucke, die bis zu uns an den Haupteingang zu hören ist, vor dem unsere Gruppe sich mit Discorollern um den Hals oder über der Schulter versammelt hat. Durch die beschlagenen Scheiben kann man sehen, wie die Läufer zu Nenas »Nur geträumt« ihre Runden drehen. Dank meiner spendablen Verwandtschaft bin ich in der Lage, meinen Siebzehnten in einer Rollschuhbahn zu feiern. Dieser grandiose

Einfall ist mir gekommen, als ich doch letztens beim Frühstück in Papas Zeitung die Annonce zur Neueröffnung der Videothek aufblitzen sah. Roller-Boogie war zwar jetzt nicht der neueste Hit, dennoch hat man den Titel als erwähnenswert befunden.

Aber etwas trübt meine Freude. Um genau zu sein: Ich bin stinksauer – weder Cristiano noch Silke oder jemand anders aus der Clique hat mir bis jetzt was zum Geburtstag geschenkt.

»Was sagst du dazu, dass wir 'ne Kleiderordnung für uns Mädchen machen?«, hat Silke an jenem Planabend vorgeschlagen. »Keiner kommt im Schlabberpulli bis zu den Knien. Wir kommen in bauchfrei und in »Wit Boy«-Jeans, mit Cowboystiefeln. Was meinst du, wie die Jungs gucken ...« *Was meinst du, wie die Jungs gucken,* hat Silke mit Unschuldsmiene vorgeschlagen.

Heute weiß ich, damals ahnte ich, dass Silke nur nicht als Einzige im bauchfreiem Shirt laufen wollte, weil Silke verknallt war; Silke war in Holger verschossen. In Holger, der nur wenige Straßen neben dem Ghetto wohnte und nur ab und zu zum Quatschen auf unseren Hof kam. Meistens hat er sich neben die Bank, auf der wir mit dem Ghettoblaster hockten, gestellt, ein Bein immer auf der Bank. Lässig hat er die Kippe hinter seinem Ohr weggezogen, sie sich zwischen seine Lippen geklemmt, während seine andere Hand in der Hinterntasche seiner Jeans nach dem Feuerzeug geangelt hat. Seine blonde Fönfrisur fiel locker in den Seitenscheitel, jedes Mal, wenn er sich mit zur Seite geneigtem Kopf die Kippe anzündete. Mir ist aufgefallen, dass er ganz schön oft vorbeikam, als mir aufgefallen ist, dass Silke, noch mehr als sonst schon, mit Haarspray herumsprühte. Und dass ihr pinker Lippenstift, zu dick, weil zu oft aufgetragen, ein wenig von ihren Lippen bröselte.

Bevor Silke den Fuß auf die Bahn setzt, zieht sie mit einem Schulterblick ihr neongelbes bauchfreies Shirt minimal höher. Und Holger beißt an.

Und schon bald ist sie als neongelber Punkt neben einer laufenden Fönfrisur in der Menge verschollen. Plötzlich dockt Cristiano von hinten an mich ran, zur selben Zeit, als der DJ die Nadel auf die Platte legt. Zwar habe ich mir Cindy Lauper als Einstiegslied gewünscht, aber mit Divine und ihrem »Shoot your Shot« kann ich auch prima leben. In diesem Moment kommt die Polonaise vorbei, Cristiano und ich hängen uns ans Ende der Schlange.

Im Takt, während sich bunte Lichtkegel über uns hinwegdrehen, strecken wir im Wechsel immer ein Bein aus der Schlange. Aber weil Cristianos warme Hände meine nackte Taille umschließen und seine Daumen immer wieder über meine Haut streicheln, komme ich ganze zweimal aus dem Takt.

»Wie im Starlight Express!«, brülle ich Cristiano über die Schulter hinweg zu. Cristiano beugt sich vor und schreit mir ins Ohr: »Wie wo?«

»... schon gut, ich habe mich vertan«, brülle ich. Derweil merke ich schon, wie mir das Wasser in die Augen steigt, weil ich mit Saskia und Silke zusammen im »Starlight« war.

Silke hat mir (so war sie eben) mal wieder den Ellenbogen in die Rippen gerammt. Nach dem Rippenstoß hat sie sich zu mir gebeugt, damit Sassi, die gebannt auf die Bühne guckte, Silkes Altweiberschwärmen nicht hörte. »Erinnerst du dich noch an deinen Siebzehnten?! Da sind wir auch so rumgesprungen, und guck uns heute an!« Um unser hohes Alter zu demonstrieren, hat sie sich an die Hüfte gefasst, die Lippen gespitzt, die Stirn in Falten gelegt und tonlos aufgestöhnt.

Sie wollte noch weiter ausholen, wollte gar über Holger reden, doch dann wäre auch Cristiano mit ins Spiel gekommen. Deshalb schloss sie den Mund, setzte sich gerade hin und wandte sich wieder Greaseball, Rusty und Nintendo zu.

Doch so, wie es aussieht, war die Wahl, Divine als Maxisingle zu nehmen, keine gute Wahl. Weil immer mehr Jungen und Mädchen, nach und nach, aus der Polonaise aussteigen. Was Cristiano und ich nun auch tun.

Kurz darauf sehen wir Silke und Holger. Die beiden haben sich nebeneinander auf die Bande gesetzt und knutschen jetzt vor der breiten Scheibe des Bistros. Die Leuchtreklame über ihnen taucht das Pärchen in rotes und grünes Licht. Als hätten sie uns gerochen, hören sie auf, sich zu küssen, noch bevor wir sie erreicht haben. Anschließend lecken sie sich schnell über die eigenen Lippen, während ich vorschlage, ins Innere, auf 'ne Portion Popcorn und 'ne Cola, zu gehen.

Die Polonaise hat sich nunmehr vollständig aufgelöst. Womit auch die anderen, Tina und Marc (ihr Bruder), zu uns gerollt kommen.

So, wie es Menschen gibt, die von den 80ern oder den 90ern oder welchen Jahrzehnten auch immer nicht weg kommen, so kommt der Besitzer dieses Ladens offenkundig nicht von den 50ern los! Das – ich nenn es jetzt einfach mal – »Bistro« war im Grunde eine kleine Rockabilly-Bar.

»Das Geburtstagskind zuerst!«, sagt Cristiano und hält mir die rechte Seite der Doppeltür auf und ich rolle, nicht ohne ihm vorher einen kleinen Kuss auf den Mund zu geben, hinein.

Die anderen folgen mir. Ich höre, wie die Rollen ihrer Skater, ebenso wie meine, über den Boden bollern. Der Boden ist im Schachbrett-Muster verlegt worden. Passend zu den dunkelgrünen Ledersitzen, die an Sitze in einem Zugabteil erinnern. Ringsherum an den Wänden hängen unzählige, verschieden gerahmte Bilder von Menschen mit Fliegerbrillen im Cockpit oder von Leuten bei einem Reitturnier. Aber auch von einer lachenden Marilyn Monroe über dem berühmten Luftschacht. Vor Kopf hat man eine Musikbox aufgestellt, die Musik von der Bahn ist hier nur als ein Raunen zu hören. In dieser Sekunde zwängt sich ein Junge mit blonder Tolle, er muss so um die fünfzehn sein, hinter seinem Tisch in der hintersten Ecke hervor. Er lässt sich bis vor die Box rollen, und während er das tut, zählt er das Kleingeld in seiner Hand.

Der Junge rollt mit zufriedenem Gesichtsausdruck zurück zu seinem Platz, als wir uns noch hinter die Sitze (sie sind viel zu nah am Tisch angebracht worden) quetschen. Und er hat sich noch nicht ganz hingesetzt, da kommt auch schon ein Song aus der Juke Box, den jeder, dem *Eis am Stiel* noch ein Begriff ist, unweigerlich mit der Rollschuh fahrenden Ginny und mit ihrem Möchtegern-Lover Benny verbindet.

»Ginny come lately« plätschert über uns hinweg, als meine Gäste suchend auf die Flyer (vielleicht mal was anderes als immer nur Cola) in ihren Händen gucken. Meine Augen suchen nicht nach einem Getränk, auch wenn sie auf den Flyer in meiner Hand starren, meine Augen schwimmen jetzt wieder in Tränen! Silke hat Saskia eine Spieluhr geschenkt, weil ihr Patenkind eine gewisse Zeit Einschlafprobleme hatte, und tatsächlich – diese Melodie schien das kleine Mädchen zu beruhigen. Sie weinte nicht, sondern schlief schon nach wenigen Minuten ein. Ich habe mich (nicht immer, aber oft genug), nachdem ich den weißen Plüschhasen an der Wand neben dem Babybett aufgezogen habe, zusammengerissen, um nicht zu weinen, weil die Melodie mich an genau diesen Tag hier erinnert hat. Und an »Eis am Stiel«.

Erinnerungen lassen sich wie Beton versenken; aber eben nie ganz. Ein paar Bläschen kommen immer an die Oberfläche.

Ungefähr eine Viertelstunde ist vergangen, vor jedem von uns steht 'ne Cola und ein rotweiß gestreiftes Pappeimerchen voll mit gesalzenem Popcorn. Der Junge hat anscheinend sein ganzes

Taschengeld in die Musikbox geschmissen, denn nun bringt mich Dean Martins »Thats Amore« fast an den Rand des Wahnsinns.

Ich drehe mich zum Fenster, und während ich die lachenden, ihre Runden drehenden Menschen beobachte, unterdrücke ich mein Weinen so sehr, dass ich zu zittern beginne … ich versuche, Italien mit seinen Vespas und dem Kai in der Abenddämmerung, die schaukelnden Boote mit meiner Wut zu übertünchen, denn ich habe, bis jetzt noch immer keine Geschenke gesehen.

»Weiß einer, wo hier das Klo ist?«, fragt Tina. Sie steht auf und schiebt sich schon mal an Silke und Holger vorbei.

»Ich glaube, links neben der Theke«, sagt Holger, ohne den Blick von Silke zu nehmen. »Ich glaube, ich hab da vorhin so 'n Männeken Piss auf der Tür gesehen.«

»Alles klar«, sagt Tina und stößt sich mit dem Stopper ihres Rollschuhs ab, sie rollt in die von Holger beschriebene Richtung. Ich sehe ihr nach, dabei blinzele ich meine Augen trocken, bis Tina nicht mehr zu sehen ist. In diesem Moment bemerke ich, dass auch meine Blase randvoll ist, und das, obwohl ich im Gegensatz zu den anderen noch nicht mal an meiner Cola genippt habe.

Sie haben genippt und sie haben Scherze gerissen, ich habe mit dem Glas Cola vor dem Mund darauf gewartet, dass jeden Moment der Prost auf meinen Geburtstag folgt. Zu allem Unglück geht in diesem Moment auch noch die Musikbox kaputt.

Aber auf einmal steht da Tina, neben der jetzt stockdunklen Musikbox, und hält grinsend den Stromstecker in der Hand. Irgendjemand dimmt jetzt das Licht, das Licht auf der Rollerbahn wirkt jetzt grell, doch auch dieses grelle Licht weicht einem sanften, in Rosa und Lila. Die Menschen sind dort, wo sie gerade waren, stehen geblieben und schauen lächelnd zu uns herüber. Der Besitzer muss die Boxen oder Kabel oder was weiß ich so umgestellt haben, dass die Musik von der Bahn in dem Café nun genauso laut zu hören ist, wie draußen, denn das »Happy Birthday« von Stevie Wonder und die nun im Takt klatschenden und singenden Menschen hinter der Fensterscheibe und auch um mich herum geben mir den Gnadenstoß. Und ich fange endlich an zu flennen.

Nachdem die Lichtverhältnisse wieder sind wie vor Stevie Wonders Gratulation und auch die Musikbox wieder die Playlist des Jungen spielt, packe ich, umringt von den anderen, auf dem Tisch meine Geschenke aus. »Rote waren nirgendwo mehr zu kriegen«, sagt Silke. »Ich hoffe, es gefällt dir wenigstens ein bisschen ...«

Ich lege mir das schwarzweiße Fransentuch um, dann ziehe ich Silke an mich und drücke ihr einen Kuss auf die Wange. »Es ist genial!«

»... und die ist von mir«, sagt Holger mit einem Augenzwinkern zu Silke. Er drückt mir ein Päckchen, etwa so groß wie eine Zigarettenschachtel, in die Hand. »Du stehst auf die ›Drei ???‹, hab ich gehört!«

Ich zerfetze das Papier. »Geil! Der sprechende Totenkopf! Der hat mir noch gefehlt. Bald hab ich alle Folgen zusammen.«

»Mein Bruderherz und ich haben zusammengeschmissen«, sagt Tina lächelnd und legt einen originalen Zauberwürfel, mit der roten Seite nach oben, auf den Tisch. Sie haben ihn nicht in Geschenkpapier verpackt, sondern nur eine weiße, selbstklebende Blüte draufgeklebt.

»Ihr habt 'se doch nich' alle!«, sage ich, während mein Blick an dem Würfel klebt. »Die sind doch sauteuer!«

»Wir haben doch zusammengelegt!«, wiederholt Tina. »Man wird ja schließlich nur einmal siebzehn.«

»Und es gibt sogar noch 'ne Zugabe!«, sagt Marc wichtig und legt auf den Zauberwürfel das aktuellste *Top*-Heft. Ich liebe diese kleinen Texthefte, so kann man auch mal englische oder italienische Songs mitsingen, ohne sich 'nen eigenen Text kreiert zu haben.

Der Reihe nach umarme ich meine Freunde. Allerdings kämpft in mir die Wut und die Enttäuschung gegen eine plausible Erklärung, warum von Cristiano immer noch nichts gekommen war.

Schließlich stehe ich vor Cristiano, meinem Freund, meinem Lover, der mir bis jetzt zwar total süß, aber eben nur *gratuliert* hat.

»Hört ihr das?«, kreischt Silke plötzlich und hält sich die Hände an den Kopf. »Die spielen das Neue von NENA!«

Tinas Kreischen ist so schrill wie das von Silke. Sie laufen sich gegenseitig in die Hacken auf dem Weg zur Tür, um ja noch schnell genug auf die Bahn zu kommen, bevor der Song vorbei ist. Marc und Holger gucken sich kopfschüttelnd an, bevor sie den Mädchen nach draußen folgen.

»*Den Kopf voller Dinge, die man so schnell vergisst ... wo fang ich an, wenn's so weit is – tatata – tatata ...*« Cristianos Stimme klingt tiefer als sonst, als er den Text mitsingt, auf den gerade alle auf der Bahn abfahren. Sein Lächeln ist sexy, aber anders sexy, nicht so wie das Lächeln, wie wenn wir miteinander schlafen, als er mit zwei Fingern in der kleinsten Tasche seiner Jeans fummelt. Der macht mir jetzt 'nen Antrag!, habe ich mal wieder gedacht, was könnte sonst in diese Minitasche passen, wenn nicht ein Verlobungsring!

Ich hätte mich wirklich darüber gefreut, eine Verlobte zu sein. Cristianos Verlobte! Auch wenn ich erst siebzehn geworden bin. Doch nachdem ich das Deckelchen des Schmuckdöschens von Esprit aufklappe, blinken mir zwei silberne Ohrstecker in Gestalt zweier Marienkäfer entgegen.

»Das sind Glückskäfer!«, sagt Cristiano und nimmt mir das Döschen aus der Hand.

Ich streiche mir die Haare hinter das Ohr, damit Cristiano die süßesten Ohrringe der ganzen Welt nebeneinander in meine zusätzlich und eigenhändig gestochenen Löcher, hinter die Kreole, stecken kann.

»Die sind wunderschön!«, sage ich und fahre mit der Kuppe meines Zeigefingers über einen der Stecker. Es pocht ein bisschen, weil die Ohrlöcher länger nicht benutzt worden sind. Aber das wird sich bald geben. Anschließend küssen wir uns, und während wir uns küssen, klatschen die Leute um uns, als hätten wir uns tatsächlich soeben verlobt. Doch auf dem Höhepunkt unserer Kussszene rutsche ich (ich habe mich auf die Stopper wie auf Zehenspitzen gestellt) weg. Das folgende Gelächter kann man sich vorstellen. Und auch Cristiano und ich lachen.

Mir vergeht schlagartig das Lachen, als ich mit zusammengekniffenen Augen auf die Rollschuhbahn gucke.

»Was machen die denn hier?« Cristiano zeigt auf die beiden Gestalten, die ich durch meine zusammengekniffenen Augen sehe. Es sind Mario und Marlena, die eingereiht in die Menge, mit verkniffenen Gesichtern, händchenhaltend Discoroller laufen.

Vier Songs später sitzen wir alle zusammen um den größten Tisch in der Rockabilly-Bar und nuckeln an der Cola, die Mario spendiert hat.

»… ich kann doch meiner Schwägerin nicht nicht zum Geburtstag gratulieren!«, sagt Mario und nimmt verschwörerisch lächelnd ein Päckchen aus der Innentasche seiner Lederjacke. In diesem Moment wirft Marlena ihre Mähne, die sie heute zu einem Pferdeschwanz gebunden hat, hinter sich. Ich kann bis heute nicht sagen, ob es aus Eifersucht oder ob es aus Doofheit gewesen ist. Mario hat nur kurz die Augen zugemacht, als der Schweif seiner Freundin mit einem kaum hörbaren Patsch sein Gesicht gestreift hat. Während Mario noch blinzelt, nimmt Marlena das Päckchen an sich und hält es mir unter die Nase.

»Hoffentlich gefällt es dir!«, sagt sie ohne zu lächeln und ohne auf Mario zu achten. »Das hier nennt sich Diary Book. Da kannst du deine Schulfreunde reinschreiben lassen.«

Jetzt beugt Marlena sich über den Tisch, und nun lächelt sie auch, als wären sie und ich uralte Freunde. »Du gehst ja schließlich noch zur Schule! Ah, und ich hab übrigens schon reingeschrieben, wir sind schließlich so was wie eine Familie. Stimmt's, Mario?!«

Mario hat damals nichts dazu gesagt, dass seine Freundin ihm vor den Leuten und vor allem vor seinem Bruder unsere Verwandtschaftsverhältnisse noch mal überdeutlich vor Augen geführt hat. Aber auch, dass seine Angebetete noch eine minderjährige Schülerin ist. Erst später, als wir schon zusammen waren, hat er mir gestanden, dass er mich unbedingt sehen wollte. Die Gelegenheit, mir ein Geburtstagsgeschenk zu bringen, ist ihm sehr gelegen gekommen. Ausgerechnet Marlena hat er losgeschickt, um was Schönes für mich zu kaufen. Marlena hatte da schon längst geschnallt, dass ihr Freund auf die minderjährige, schulpflichtige Freundin seines kleinen Bruders scharf war. Scharf war vielleicht nicht das richtige Wort. *Mario liebte Michaela!*

Das Diary habe ich später in die Tonne neben der Eingangstür der Rollerbahn geworfen, vorher habe ich natürlich reingeguckt. Die Neugierde hat mich die ganze Zeit über schier aufgefressen, nur hat sich keine Gelegenheit geboten, unbemerkt reinzugucken. Neben der Tonne wartend, blättere ich fix Seite um Seite um, während meine Freunde in Richtung Straßenbahn die Kurve kratzen. Leider hat Silke bemerkt, dass ich abhandengekommen bin. Sie war bereits auf dem Weg zu mir, als ich die Seiten wie ein Daumenkino zwischen die Finger genommen habe. Ungefähr in der Mitte habe ich innegehalten, ich habe Marlenas

Eintrag gefunden. Es waren nur zwei Worte, getrennt durch einen Doppelpunkt. »Freund: **Mario**«

NEUNZEHN

Heute ist Montag – was an sich schon 'ne halbe Katastrophe ist, und darüber hinaus ein äußerst plausibler Grund, schon beim Aufwachen schlechte Laune zu haben. Aber heute ist nicht irgendein Montag. Es ist ein Montag nach den Ferien.

Aber für schlechte Laune habe ich an diesem Morgen keine Zeit. Weil ich verpennt habe, weil der gelbe Micky-Mouse-Wecker nicht geläutet hat. Der Krach aus der Nachbarwohnung hat mich aufgeschreckt. Die Polen haben um diese Uhrzeit anscheinend eine lautstarke Diskussion und ihr KURVA nach jedem dritten Wort hat mich dazu gebracht, wütend meine Decke wegzustrampeln und anschließend auf den Wecker auf dem Schreibtisch zu gucken.

Und noch schneller als 'n D-Zug habe ich die Bücher in meine Adidas-Tasche geworfen, den Reißverschluss zugezogen und dann die Tasche aus meinem Zimmer bis vor die Wohnungstür geschleudert. Mein Tages-Make-up vollbrachte ich zwischen solchen Sachen wie den Vogel von seinem Tuch zu befreien. Dann zweimal verfressen in das Nutella Brot zu beißen, das Mama mir mit einer Tasse Kakao auf den Tisch gestellt hat. Den Kakao trank ich auf ex aus, weil mir das Brot trocken in der Kehle steckte. Ich zappelte nervös vor dem Kleiderschrank rum, weil mir für den ersten Tag nix gut genug gewesen ist. Am Ende entschied ich mich für 'ne weiße Jeans und ein schwarzes Shirt mit »Stone«-Zunge. Die Haare hatte ich, während ich trocken auf dem Brot kaute, schlampig geflochten.

Meine Armbanduhr zeigt 7.30 Uhr, als ich mir die Schultasche über den Rücken schmeiße, nach dem Schlüssel aus der Schale auf der Kommode grapsche. Und zwei Sekunden danach die Wohnungstür hinter mir zuknalle.

»Ich dachte schon, du kommst gar nicht mehr!«, sagt Silke, die vor ihrer Haustür von einem Bein aufs andere tritt. Sie hat sich die Haare zum Dutt gesteckt, und an den Ohren baumeln pinke Federn. Silke hat sich für den ersten Schultag 'ne helle Jeansjacke angezogen und die Ärmel so weit hochgekrempelt, wie es nur geht. Ihre Jeans ist so wie meine weiß.

Und noch eh ich überhaupt was sagen kann, ist sie die Stufen vor der Haustür runter. Sie geht an mir vorbei und biegt danach in den Tunnel. »Der erste Schultag ... und wir zwei Doofen kommen zu spät!«, höre ich ihr Maulen in der Unterführung.

»Kann ich was dafür, dass meine Mutter vergisst, den Wecker aufzuziehen?«, rufe ich ihr hinterher.

»Hätte ich mich gewaschen, wäre es noch später geworden!«

Wir rennen zur Haltestelle, wo der Bus gerade Anstalten macht, zischend die Türen zu schließen. Die Schüler hinter der Scheibe haben *ihre* schlechte Montagslaune abgelegt (ihr Grinsen entblößt feste Zahnspangen), als sie Silke und mich panisch an die Tür des Bussen trommeln sehen.

Aber als wir die Hoffnung schon aufgeben und uns fast schon flennend darauf einstellen, auf den nächsten Bus warten zu müssen, zischt es plötzlich und die Tür geht auf.

Unsere Schule ist ein olles Backsteingebäude – »Anno 1920« steht in Stein gehauen, umrahmt von einem Blütenkranz aus Stein, in der Mitte, und damit über dem Fenster des Lehrerzimmers. Etwas weiter links neben dem Gebäude, ist ein kleiner Bauernhof. Im fünften Schuljahr (quasi als Kleinkinder) haben

Silke und ich die Pausen damit verbracht, die schnatternden Gänse und eine schwarzweiße Kuh mit unseren Pausenbroten zu füttern oder mit Gras, das wir aus der angrenzenden Wiese mit beiden Händen ausgerissen haben. Das alles ist jetzt gefühlt hundert Jahre her. Und heute verbringen wir die Pausen, wie irgendwie jeder nach der sechsten Klasse, in der Raucherecke.

»... grade noch geschafft!«, sagt Silke mahnend, als wir durch die breit aufgestellte Tür des Haupteingangs hetzen.

Anschließend, von einem Schwall aus Deo, Haarlack und Gel, aber auch von Schweiß und Mundgeruch (irgendwer hat doch tatsächlich heute Morgen schon Tsatsiki gefressen) umgeben, steigen wir in einem Haufen plappernder, sich schubsender und kreischender Schüler die Stufen zu unserer neuen Klasse rauf.

»Ich hatte den ganz anders in Erinnerung ...«, sage ich zu Silke, nachdem wir den Bereich unserer Klassenräume erreicht haben. Ich zeige dabei auf unseren Lehrer, der mit dem Schlüssel in der Hand und einem frischen grünen Klassenbuch unter dem Arm neben der Klassentür auf seine Schüler wartet.

»Hast du 'n Hau?«, fragt Silke. »Für mich sieht der Kiffer (er heißt wirklich so) noch genauso aus wie vor sechs Wochen.«

»... komm, so schlimm sieht der doch gar nicht aus!«, sage ich. »... er ist schlank, hat 'n Arsch in der Cordhose und seine Nase, über dem Pornobalken, ist doch irgendwie knuffig!«

Silke bleibt so abrupt stehen, dass zwei Schülerinnen in sie reinrennen, automatisch bleibe ich auch stehen. Silke beachtet die beiden nicht und auch nicht ihr Gezeter, dafür legt sie die Stirn in Falten.

»Du bist doch noch dieselbe Ela, die unserem Lehrer noch vor den Ferien die Pest an den Arsch in der Cordhose gewünscht hat und sich bei jeder Gelegenheit über sein kahles Plätzchen an seinem Hinterkopf lustig gemacht hat?« Sie kneift mir in die linke Wange und ich schreie auf. »Oder hat Cristiano *meine* Ela in Italien vergessen und du bist nur ihr Abziehbild?«

Wir Jugendlichen verstreuen uns im Klassenraum. Im letzten Schuljahr, eine Etage tiefer, haben Silke und ich nebeneinander in der letzten Reihe gesessen, gleich unter der Leiste, an der unsere selbstgemalten Portraits hingen. Die Aufgabe war, den Sitznachbarn zu zeichnen. Wenn ich alles im Leben kann, Zeichnen gehört definitiv nicht dazu. Silke hat ebenso wenig abgeliefert. Hätte die Aufgabe gelautet: Zeichne einen Außerirdischen mit Eierkopf und Augen wie seine eigene Untertasse, hätten sie und ich locker den ersten Preis gewonnen.

»Sucht euch eure Plätze aus!«, ruft der Lehrer vor der Tafel stehend in die Klasse, er schiebt sich knisternd ein Hustenbonbon in den Mund. »Ob das auf Dauer so bleibt, hängt ganz von euch ab.«

»Wie in der Grundschule!«, flüstert Silke. Sie sitzt neben mir, nachdem der Lehrer, nach sehr langem Vorgeplänkel über die neuen druckfrischen Bücher und neue Regeln, die den Unterricht betreffen, quer über die Tafel geschrieben hat: *Was ich in den Sommerferien erlebt habe!*

»Ich war an der Nordsee, bei meiner Tante im Leuchtturm!«, sagt die blonde Susanne und schiebt ihren Haarreif zurecht, da hat der Lehrer noch nicht mal das Ausrufezeichen am Ende des Satzes fertig.

»Du hast eine Tante, die in einem Leuchtturm wohnt?«, fragt der Kiffer, während er sich der Klasse zudreht. »Das ist ja inter...«

»Und ich hab 'nen Onkel, der wohnt in Afrika, in 'ner ganz großen Hütte aus Stroh«, fällt Dirk dem Lehrer ins Wort. Dirk lehnt sich zurück und verschränkt die Arme vor der dürren Brust. Und wäre Dirk ein Cowboy, hätte er jetzt seine dreckigen Stiefel mit ebenso dreckigen Sporen auf den Tisch geknallt. Allgemeines Gelächter ...

»... das Stroh hat er ganz sicher aus deinem Kopf genommen.« Susanne hat das gesagt, ohne sich zu Dirk umzudrehen. Sie hat nur noch mal ihren Reif zurechtgeschoben.

Und warum auch immer des Kiffers Interesse jetzt nachlässt, ob die Tante jetzt wirklich in einem Leuchtturm im Norden oder nur in 'ner Dachwohnung in Dortmund-Applerbeck wohnt, jedenfalls wendet er sich mir zu. Es kann daran gelegen haben, dass ich seinem Blick zu schnell ausgewichen bin, während seiner suchend durch die Klasse kreiste. Italien war in den 80ern das »Nonplusultra« und ich will nicht als Angeberin gelten, die alleine, also ohne ihre Eltern, im Urlaub gewesen ist. Und dann noch in Italien. Und schon gar nicht will ich von meinem italienischen Freund erzählen, was zwangsläufig zusammenkäme. Was man sich dann noch zusammenreimen würde, wäre, dass da bestimmt auch was im Bett gelaufen sein *muss*!

»Michaela«, sagt er, und die Hustenbonbon-Beule in seiner Backe wechselt die Seite »Wie man sieht, bist du sehr braun geworden, was uns annehmen lässt, dass du mit deiner Familie die Ferien im Süden verbracht hast. Möchtest du uns davon erzählen?«

Ich will nicht ausschließen, dass Susanne im Bezug auf die Herkunft des Strohs nicht vielleicht doch Recht gehabt hat, denn Dirks folgender Satz: »Die (Ich) muss bestimmt kein Dr. Sommer mehr in der BRAVO lesen!«, vibriert in der Klasse nach, wie später die Blechkappe des Gongs, nachdem dieser die Pause eingeläutet hat.

»Dirk, das reicht!«, sagt der Kiffer. »Du kannst die restliche Zeit bis zur Pause auf dem Flur verbringen!«

Ohne mich anzusehen, unterdessen Dirk sich stühlerückend auf den Weg macht, um seine Strafe anzutreten, wendet Kiffer sich Rainer zu, der halb unter seinem Tisch in seiner Schultasche kramt.

»Vielleicht möchte uns Rainer erzählen, was er in den Ferien erlebt hat?!«

Was Rainer in seinen Ferien erlebt hat, haben wir dann doch nie mehr erfahren. Weil der bereits erwähnte Gong uns rettet, vor was auch immer.

Wir schlendern über den Schulhof zur Raucherecke.

Dort stellen wir uns zu den anderen, die gerade ihre aufgeklappten Zigarettenpackungen die Runde drehen lassen. Ich betrachte die Jungs mit ihrer Dauerwelle auf dem Oberkopf und dem rasierten Nacken- und Ohrenbereich. Aus den Augenwinkeln bekomme ich mit, dass Silke mir ihre Zigarettenschachtel hinhält, doch ich bleibe an den Schülern hängen. Manche von ihnen ziehen cool an ihren Kippen, andere wiederum noch linkisch. Die Mädchen tragen fast ausschließlich kurze Haare, aber mit Dauerwelle und mit Strähnchen. Manche tragen auch Neon-Stirnbänder. Sie unterhalten sich. Sie machen lautstark Scherze. Sie pöbeln herum und lachen, auch auf Kosten anderer natürlich, aber keiner von den Mädchen oder Jungen in pastellfarbenem Pulli oder Shirt hat seinen Kopf gesenkt, um in sein bescheuertes Smartphone zu glotzen.

»Was macht denn Mario hier, und dann auch noch auf 'nem Motorrad?«, sagt plötzlich Silke.

Ich nehme, mit Blick in die Richtung, in die sie guckt, eine Zigarette aus der dargebotenen Schachtel, und von hinten sehe ich eine Gestalt, die dem Äußeren nach durchaus Mario sein könnte. »Hat der jetzt echt zu seiner Angeberkarre auch noch ein Motorrad?«, fragt Silke und steckt sich ihre Kippe an.

Anschließend pafft sie mehrere Male an ihrer Zigarette. »Ich frage mich, wie der das anstellt? Er studiert doch, da schwimmt man nicht mal so in Kohle ...«

Ich nehme ihr das Feuerzeug aus der Hand, dann halte ich die Flamme unter die Zigarette zwischen meinen Lippen. Mario weicht jetzt einer Gruppe Schülern aus, die, ihre Sportbeutel schwingend, verspätet zur Pause aus der Schwimmhalle kommen. Sekunden später ist er krachend um die Ecke verschwunden.

»Bist du dir sicher, dass das Mario war?«, frage ich stirnrunzelnd.

»Klar!«, sagt Silke. Sie lässt den Rauch aus ihrem Mund in ihre Nasenlöcher steigen. »Ich kenne doch Mario. Außerdem hatte er ja nicht mal 'nen Helm auf!«

»Vielleicht hat er das Auto verkauft, weil irgendwie immer was anderes kaputt war. Das hat Cristiano mir jedenfalls so erzählt, dass Mario das wohl vorhat. Er soll so richtig sparsam sein. Angeblich hat er sein Erspartes für seine Angeberkarre geopfert!«

»Was studiert der noch mal?«, fragt Silke.«

»Dentist!«

»Dentist ...«, sagt Silke nickend. »... kann es sein, dass du dir vielleicht den falschen Bruder angelacht hast?«

Wie bereits erwartet, hat uns der Kiffer an diesem Tag keine Hausaufgaben aufgegeben, weshalb mein erster Schultag für mich nicht wie mein erster Schultag ist. Weil man den Nachmittag nicht am Schreibtisch über dem Matheheft verplempern muss. Oder mit dem Vokabelheft vor der Nase durch die Wohnung geistern muss. Außerdem sollte Silke am Nachmittag mit ihrer Mutter irgendwohin, wohin aber genau, das hat Silke an diesem Morgen vergessen.

»Das sind bestimmt die ersten Anzeichen von Alzheimer!«, hat sie, während wir nach der zweiten Pause die Treppe zum Haupteingang hochgelatscht sind, kichernd gesagt. »Ich hab das mal im Fernsehen gesehen. Da war 'ne Frau, die war schon mit fünfzig so was von durch ...!«

Deshalb beschließe ich, obwohl der Himmel voller grauer und

dicker Wolken ist, nachdem ich unter der Dusche gewesen bin, Cristiano von der Werkstatt abzuholen.

Da ich aber viel zu früh da bin und ich kein Smartphone habe, in dem ich hin und her scrollen könnte, nehme ich aus der Brusttasche meiner Jeansjacke meine Nagelfeile heraus und fange an, in die Mauer, vor der ich stehe, ein Herz zu ritzen.

Ich bin dabei, den Pfeil, der das Herz durchbohrt, mit Federn zu versehen, da kommt Cristiano mit Andreas schon über den Hof. Andreas und ich, wir haben uns nach dem Fauxpas mit Silke nicht mehr gesehen. Somit bin ich ganz froh, dass er sich mittendrin von Cristiano verabschiedet und darauffolgend zu seinem Wagen latscht.

Noch bevor Cristiano mich erreicht hat, stecke ich die Nagelfeile zurück in die Tasche und stelle mich vor meine Schnitzerei, weil ich erst neulich in einer Illustrierten gelesen habe, dass man einem Jungen die Liebe nicht *zu sehr* unter die Nase reiben soll. *Irgendwas mit Jagdinstinkt.*

Silke hat einen Traummann nach dem anderen von hinten sehen dürfen, weil Silke diese Fehler *ihr ganzes Leben lang* begangen hat ... ich habe sie mit Beziehungs-Experten, die ich auf YouTube gefunden habe, bombardiert. Der Fehler mit der Comic-Unterhose – ein Mädchen macht einem Jungen keine Geschenke, schon gar nicht einen Schlüpfer, auch nicht als Gag –, war da schon Jahrzehnte früher. Aber er war der Startschuss für unzählige weitere Schüsse in den Ofen.

»*Tesoro!*«, sagt Cristiano, während er mir einen Kuss auf die Stirn gibt. Während seine Lippen meine Stirn berühren, kann ich fühlen, dass sich genau an dieser Stelle ein dicker Pickel durch meine Hautschichten presst. Und allerspätestens übermorgen werde ich abends mit einem Klecks Zahnpasta auf dem pochenden Hubbel auf der Stirn unter die Bettdecke kriechen müssen.

Hand in Hand wechseln wir die Straßenseite. Cristiano stellt seine Tasche neben die Bank im angerosteten Wartehäuschen der Bushaltestelle. Er setzt sich und zieht mich auf seinen Schoß. Die Ölflecken auf seinem Blaumann machen mir nichts aus, ich könnte quer darüber lecken, weil ich völlig bekloppt bin vor Liebe.

Jugendliche quatschen nicht, wenn sie knutschen können, das war in den Achtzigern so, das ist *heute* so und das wird auch in Zukunft so sein – wir knutschen, *bis der Arzt kommt.* Oder, wie in unserem Fall, der Bus …

Auf der Rückbank knutschen wir weiter, auch wenn mir die Blicke der Oma (ich linse manchmal) auf dem Zweiersitz links vor uns so langsam, aber sicher unangenehm werden. Weshalb ich unseren Kuss beende, aber Cristiano mir weiter auf die Pelle rücken möchte. Ich weise mit dem Kopf zu der Dame, die ihren Kopf jetzt schnell dem Fenster zudreht, die lange braune Feder auf ihrem Tiroler Hut macht einen Schlenker, noch ehe Cristiano überhaupt zu ihr rüber gucken kann.

»Du kennst doch Pink Floyd … «, sagt Cristiano, als er den Arm um mich legt. Er zieht mich zu sich heran und ich lege meine Schläfe an seine Schulter.

»Klar kenn ich, Pink Floyd!«, antworte ich, dabei schaue ich genau wie Cristiano auf den Verkehr auf der Straße. »… meinst du, ich komm vom Mond, oder was?«

»Ich meine den Film, nicht die Platte … Mario hat sich den von irgendwem geliehen. Wenn du Bock hast, können wir den ja gleich bei mir gucken.«

Schon unten vor der Haustür können wir durch das breit offen stehende Küchenfenster riechen, dass es heute bei den Pollos Pizza geben wird. Da die ja Italiener sind, ist das an sich auch keine große Überraschung. Aber diese Pizza, deren Duft nach Oregano sich auch durch den Hausflur schlängelt, stammt nicht etwa aus dem Supermarkt, nicht am Stück. Anna hat den

Nachmittag über ganze zwei Bleche voll gebacken und jeden Streifen Teig hat sie verschieden belegt.

Später sitzen wir nicht in Italien, sondern nur am Küchentisch der Pollos unter der mit Blumen bedruckten Kupferlampe, die mich an eine Milchkanne erinnert. An einem Küchentisch, in einem Ghetto der Siebzigerjahre, schwelgen wir, jeder an seiner Pizza kauend, in Erinnerungen an den gemeinsamen Urlaub. In Erinnerungen, an die sich am Ende dieses Jahres keiner von uns mehr erinnern wird wollen ... da Cristiano nicht mehr am Leben sein wird!

Mario ist nicht dabei, dennoch ist seine Person Thema. Jemand hat den Porsche, den Dauergast in der Werkstatt, gekauft und von dem Geld hat sich Mario tatsächlich eine Maschine gekauft.

Ich überlege, während ich versuche, mit der Zungenspitze den Fitzel Thunfisch aus der Narbe unter meiner Oberlippe zu pfriemeln (man hat mir als Kind mein angewachsenes Lippenbändchen losgeschnitten), ob ich Marios Auftauchen in meiner Schule, auf eben diesem Motorrad, vielleicht erwähnen sollte. Ich behalte es aber dann doch lieber für mich.

Nach dem Essen macht sich Anna an den Abwasch und Nino geht in den Keller, um seinen Werkzeugkasten zu entrümpeln.

Es dämmert bereits und in der Zeit, in der Cristiano im Zimmer seines Bruders nach dem Film sucht, zünde ich zwei Kerzen mit Aroma an, die ich in Cristianos Bücherregal zwischen »Captain Future« und einer Reihe »MAD«-Comics finde. Ich lasse die Kerzen in zwei leere Wassergläser plumpsen, bevor ich diese auf die Fensterbank stelle, mein Blick fällt dabei auf unser Haus. Meine Eltern sind daheim, denn das Licht aus der Diele scheint diffus ins Wohnzimmer. Einer von beiden muss den Fernseher eingeschaltet haben, das verraten mir die zuckenden Schatten an der Tapete über dem Sofa. Wenn sie es nicht schon getan haben, werden sie sich gleich jeder ein Butterbrot schmieren. Dazu werden sie sich eine Brühwurst teilen, mit einem Klecks Ketchup und einer kleinen Salzgurke. Um später – Mama strickend, Papa in der Fernsehzeitung blätternd – vor dem Fernseher ein paarmal einzudösen. Natürlich werden sie sich Gedanken darüber machen, wo ihre Tochter gerade steckt, und Mama wird vielleicht wieder an eine Folge von Aktenzeichen XY denken. Doch der romantische »heile Welt«-Film als Fernsehfilm der Woche im ZDF wird sie von ihren negativen Gedanken ablenken. Es wäre einfach, ihnen jetzt eine SMS übers Smartphone zu schicken: *Bin bei Cristiano, wir gucken noch 'nen Film. Macht euch keine Sorgen. Bis gleich. :-)* Aber das ist nicht möglich. Und es ist ganz wunderbar, dass dies nicht möglich ist!

Cristiano hat die Tür nur angelehnt, weshalb ich nicht bemerke, dass er schon wieder zurück ist. Er hat sich vor den Videorekorder gekniet und soeben lässt er die Kassette aus ihrer Packung in seine Hand gleiten. Als ich zu ihm rüber gehe, schiebt er gerade den Film in den Schlitz des Rekorders. Ich knie mich hinter ihn und lege meine Arme um seinen Oberkörper, ich küsse seinen seitlichen Hals, dann den Ansatz seiner Haare in seinem Nacken und sehe, dass Cristiano noch auf Start drückt, bevor er sich zu mir umdreht und wir es uns auf dem Teppich bequem machen.

»Hast du eigentlich die Tür abgeschlossen?«, will ich noch fragen, als diese fast geräuschlos aufgestoßen wird und ich, so ruckartig, wie es in meiner jetzigen Position geht, meinen Kopf vom Flokati anhebe ... und Marios Kontur sehe, die sich riesig gegen das Licht aus der Diele abhebt. Cristiano, der mich mit Küssen übersät, hat es nicht mitbekommen, aber ich habe einen Schlüsselbund klimpern gehört, und davor das Knattern eines Motorrades auf dem Parkplatz hinter dem Haus – die Kassette muss sich verhakt haben, deshalb war nichts anderes zu hören als die sanften Geräusche unserer Küsse.

»Hier platzt keiner einfach so rein«, sagt Cristiano zu meinem Beckenknochen, doch instinktiv oder auch nur wegen meiner komischen Frage hebt er seinen Kopf in Richtung der Tür.

»Scheiße!«, sagt Mario, seine Brust hebt und senkt sich wie nach einem Marathon, dabei geht er rückwärts in den Korridor. »Ich hab kein Licht unter der Tür gesehen. Ich dachte, du bist gar nicht da! Ich wollte mir nur …«, seine Augen fliegen im Zimmer umher, »ein … ein … ähh, MAD-Comic leihen …« Mario sprintet allen Ernstes zwei Schritte vor, dann reißt er einen Captain-Future-Comic aus dem Regal, dass dabei einige andere zu Boden flattern, scheint er nicht zu bemerken.

»Der hier … «, er tippt gehetzt auf das bunte Cover, »… soll echt super sein!«

Die Romantik ist nach Marios *Bühne* natürlich im Eimer. Mario hat ganz genau gewusst, dass wir da sind, er konnte das Licht der Kerzen sehr wohl unter der Tür schimmern sehen.

Er war nur so perplex und hat gestottert wie jemand, der sein Logopädie-Rezept niemals eingelöst hat, weil er wegen seiner impulsiven Eifersucht vergessen hat, sich eine plausible Ausrede auszudenken. Und außer Puste ist er gewesen, weil er vier Stufen auf einmal genommen hat.

ZWANZIG

Ich funktioniere nur noch im Stressmodus! Tagsüber quält mich das Lernen und abends, vor allem aber nachts, lässt mich Saskias Bild nicht schlafen.

Morgens riecht es schon manchmal nach Herbst. Gegen Abend kühlt es sich deutlich ab. Ich habe mir angewöhnt, alle Kalender in meiner Umgebung zu ignorieren, kam jedoch nicht immer daran vorbei. Die Wochen verfliegen und die Tage bis Silvester rinnen mir durch meine Finger wie Wasser im Fluss zwischen den glitschigen Steinen.

In den Herbstferien werde ich zu Oma fahren. Erstens ist es immer so gewesen und zweitens sehne ich mich nach ihr. Ich sehne mich nach dem Duft der Herbstwiesen und nach Blitz, dem schwarzen Hengst auf der Koppel neben dem Haus, von dessen Rücken im Winter der Dampf aufsteigt, nachdem er über die Weide gerannt ist. Ich freue mich auf Morlain, die rote Kätzin, die den ganzen Tag nichts anderes tut, als irgendwo zu schlafen. Aber am allermeisten fehlt mir Geisha, Omas alte Hündin. Cristiano wird mich begleiten! Und Oma? Oma wird hingerissen sein von ihm. So wie jeder.

Silke und Holger sind jetzt fest zusammen, deshalb sehen wir uns etwas seltener. Liebe ist was Bezauberndes. Ich gönne ihr ihre Zeit mit Holger, ich gönne ihr jede Minute des Glücks in seinen Armen, da diese Beziehung, wie alle anderen, leider keine Zukunft hat. So wie Andreas es getan hat, wird auch Holger Silke irgendwann hintergehen. Silke wird ihr Leben lang nach der wahren Liebe suchen, diese aber niemals finden, auch wenn sie immer innerhalb der ersten Monate meint, diese endlich, aber jetzt wirklich, gefunden zu haben. Sie wird in ihrer Pause im Krankenhaus die Gästeliste ihrer Hochzeit kritzeln. Die sie Tage später über dem Abfalleimer weinend in Fitzelchen reißen wird. Silke wird kinderlos, nicht liiert und mit über fünfzig in meinen Armen sterben. Vielleicht aber auch nicht … in ihre Liebesgeschichten, in ihr Leben, werde ich mich nicht einmischen. Aber ich könnte sie überreden, zu einem anderen Arzt zur Krebsvorsorge zu gehen. Wenn, ja, wenn ich bleibe!

Wie oft schon habe ich mit der Zigarrenschachtel auf dem Schoß in meinem Zimmer gesessen. Genauso oft, wie sich meine Finger um die Spule der Figur gelegt haben, wie Tante Pinas Finger um den Knauf ihrer Krücke. Doch am Ende habe ich es nicht über mich gebracht, die Spule herumzudrehen …

Denn ich weiß, wenn ich diesmal in die Gegenwart zurückreise, habe ich keine Kraft mehr, um noch mal hierher zurückzukommen.

Oder vielleicht auch doch?

Sille und ich machen regelmäßig, einen Freundinnen-Tag, und dieser startet so gut wie immer in der Drogerie bei uns um die Ecke. Die rothaarige Drogistin ist vermutlich eine begeisterte Stricktante, denn fast jedes Mal trägt sie einen Strickpullover, nur die Farbe der Wolle und die Farbe der kleinen Bommel quer über ihrem Busen wechselt unter ihrem weißen Kittel. Sie heißt E. Mayer, so steht es auf dem Namensschild über ihrer Brust.

Frau Mayer weiß genau, dass unser Etat begrenzt ist, dennoch führt sie uns die teuren, nach Blumen oder grüner Gurke duftenden Cremes vor, so als wären wir in der Lage, diese später zu kaufen. Bei der Vorführung zerreibt sie diese immer auf ihrem butterweichen Handrücken.

Wir kaufen zwar keine der Cremes, die kaufen wir im Supermarkt, aber wir bekommen trotzdem jeder eine Probe Parfum zu unserem Lidschatten oder dem Kajal in die kleine Plastiktüte dazu. Unser Geld muss schließlich noch für 'ne »Pommes am Tisch« reichen. Oder für einen Becher Eis in der italienischen Eisdiele, Tür an Tür, direkt neben der Drogerie ...

»Hey!«, sagt Silke und stößt mich an, die in Rum eingelegte Kirsche fällt von meinem langem Löffel zurück in den Becher! »Ne, das ist *kein Zufall*, dass *der* jetzt hier auftaucht, dann noch alleine. Welcher Kerl Anfang zwanzig geht alleine in eine Eisdiele?!«

Silke will Mario nach dem besagten Mal an der Schule noch öfter gesehen haben. Aber entweder bin ich blind oder Mario ist ein Phantom, denn jedes Mal, wenn ich mich umgedreht habe, sagte Silke: »Zu spät!«

Heimlich unterstelle ich ihr schon Verfolgungswahn, oder sogar Wichtigtuerei. Da aber der Typ mit Helm über dem Arm und in Motorradkluft auf den freien Tisch in der Ecke zusteuert, kann ich Silke wenig bis gar keine Paranoia unterschieben.

Ich stecke mir die Kirsche jetzt mit den Fingern in den Mund, während Mario seinen Helm auf den Stuhl neben sich legt und sich anschließend direkt vor die verspiegelte Wand auf den Stuhl setzt.

Er nimmt die Eiskarte aus dem Schlitz des nierenförmigen Metallständers und klappt sie auf.

Der Kellner, »Don Quijote« und »Catweazle« in einer Person, nur dass seine Bärte pechschwarz sind, lässt einige Minuten verstreichen, er bedient derweil eine Schar Kinder. Das Mädchen, das an Karneval nur als Prinzessin geht, hält einen durchsichtigen Eimer mit bunter Kreide in der Hand.

Einer der zwei Jungen, der mit dem dunklen Pisspott-Schnitt (er würde sicher einen guten Prinzen abgeben), hat ein staubiges Springseil über seiner Schulter. Sein Freund mit der dicken Brille, dessen rechtes Brillenglas als X mit braunem Pflaster überklebt worden ist, würde lieber zu Hause lernen, statt Karneval zu feiern (später würde man ihn Nerd nennen). Er hält einen Fußball unter dem Arm. Sie alle drei kleben sozusagen mit den Gesichtern in der bunten Eiscreme in den ovalen Blechbehältern hinter dem Glas.

Nachdem die Kinder, an ihrem Eis leckend, aus der Eisdiele hüpfen, kommt er, einen kleinen Bleistift hinter dem Ohr zückend, hinter dem Tresen hervor. Unterwegs zieht er einen Block aus der hinteren Tasche seiner schwarzen Stoffhose. Dann steht er vor Mario und klappt den Block nach oben auf ... Obwohl »Don Catweazle« ihm schon ordentlich Vorsprung geleistet hat, lässt Mario sich nicht aus der Ruhe bringen. Er liest die Karte wie die Samstagsausgabe der WAZ.

Der Kellner steckt seinen Stift unbenutzt hinter sein Ohr, dann klappt er seinen Block zu und geht zurück hinter die Theke, um Marios Bestellung vorzubereiten. Mario beugt sich jetzt über seinen Tisch und nimmt von der roten Kunstlederbank die zusammengefaltete Zeitung, die ein Gast vergessen hat.

Nachdem Mario sich wieder hingesetzt hat, faltet er die Zeitung auseinander und er versinkt in den Seiten. Im gesamten Prozess hat er nicht ein Mal in den Spiegel gesehen. Jeder normale Mensch hätte es getan, schon aus Versehen, da der Spiegel sich genau vor seiner Nase befindet.

»Ich fresse 'n Besen – der hat uns zu tausend Prozent schon von draußen gesehen!«, sagt Silke, dabei schiebt sie geräuschvoll den Metallteller mit dem Rest ihres Bananen-Splits auf der Tischplatte vor und zurück. Andere Gäste gucken jetzt zu unserem Tisch, die Geräuschkulisse, das Plappern und die italienische Popmusik sind deutlich zu hören, aber das Ratschen des Tellers sticht trotzdem raus. Aber Mario guckt trotzdem nicht, er schlägt stattdessen eine weitere Seite seiner Zeitung um.

Nach einer Weile kommt der Kellner mit Marios Bestellung

und während der Kellner den Teller mit dem Eis vor Mario stellt, legt dieser sich die Zeitung so zurecht, dass er beim Eisessen weiterlesen kann.

»Es gibt zwei Möglichkeiten!«, sagt Silke, dabei hält sie den Zeigefinger in die Luft, mit dem sie bei jedem zweiten Wort wackelt. »Entweder, er hat uns wirklich nicht gesehen, dann weiß ich aber trotzdem nicht, warum er da sitzt, als hätte er 'nen Stock im Arsch. Oder er hat uns gesehen und guckt deswegen nicht in den Spiegel. Weil er sich immer noch doof vorkommt, weil er mitten ins Sexleben seines kleinen Bruders geplatzt ist ... wer würde das an seiner Stelle auch nicht?!« Silke spießt ihre Gabel in das letzte Stück Banane und schiebt es sich in den Mund. »Überlege mal, wie hat der sich benommen – rennt ins Zimmer und reißt bald das halbe Regal von der Wand und ihr beide liegt da, auf dem Flokati, nur noch in Unterwäsche – ich würde mich auch zu Tode schämen!«

Wir zahlen später bei Marios Kellner, ohne Mario dabei aus den Augen zu lassen. Er sitzt noch immer, in die Zeitung versunken, aber nippt jetzt an einem Espresso.

»Halt ja die Klappe!«, flüstere ich Silke zu (ich kenne sie lange genug, um zu erkennen, was sie im Schilde führt), als wir schon über den blauen Läufer auf den Ausgang zusteuern, aber sie sich noch mal umsieht. Und passenderweise kommt gerade jetzt unser Bus angefahren.

Da wir Monatskarten haben, brauchen wir nicht erst zum Busfahrer, um uns eine Fahrkarte zu kaufen. Wir laufen über den Gang zwischen den wenigen Fahrgästen bis zur Rückbank. Außer uns ist niemand ein- oder ausgestiegen, so dauert es nur wenige Sekunden, bis der Bus losfährt.

Die kleine Tüte knistert, als Silke den Kajal herausnimmt. Sie nimmt die Kappe vom Stift, dann lehnt sie sich vor, um die

Kritzelei eines in den Sonnenuntergang reitenden Lucky Luke auf der Rückenlehne der Vordersitzes zu vervollständigen.

Es sind noch vielleicht ein oder zwei Meter, bis die Eisdiele aus meinem Sichtfeld verschwinden wird, und bevor die Eisdiele das tut (Silke malt gerade an der Tolle von Luke), drehe ich meinen Kopf in deren Richtung. Mario hat dasselbe getan, im Bus hat man schon das Licht eingeschaltet, darum ist es hier drinnen heller als auf der Straße. Die Lampe über Marios braunen Locken brennt jetzt ebenfalls. Doch auch wenn beides nicht wäre und wir irgendwo im Dunkeln säßen, würden Marios dunkelbraune Augen und meine sich wieder einmal finden.

Übrigens ist Silkes Verdacht, dass er sich zu Tode schämte, richtig gewesen – er hat uns ganz einfach, zu spät bemerkt, weil er sehr wohl auch alleine in eine Eisdiele ging. Da er sich aber, wie erwähnt, zu Tode schämte, musste er sich so lange an seinem Tisch beschäftigen, bis wir zuerst den Abflug machten. Um nicht an uns vorbei zu müssen.

»Michaela!« Mama schlägt meine Hand zur Seite und das Salz aus dem Streuer verteilt sich über drei von vier Herdplatten. »… willst du den Kuchen versalzen? Hast du vergessen, dass der Deckel kaputt ist? Wo bist du bloß wieder mit deinen Gedanken …«

Ich stelle den Streuer auf den Küchentisch, nehme den Handbesen vom Haken neben dem Kühlschrank, um das Salz zusammenzufegen. »Aber doch nicht daaamit!«, sagt Mama und nimmt mir das Kehrblech und den kleinen Besen aus den Händen.

Sie beugt sich vor, um beides an den Haken zu hängen. »Der ist doch für den Boden! Hol den Staubsauger. Damit geht's auch schneller!«

Um an den Sauger zu kommen, muss ich zuerst durchs Wohnzimmer. Der Abstellraum ist in der Mauer des Balkons, und als ich die Tür hinter mir zumache, ermahne ich mich schon, nicht schon wieder zu flennen. Doch ich wische mir die Tränen schon aus dem Gesicht, da habe ich es noch nicht mal geschafft, die kleine, vergitterte Glühbirne über der Tür anzuknipsen.

Und zu allem Übel hat sich der Schlauch hinter dem Regal mit dem Dosenfutter und den Einmachgläsern verheddert, ich brauche mehr als eine Weile, um das Ding hinter dem Regal herauszubekommen.

»Ela? Bist du noch da?«, ruft Mama aus der Küche. *Wo bist du bloß wieder mit deinen Gedanken*?, hat sie resignierend gefragt ... »In Marios Armen«, presse ich zwischen den Zähnen hervor, zeitgleich zerre ich an dem Schlauch und auch am Regal, »das ist ja die grade die Tragik!«

»Du hast doch jetzt nicht etwa geweint?« Mama nimmt den Staubsauger entgegen und sie lächelt versöhnlich. »Ich wollte dich nicht ... wie sagt ihr immer, blöd anmachen?!«

Sie rollt das Kabel aus, dann steckt sie den Stecker in die Dose neben der Küchentür.

Ihr Fuß im gepunkteten Pantoffel steht bereits auf dem Sauger, doch bevor sie den Sauger startet, schaut sie mir in die Augen. Mama hebt ihren Arm und streicht mir den Pony aus der Stirn und deckt damit eine Batterie von frisch geschlüpften Pickeln auf. »Du bist in der Pubertät, da weint man halt sehr schnell. Das war bei mir damals auch so.«

Ich habe meine Mutter, ohne ihr zu antworten, stehen gelassen. Ich habe die Tränen runtergeschluckt, bis ich in meinem Zimmer und die Tür im Schloss war.

Nun liege ich auf dem Bett, angelehnt an die Wand und somit

auch unter David Bowies Hintern. Die neueste Bravo liegt auf meinen Knien, doch Marios Locken und seine Gestalt in der Motorradkluft in der Eingangstür der Eisdiele lassen mich lesen, ohne dass etwas im Hirn ankommt. Deshalb klappe ich das Heft zu und schleudere es unter den Schreibtisch.

Als Nächstes quäle ich mich von der Matratze, nehme aus meiner Jacke über dem Schreibtischstuhl eine Zigarette und gehe rüber zum Fenster.

Während ich rauche und meine Arme, über die ich reibe, langsam wärmer werden, schweifen meine Gedanken erneut zu meiner Oma. Es ist nicht mehr lange, bis ich und Cristiano zu ihr fahren werden. Bei Oma werden die lästigen Gedanken an Mario aus meinem Hirn verschwinden, gar kein Zweifel.

EINUNDZWANZIG

Weil nichts anderes frei war, hat Papa unser Auto im absoluten Halteverbot vor dem Bahnhofsgebäude geparkt und wir springen schon mit auf den Rücken geschnalltem Rucksack aus dem tuckernden Auto. »Sie können ...«, ruft Cristiano meinem Vater zu, der Hut der Politesse über den Autodächern vor uns nähert sich uns unvermutet schnell.

Papa hebt die Hand, deutet auf mich, aber Cristiano sieht er an. »Pass auf sie auf! Und dass ihr mir ja keinen Kummer macht!«

»Ich nehme die Pille!«, rufe ich noch, da hat Papa sich aber schon dem Lenkrad zugewandt.

Er steuert den Wagen auf die Straße, als die Politesse an dem orangefarbenen Ford vor ihm ein Knöllchen hinter die Scheibenwischer klemmt.

Auf dem Bahnsteig herrscht Gedränge. »Wie auf Kassenfahrt, oder?«, sagt Cristiano inmitten der Fahrgäste, die wie wir mit Rucksäcken auf den Rücken in der Gegend herumstehen. Einige haben ihre Landkarten schon hier am Gleisbett aufgespannt. Sie halten diese vor sich wie ein Vorleser in Strumpfhosen im Mittelalter, der nach dem Trompeten-Appell den nächsten Sünder ausruft.

»Jo, stimmt!«, antworte ich. »Aber viiiel besser, weil wir zu meiner Oma aufs Land fahren und nicht in irgend so'n Kaff, wo man schon um acht die Bettkarte stempeln muss.«

Je mehr wir uns auf das Dorf zubewegen, je mehr Felder und Wälder an unserem Fenster vorbeigeflogen sind, umso öfter wische ich nervös meine Handflächen an meiner Jeans trocken. Cristiano hat sich im Bahnhofsladen einen Comic gekauft, in dem er, in seinen Sitz gekauert, liest.

Meine geliebte Oma ist Anfang der 90er an einer Sepsis verstorben. Sie hatte sich verletzt.

Ich kann mich gut daran erinnern, wie sie sich mehr oder weniger lustig darüber gemacht hat und jene Waschlappen nannte, die wegen »Pille Palle« in eine Arztpraxis gerannt sind.

Oma hat die Wunde am rechten Ringfinger also nicht ernst genommen.

Der nächste Laden war unten im Dorf, weil sie kein Auto besaß und es mit dem Rad zu mühsam für sie gewesen wäre, bestellte sie ihre Einkäufe per Telefon. Der Lieferant hat vergeblich mit dem Karton vor dem Haus gestanden, nachdem er mehrmals auf die Klingel im weißen Lattenzaun gedrückt hat. Geisha gab es damals schon nicht mehr, die hätte ihn sofort verjagt. Auch die rote Katze und Blitz waren da schon über ihre Regenbogen-Brücken gegangen. Der Bote hat meine Oma unter dem Pflaumenbaum gefunden. Sie saß an den Baum gelehnt, wie zu einem kleinen Päuschen. Doch das Brummen, das lauter wurde, je näher er der Frau kam, die Fliegen, die um ihren Kopf summten (die meisten summten um den dicken Verband an ihrer Hand), sagten ihm, dass dies kein kleines Päuschen war!

Vom Bahnsteig aus nehmen wir den Bus, der uns zwar nicht vor Omas Haustür bringen wird, dennoch aber fünf Haltestellen näher.

Der Weg zu meiner Oma verläuft direkt neben dem Wald, er ist eher ein größerer Pfad und überall liegen angefressene Tannenzapfen und Nadeln.

Später kommen wir an Fachwerkhäusern vorbei und das plätschernde Wasser aus der angrenzenden Mühle mündet gluckernd in den Fluss. Die Vögel zwitschern und tief im Wald haut ein

Specht alle zehn Sekunden seinen Schnabel wie eine Bauarbeiterwalze in einen Baum.

»... wie im Märchen!«, schwärmt Cristiano, als wir vor dem weißen Zaun vor dem Haus meiner Oma stehen. »... schon der Weg hierhin. Mich würde es echt nicht wundern, wenn da gleich die sieben Zwerge rauskommen.«

»Jau, und meine Oma ist das Schneewittchen«, sage ich kichernd. »Ich finde, es hat eher Ähnlichkeit mit einem Schweden-Haus, wie das von Michel aus Lönneberga!«

Ich schiebe über den hüfthohen Zaun den Riegel an seiner Innenseite zurück, dann lasse ich Cristiano mit eindeutiger Armbewegung den Vortritt: *Mylady, hier fließt echt bombiges Bier ...*

Marios Stimme ist nicht mehr als ein Flüstern gewesen, aber es wiederholt sich und es wiederholt sich ... ich trotze dem Drang, mir die Finger in die Ohren zu stecken, und konzentriere mich stattdessen auf die roten Geranien vor dem Fenster, dessen Scheibe durch weiße Holzleisten in vier kleine Scheiben unterteilt ist. Unter den Geranien, neben der Tür, steht eine verwitterte Holzbank. Morlain, die Katze, hat bis jetzt auf dieser geschlafen. Doch als sie uns auf das Haus zukommen sieht, streckt sie gähnend ihre Vorderpfoten aus und zeigt uns ihre spitzen Zähnchen.

Im selben Moment, in dem der Wind vom Wald über die Sonnenblumen am Rand der Gehwegplatten weht und sie für wenige Sekunden leicht schief stehen, wird die Tür geöffnet. Oma, in geblümter Schürze, winkt uns lächelnd zu. Rechts auf der Wiese, unter dem Pflaumenbaum, unter dem sich die Fliegen summend versammeln werden, liegt ein Berg aus Laub, und die Harke lehnt noch am Baum.

Auf der Bank, auf der die Katze nun ihre Pfoten leckt, könnte jetzt mein Opa sitzen. Da er gefallen ist, als meine Mutter noch ein Kleinkind war, kenne ich ihn nur von Erzählungen und natürlich von Fotos. Auf den meisten Bildern lacht er in Uniform in die Kamera, auch wenn es hinter der Kamera ganz sicher nichts zu lachen gegeben hat. Vielleicht ist sogar, Sekunden nachdem ein Bild geschossen worden war, hundert Meter weiter eine Handgranate explodiert. Und wenn man sich jene Bilder genauer ansieht, kann man sehen, dass das Lächeln des jungen Soldaten eher dem Lächeln eines traurigen Clowns gleicht. Private Bilder von Opa stehen gerahmt auf der Kommode in Omas Wohnstube. Unter anderem steht er dort neben einer Schweinehälfte, die man in einer Tür an einem Haken aufgehängt hat. Ich fand das Bild schon immer abscheulich, aber damals war das so, man hat selbst geschlachtet – bestimmt humaner als vielleicht irgendwelche Sadisten in einem modernen Schlachthaus. Weil man das Tier noch als Ferkel kannte, ihm womöglich einen Namen, wie Frieda oder auch Willi, verpasst hatte. Das Hochzeitsbild hatte sie, so lange ich denken kann, auf ihrem Nachttisch stehen. Wobei hier wieder Hilde und Karl mein Gedächtnis durchkreuzen.

Opa könnte den Tabak aus dem ledernen Tabakbeutel in seine Pfeife stopfen. Er könnte, seine Beine von sich gestreckt, übereinander gelegt und paffend, beobachten, wie die Eichhörnchen sich gegenseitig jagend, den Stamm rauf und runter flitzen. Er könnte auch seine derben Schuhe ausgezogen haben, um seine Zehen von der Herbstsonne wärmen zu lassen. Oder sein in die Jahre gekommenes Gesicht mit den buschigen Koteletten mit geschlossenen Augen in den seichten Wind halten. Stattdessen liegt seine blankpolierte Kennziffer in Omas Nachtschublade. Unter dem Bilderrahmen, dem schönsten Tag ihrer beider Leben.

Plötzlich kommt Geisha ums Haus geschossen. In Gedanken an meinen Opa habe ich an den riesigen schwarzen Pudel-Mix mit der schon grauen Schnauze gar nicht mehr gedacht.

Geisha springt an Cristiano hoch und beide torkeln – Cristiano rückwärts, Geisha fast auf ihm –, bis der Zaun die beiden bremst.

»Sie macht nix!«, ruft Oma, kommt aber dennoch vors Haus. »Das ist nur ihre Art, jemanden, den sie umwerfend findet, willkommen zu heißen. Ich hab vergessen, sie anzubinden, weil ich mit dem Kuchen beschäftigt war.«

Cristianos Augen sind in den letzten Sekunden ganz schön gewachsen. Aber als Oma den Hund am Halsband packt und ihn von ihm wegzieht, schrumpfen sie auf ihre normale Größe zurück.

»Sie macht wirklich nichts!«, betont Oma noch mal, den zappelnden und hechelnden Hund festhaltend. Sie kramt aus ihrer Schürze ein Leckerli, dann wirft sie den Hundekeks in den Garten, zeitgleich lässt sie das Halsband los, worauf Geisha bellend lospprescht.

»Aber ich muss zugeben«, sagt Oma und stemmt lachend die Hände auf ihre Hüften, »so umwerfend wie dich hat sie selten jemanden gefunden!«

Auch ich fange an zu kichern und Cristiano lacht jetzt ebenfalls, er wischt sich Geishas weiße aufgeschäumte Rotze aus dem Gesicht, aus seinen Haaren und dann von den Klamotten.

Oma hat mir zuzwinkernd abgewartet, bis er damit fertig ist. »Lasst uns reingehen, Kinder! Der Kuchen ist noch warm.«

Oma hat mal wieder, ein neues Rezept ausprobiert, zwar war es kein klassischer Kuchen aus der Springform oder vom Blech, sondern eine Art Pizza Calzone. Nur dass darin lauwarme, geriebene Äpfel und Rosinen und natürlich auch andere Gewürze sind.

Der Kuchen hat wegen der Nelken, ich glaube, es war auch 'ne Prise Zimt dabei, einen Touch von Weihnachten und ich merke, wie sich mir bei dem Gedanken an Weihnachten (Weihnachten gleich Silvester) der Magen zusammenzieht.

Klitzekleine Obststückchen laufen aus dem Teig auf den Teller, nachdem ich das Stück halbiert habe. Sie vermischen sich mit der frisch geschlagenen Sahne, die am warmen Teig herabgelaufen ist.

»Du bist also Cristiano!«, sagt Oma, und so, wie sie das sagt, weiß ich, dass nicht nur ich Cristianos Charme erlegen ist wie einst der Froschkönig seiner Prinzessin.

Er beantwortet brav die typischen Fragen, die Erwachsene nun mal so stellen.

Seine Augen glänzen, als er von seiner Arbeit erzählt. »Ich würde eingehen, wenn ich später irgendwo am Schreibtisch sitzen müsste! Mein großer Bruder studiert, er will Zahnarzt werden. Aber mir reicht es, an Autos zu schrauben. Vielleicht werde ich später meinen Meister machen, um mich mit 'ner eigenen Werkstatt selbstständig zu machen – ich muss meiner Frau ja schließlich was bieten können.« Cristiano lacht, doch ich weiß, dass er das todernst gemeint hat. Cristiano *hätte* mir was bieten können – sicherlich nicht ein Haus in einem Villenviertel.

Cristiano hätte mich aber auch ganz sicher nicht betrogen, schon gar nicht mit der Pflegerin seiner Schwiegermutter! Ich lache mit, sogar noch viel *lauter* als Cristiano und meine Oma.

Tatsächlich stirbt in mir drin gerade ein weiterer Teil meiner Selbst ... weil es mit Cristiano vielleicht eine Giulia gegeben hätte oder einen Julian. Aber es wäre niemals *Saskia* geworden!

Als wir später vors Haus gehen, liegt Geisha auf der Wiese auf dem Rücken und lässt sich die letzten Strahlen der untergehenden Sonne auf den Bauch scheinen. Als sie uns sieht, springt sie auf und schüttelt ihr Fell. Sie rennt los, in Richtung der Koppel.

Blitz steht am anderen Ende der Koppel, direkt vor dem Waldrand, und rupft am Gras, sein Schweif schlägt nach den letzten Fliegen des Tages. Er lässt das Grasen, weil er uns anscheinend gehört hat. Worauf er zu uns herüber zum Zaun trottet.

Blitz nimmt mit seiner weichen, warmen Schnauze (er hat ganz schön gelbe Zähne) vorsichtig das Stück Würfelzucker aus meiner Hand, das ich vorher aus Omas Zuckerdose genommen habe. Er frisst es, mahlend und krachend. Als er damit fertig ist, stupst er gegen meine Schulter, so als würde er sagen wollen: Dein Ernst? Das kann doch jetzt nicht dein scheiß Ernst gewesen sein.

Irgendwann begreift er (sein Schädel ist ja groß genug), dass es bei mir nichts mehr zu holen gibt. Blitz wendet sich an Cristiano, der neben mir steht, leider ohne Würfelzucker.

Bevor Oma zum Trog vor der Scheune und dem Unterschlupf des Schwarzen geht, klatscht sie dem Zossen mehrmals mit der flachen Hand gegen den muskulösen Hals.

Dann geht sie, um das Mittagessen für das Pferd vorzubereiten. Ich sehe ihr nach, dieser in die Jahre gekommenen Lady, die im Winter mit Weste, Cowboyhut und Stiefeln das, was ihr geblieben ist, am Leben hält. Sie hätte sich gut in Amerika gemacht, in Texas zum Beispiel, bei den »Ewings«.

»Kann ich ihn reiten?«, ruft Cristiano in meine Gedanken hinein. Sein Daumen fährt, während er auf Omas Antwort wartet, sanft über die Blesse auf Blitz' Stirn.

»Ich weiß nicht, ob du das kannst, mein Junge«, antwortet Oma ebenfalls rufend. Unterdessen läuft das Futter aus dem Sack in ihren Händen in den Trog. »Aber du *darfst* ihn gerne reiten! Doch ich sag dir gleich: Der alte Zossen wird sich ganz schön wundern, wieder jemanden auf seinem Rücken zu haben.«

Nachdem sie den Sack verschlossen und ihn dann an die Wand der Scheune gelehnt hat, füllt sie mit einem Schlauch Wasser in einen übergroßen Eimer. Wenn man es genau nimmt, würden sogar drei von Blitz' riesigen Schädeln da hineinpassen.

Oma hängt den Schlauch wieder an den Haken hinter der Scheunentür. Danach trocknet sie ihre Hände mit einem löcherigen Tuch, das an einem weiteren Nagel hängt. »Aber vergiss nicht: Du bist volljährig ... wenn du dir den Hals brichst, ist es nicht meine Schuld!«

»... wird schon nicht passieren!«, lacht Cristiano. »... ich *kann* reiten, fragen Sie ihre Enkelin.« Als Oma nun zu uns zurückkommt, finde ich den Vergleich von vorhin gar nicht so daneben; abends hätte sie vor dem Haus sitzen können ... nur 'ne olle Öllampe über der Tür, mit dem Fliegennetz und umgeben vom Grillenzirpen vor ihrer Veranda. Vor den Stufen läge ein Rottweiler mit Nieten-Halsband, der auf seine Herrin in ihrer Hollywood-Schaukel aufpasst. Die alte Frau würde über den Hund hinweg den Steppenläufern nachsehen, ab und zu würde sie an ihrem Glas Johnny Walker nippen. Hier jetzt noch ein an der Wand lehnendes Gewehr unterzubringen, wäre jetzt zu viel des Guten.

Natürlich repariert Papa hier so einiges. Und nachdem er mich und Mama verlassen hatte, fand sich für so etwas immer jemand aus dem Dorf. Trotzdem – Oma ist hier, weit weg vom Schuss, genau das wird ihr später einmal zum Verhängnis werden. Das Grundstück ist dem Vorbesitzer zu viel geworden. Da er nicht mehr viel Familie hatte und ihm das Geld zur Neige ging, um es in Schuss zu halten, war er froh, dass meine Großeltern ihm die Bürde abgenommen haben. Aber dann kam der Krieg. Doch Oma trotzte allen Widerständen, sie schaffte es, da man sich in dem Dorf gegenseitig half, die schweren Zeiten durchzuhalten. Mit ihrer kleinen Tochter und mit etwas Erspartem, aber vor allem mit Hilfe der Kirchengemeinde, schaffte sie es, das Anwesen zu halten. Weswegen sie es auch der hiesigen Pfarrei vererbt hat.

Oma zieht den Bolzen aus der Erde. Zu dritt schieben wir das schwere Gatter zur Seite ...

»Wenn dein Cristiano über die Prärie will, dann dürfen wir ihn nicht davon abhalten.«

Es ist fast 22.00 Uhr, als wir beim Abendessen sitzen. Es gibt Fisch in Tomatensoße aus der Dose und frisch gebackenes Brot und gegrillten Mais.

Cristiano hat mit mir zusammen einen Tisch und Stühle hinausgetragen. Wir haben Tisch und Stühle vor das Gatter gestellt, als Oma damit beschäftigt war, das Pferd zu versorgen. Oma hat sich eine dicke Jacke und eine lange Hose angezogen. Ich habe nicht daran gedacht, dass es abends schon ganz schön kalt werden könnte, weswegen ich eine Jacke von Oma trage. Cristiano trägt ein graublaues Flanellhemd von meinem Vater, das ihm, ausgewaschen, wie es ist, total super steht. Aus Steinen hat Cristiano mit mir zusammen eine Feuerstelle gemacht und statt dicker Brühwürstchen halten wir nun vorgekochten Mais am Stock ins Feuer. Der Fisch aus der Dose ist auf dem Brot so richtig lecker. Geisha hat sich, in sicherer Entfernung vom Feuer, wie eine Katze eingerollt, Morlain hat sich verdrückt, um durch *ihre* Prärie zu streifen. Vielleicht wird sie uns morgen früh mit einer frisch erlegten Maus überraschen.

Aber um überrascht zu werden, brauchen wir gar nicht bis zum nächsten Morgen zu warten. Die Überraschung, die wir heute schon bekommen werden, nennt sich: Schleuse, die sich nur eine Stunde später über uns und unserem Ambiente im Freien öffnet. Oma wollte gerade anfangen zu erzählen, wie sie Opa kennengelernt hat, alte Leute erzählen immer, wie sie sich kennengelernt haben, ob man es hören will oder nicht. Vor dem Krieg. Nach dem Krieg erzählen sie, wie es im Krieg gewesen ist, auch wenn man es nicht erzählt haben will.

Karl hätte sicher eine Menge zu erzählen gehabt – ich hätte gern mehr von ihm erfahren. Zum Beispiel, wie er und Hilde sich kennengelernt haben, und wenn ich so recht überlege, wenn ich wollte, hätte ich sogar die Gelegenheit!

Eigentlich wollte Oma ihre Geschichte Cristiano erzählen, weil ich die Story ja schon kenne, nur heute Abend wird er die Liebesgeschichte von *Emil* und *Viktoria* nicht mehr erfahren. Er wird sie nie erfahren!

»Jeder nimmt sich, was er tragen kann, und dann nichts wie rein!«, brüllt Oma durch den Regen und greift sich ihren Stuhl, Cristiano nimmt ihn ihr aber sofort aus den Händen und packt sich seinen Stuhl. Mit den Stühlen rennt er zum Haus. Oma will noch etwas sagen, doch der Donner schneidet ihr das Wort ab. Sie schüttelt abwinkend den Kopf und ihre Wasserwellenfrisur klebt an ihren Wangen, wie einst die Koteletten an Opas Wangen. Geisha hat sich schon bei dem ersten Wetterleuchten verzogen, etwas, das wir Menschen aber ignoriert haben, und auch Blitz hat sich noch weiter unter sein Dach gestellt.

Die Donnerschläge sind wie Schüsse, vor denen wir davonrennen. Rennen ist vielleicht der falsche Ausdruck, da meine Oma nun mal eine Oma ist, wenn sie sich auch unglaublich gut gehalten hat.

Cristiano hat in der Zwischenzeit Feuer gemacht. Soeben steckt er einen weiteren Holzscheit in die Flammen. Als Nächstes stochert er mit dem Schürhaken hinterher, dann schließt er quietschend die Klappe. Aber schon eine Viertelstunde danach sitzen wir vor der bullernden Wärmequelle. Cristianos und meine Klamotten hängen, mit Klammern befestigt, an der Leine über dem Ofen. So wie auch unsere Turnschuhe, die an ihren Schnürsenkeln zum Trocknen noch ein wenig baumeln. Es zischt bei jedem Tropfen, der aus den Klamotten auf die heiße Platte fällt. Wir hätten unsere Sachen auch in die Waschmaschine geben können, das wäre aber nur halb so romantisch gewesen. Geisha liegt so wie schon draußen, zusammengerollt neben dem Feuer und hat sichtlich Mühe, vor Müdigkeit die alten Augen aufzuhalten. Unsere Füße in Omas selbstgestrickten Socken liegen nebeneinander, zu einem Halbkreis, vor dem Ofen. Oma hat sich, genau wie ich, ein Handtuch als Turban um den Kopf gebunden und sitzt in ihrem Lieblingssessel, den Cristiano ihr vor den Ofen gerückt hat. Sie hat sich einen gestreiften Bademantel übergezogen und wärmt ihre leicht, aber dennoch sichtbar von Arthritis gezeichneten Hände an ihrer Tasse mit Pfefferminztee.

Ich trage den Jogginganzug aus gelbem Nicki, der eigentlich Omas Weihnachtsgeschenk an mich hätte sein sollen, und wärme mir die Hände an meiner Tasse Tee. Cristiano hat auf Tee verzichtet. Er steckt in einem weiteren Hemd von Papa und in Papas Jogging-Buchse und seine noch feuchten Haare hat er, wie ein Achtjähriger es getan hätte, gescheitelt.

Ohne auf die Zeit zu achten, fachsimpeln wir über das aktuelle Geschehen in der Welt. In der Welt von 1984! Dazu gibt es Pinnchen von Omas Selbstgebranntem für jeden!

Oma hat uns Bettwäsche auf das schmale Bett im Gästezimmer gelegt. Ein wenig schwankend ist sie danach in ihr Zimmer nebenan gegangen, und kaum hat sie die Tür hinter sich geschlossen, hört man schon die Bettfedern quietschen. Omas Schnarchen ist Momente später hörbar.

»Was sagst du, wenn wir in die Scheune ...«, sagt Cristiano zwinkernd.

»... 'ne Menge!«, sage ich, ebenfalls zwinkernd, und nehme ein Kopfkissen und eine Decke vom Bett. Cristiano schnappt sich sein Kissen und seine Decke.

»Wooow!«, macht Cristiano, nachdem ich die Laterne, die inklusive einer Packung Streichhölzer neben der Scheunentür auf dem Boden stand, angezündet habe. Ich halte sie in Luft, um den Raum so großzügig zu beleuchten, wie es nur geht, bis der breite Lichtkegel auf die schwarze Kutsche trifft, die unter dem oberen Teil der Scheune steht, den man über eine Holzleiter erreichen kann.

»Stroh oder Kutsche?«, frage ich.

»Du meinst ...?« Er macht eine Kopfbewegung zur dem schwarzen Ungetüm von Kutsche.

»... meinst du – nur ihr Italiener habt Ahnung von Romantik?«

»Romantik? Die sieht aus wie eine von Graf Dracula!«

»Wer weiß, wer weiß ...« Ich setze mich in Bewegung. »Jedenfalls war die schon hier, als meine Großeltern das Haus kauften. Ich hab hier früher immer mit meinen Barbie-Puppen gespielt. Eine Oma auf dem Land zu haben, und dann noch eine mit einer echten Kutsche von Nosferatu, ist mal gar nicht so schlecht!«

Auf der breiten, mit grünem Stoff bezogenen Sitzbank, auf der damals meine Lieblings-Barbie (Reiter-Barbie) Tamara ihr Kaffeekränzchen mit Ilse, einer Dunkelhaarigen mit übertrieben grünen Augen und Skipper, abgehalten hat, liegt nun Cristianos Oberkörper. Er hat die Arme hinter dem Kopf verschränkt, nur für den Bruchteil einer Sekunde sehe ich *Mario!*

Wie bereits erwähnt, haben die Brüder fast null Ähnlichkeit, doch das Verschränken der Arme hinter dem Kopf ... Mario macht das im Bett regelmäßig ...

»Was guckst du mich denn so an?«, fragt Cristiano. *Cristiano* – nicht *Mario,* und *schade* habe ich *damals* in der Kutsche gedacht, aber auch das nur für den Bruchteil einer Sekunde.

Als ich mich jetzt zu ihm runterbeuge, meine Lippen auf seine lege, kommt mir eine weitere Szene von der Titanic in den Sinn ... Der Zuschauer hat nie erfahren, was *genau* Rose und Jack im Innern der Kutsche getan haben ...

Cristiano und ich, wir haben es auch nicht übertrieben – nicht auszudenken, wäre die Kutsche im Eifer des Gefechtes zusammengekracht, wie sollte ich das bitte meiner Oma erklären? Doch ob da überhaupt Erklärungsbedarf besteht ... das wage ich anzuzweifeln – schließlich hat sie es auch getan. Sie hat ja eine Tochter gezeugt; meine Mutter. Ob Emil und Viktoria gar in dieser Kutsche ...? Ich bin froh, dass Oma es mit ihrem Selbstgebrannten übertrieben hat – sie kommt bestimmt nicht auf die

Idee, nach ihrem Besuch im Gästezimmer zu gucken, weil der Schnaps sie in wohlige Träume entführt hat. Weil in der Scheune allerlei Kriechzeug unterwegs ist, ist sie kein Freund davon, dort zu schlafen. Und sollte sie doch aufgewacht sein und sollte sie das schwache Licht zwischen den Ritzen der Scheunenwand gesehen haben ... Und wenn sie doch rübergekommen wäre, um nach dem Rechten zu sehen, hätte sie doch nichts anderes gesehen außer meiner Hand, deren gespreizte Finger sich gegen das rückwärtige, beschlagene, eiförmige Fenster der Kutsche drückten. Um als Nächstes, so wie bei einer Ohnmacht, an der Scheibe herunterzurutschen.

Als Cristiano stöhnend seinen Arm unter meinem Nacken anhebt, ist es schon fast drei.

Für Tamara, Ilse und Skipper mag es ja bequem gewesen sein, stundenlang in der Kutsche zu hocken. Doch Cristiano und mir taten irgendwann die Knochen weh.

Deshalb sind wir mit Sack und Pack umgesiedelt, nach oben in den Heuschober. Im zuckenden Schein der Laterne auf dem Baumstumpf fielen wir in den Schlaf. Im Heu, in der kuscheligen Bettwäsche.

Bis mich ein Geruch, den ich zuerst nicht deuten kann, weckt. Ich weiß nur eines, er ist widerlich. Zuerst denke ich an faule Kartoffeln oder abgewaschene Hähnchen. Irgendetwas dazwischen. Ich liege auf der Seite und weil aus der stolzen Kerzenflamme nicht mehr als ein blaues schwaches Lichtlein geworden ist, ist es schwer, die Umgebung zu erkennen. Vielleicht ist ein schwer verletztes Tier durch die kleine runde Luke ganz oben unterm Dach hereingekrochen und hier verendet. Cristiano liegt hinter mir. Er ist ganz nah am mich herangerückt und meine Fingerspitzen berühren nun meinen Bauch, den ich instinktiv einziehe. Auch wenn ich kein Model bin, so bin ich dennoch gertenschlank. Nur das mit dem Perfektsein, in wirklich allen Situationen ... zieht sich wie ein roter Faden durch mein Leben. Daher nehme ich seine Finger in meine Hand, um sie zu wärmen, zeitgleich frage ich mich, warum sie so kalt sind. Ich beschließe, drauf zu pfeifen, ob ich 'ne Pocke habe, wenn ich meinen Bauch loslasse, und presse Cristianos eisige Hand gegen meine nicht vorhandene Plauze. Außer, dass meine Oma mich in der Kutsche spielen lassen hat, hat sie leider viel zu oft gekochte Hühnerfüße mit Rosenkohl neben die Schüssel mit den Petersilienkartoffeln gestellt. So fühlt sich Cristianos Hand an meinem Bauch unter meinem Nickipulli an – wie ein gekochter Hühnerfuß, nur in steif und kalt.

»Bist du wach?«, flüstere ich blödsinnigerweise, da mir das schwache Schmatzen und Zuzzeln direkt hinter mir eindeutig *sagt,* dass Cristiano wach ist, wie es sich anhört, kaut er gerade genüsslich an einem Zahnstocher herum. *Rosenkohl!* Es stinkt eindeutig nach Rosenkohl. Oder nach Tod! Leichen sollen ja wie vergammelter Kohl riechen, da wird's ja zu einem Tierkadaver kein großer Unterschied sein. Ich lasse Cristianos Hand los, seine Finger rutschen an meinen Rippen herunter wie zuvor meine Hand an dem Fenster der Kutsche. Was bleibt, ist nur die eisige Stelle an meinem Bauch und meine nun auch eisigen Finger.

»Bist du wach?«, flüstere ich erneut, und erneut sage ich mir, dass das doch *eben* schon Schwachsinn war.

Bereits im nächsten Moment habe ich mich zu ihm umgedreht – auf der Stelle, springe ich auf und *renne* wie eine Krabbe rückwärts, bis ich wegen der aufgestapelten Heuballen nicht weiter komme. Mein Schreien wird von den Wänden aufgesogen, wie eine Lache Öl von einer Schaufel Sand, es reicht aber nicht aus, um eine der drei Ratten in die Flucht zu schlagen, noch bevor sie ihre Zähne in Cristianos Hinterkopf, hat schlagen können. Die anderen glotzen zu mir herüber, ihre schwarzen Knopfaugen stehen im Kontrast zu dem Rot des Blutes, das von den Fleischstücken in den haarigen Schnauzen auf ihre kleinen Pfoten tropft.

Als Cristiano sich aufsetzt, fallen mit den Ratten auch lose, blutige Stücke auf sein Hemd, etwas Weißes kommt zum Vorschein. Bis ich begreife, dass es sich um seinen Wangenknochen handelt, hat Cristiano sich wie ein Hund mit dem Kopf eines Truthahns mit türkisfarbenen Augen vor mich gehockt, wie eine Spinne vor ihr Opfer. Sein zombiehaftes Brüllen, welches aus seinem grinsenden Maul kommt, habe ich immer wieder überschrien, während ich dabei war, mich durch den Heuballen zu drücken.

Doch plötzlich verändert sich das Gesicht, die Fleischfetzen ziehen sich zurück, seine Gesichtsfarbe wird fast schon dunkelgrün. Seine Nase und sein Kinn werden unnatürlich spitz. Kreischend fängt er an zu kichern. Und dann ist Reet da – Reet und der Tag. Unser Treffen im Burger-Restaurant. Und die böse Hexe des Ostens, die vor dem Fenster entlanggeradelt ist, mit dem kläffenden Toto im Körbchen, kurz darauf bin ich zusammengebrochen.

Und wieder höre ich Toto bellen … während ich mir bewusst bin, dass ich gerade zusammenbreche.

»Nimm einen kräftigen Schluck!«, sagt Oma und hält mir ein Schnapsglas unter die Nase. »Das wird dir guttun.«

Ich nehme das Pinnchen, verschütte aber die Hälfte, weil meine Hände immer noch so unglaublich zittern und weil Geisha erneut an mir hochspringt.

Die Hündin hat so lange an Omas Tür Rabatz gemacht, bis ihr Frauchen sich den Bademantel übergeworfen hat und in ihre Schlappen gestiegen ist. Oma war nicht wirklich überrascht, ihre Gäste nicht im Gästezimmer anzutreffen. Da sie nur in der Scheune sein konnten, lief die alte Frau, so schnell es ihr möglich war, hinter der kläffenden Geisha her. Sie lief über den dunklen

Hof, dann zerrte sie die Scheunentür auf. Nur schemenhaft erkannte sie im Licht der Laterne die zwei Personen auf dem Heuschober. Ihre Enkeltochter schrie wie am Spieß, Cristiano hockte vor ihr und versuchte verzweifelt (das sah man schon von unten), Ela zu beruhigen, indem er beschwichtigend auf sie einsprach. Immer wieder versuchte er, ihre Hände zu greifen, mit denen sie auf ihn einschlug, während sie dabei war, nach hinten in einen Ballen Stroh zu kriechen. Oma hatte gerade die Leiter erreicht, als das Geschrei abrupt endete. Zu hören war jetzt nur noch Geishas Gebell, das aber nach und nach weniger wurde, nachdem Ela in Ohnmacht gefallen war.

Oma geht zum Küchentisch, an dem Cristiano sitzt und mich mitfühlend ansieht. Ich wage mich noch nicht, ihm richtig in die Augen zu sehen, zu wirklich sind noch die Bilder der Hexe und allem anderen hinter meiner Stirn. Und der Geruch nach verfaultem Rosenkohl, der sich an meine Nasenhärchen gekettet hat, verleitet mich dazu, mir den Schnaps in den Rachen zu kippen, bevor ich mich hier gleich, wieder einmal, übergebe.

Omas Bademantel hat die Sitzfläche noch nicht ganz berührt, da steht sie schon wieder auf, jetzt will sie bestimmt in der Glut herumstochern, denke ich, stattdessen nimmt sie zwei Pinnchen aus dem Buffet-Schrank und stellt diese auf den Tisch. Sie nimmt die Flasche mit dem Selbstgebrannten und schraubt sie auf und füllt die Schnapspinnchen bis zur roten Linie, bevor sie eines zu Cristiano über die Wachstuchtischdecke schiebt.

Mit dem Schnapsglas zur Decke sagt meine Oma: »Das haben wir uns heute aber mehr als verdient!«

An Schlaf ist in dieser Nacht sowieso nicht mehr zu denken.

Und als die Sonne kaum aufgeht, machen wir uns daran, unseren Grillplatz aufzuräumen. Oma ist zu Blitz gegangen, um ihn zu versorgen. Ich sammle den Mais ein, Cristiano hält mir den

Müllsack auf, für die Maiskolben in der Asche, die wie nasser, schwarzer Sand wirkt.

Erneut sind Wolken aufgezogen ... ich habe ich mich mit einer Möhre von Blitz verabschiedet. Vorsichtig hat er sie aus meiner Hand genommen. Es ist eine kleine Möhre gewesen, die er zermalmte ... und morgen ... wird er eine weitere Möhre zermalmen. Ich habe geweint, weil ich ein altes Pferd beneidet habe, weil dieses Pferd hier, in dieser Zeit, bleiben darf, während ich jeden Tag von vorn meinen ganz persönlichen Kampf mit mir austragen muss.

»Tschüss, mein Junge!«, habe ich mit nassem Gesicht gesagt und bin mit der Hand über seine Mähne gefahren. »Pass auf dich auf, okay? Und auch auf Oma!«

Der Moment des Abschieds ist nicht zu verhindern ... Der Blick zurück in den Garten meiner Oma ist wie der Blick zurück auf ein Ölgemälde. Oma steht vor dem Haus, mitten auf dem Weg, die Katze hat sich auf ihren Hintern, neben Omas Pantoffel gesetzt und schaut zu uns, hinter dem Zaun. Geisha hat dasselbe auf der anderen Seite getan, und auch sie lässt ihre treuen Hundeaugen nicht von Cristiano und nicht von mir. Auch nicht, als eine fette Hummel surrend an ihrem Ohr vorbeischwebt, das Ohr zuckt ein paar Mal, sonst passiert nichts. Um uns ein letztes Mal zuzuwinken, heben wir drei zeitgleich eine Hand.

»Ruf an, wenn ihr angekommen seid!«, ruft Oma.

»Mache ich!«, rufe ich und schlucke, wie schon so oft, einen Haufen Tränen runter!

ZWEIUNDZWANZIG

Ganze Ozeane laufen den Hügel hinab und rauschen dann an uns vorbei. Der Wind fegt den Regen, der in Schnüren vom Himmel fällt, bis zu uns ins Wartehäuschen. Wir schlottern jetzt vor Kälte und drängen uns in eine Ecke des kleinen orangefarbenen Häuschens an der Bushaltestelle, wie zwei Küken aus Angst vor dem nahenden Schredder.

Und schon bald ist mehr als eine Viertelstunde vergangen, doch der Bus, der schon längst da sein sollte, ist immer noch nicht da. Aber wenigstens hat es endlich aufgehört zu regnen. Und auch der Wind hat fühlbar nachgelassen. Dennoch öffne ich den Reißverschluss meines Rucksacks, der neben dem von Cristiano an der rostigen Wand lehnt, und ziehe die Jacke über, die Oma mir mitgegeben hat.

»Ich glaube nicht, dass der Bus heute noch kommt!«, sagt Cristiano mit dem Blick auf seine Armbanduhr.

»Vielleicht ist er irgendwo im Schlamm stecken geblieben?«, sage ich und trete aus dem Häuschen in die Mocke, so als könnte ich von hier aus erkennen, ob Cristianos Spekulation stimmt. Außer den Bäumen, die vom Wind und Regen etwas mitgenommen aussehen, kann ich aber nichts weiter erkennen, was einem Bus nahe käme. Aber ich kann etwas hören.

Cristiano muss es auch gehört haben, denn er wagt sich ebenfalls aus dem Unterschlupf. Er schaut, wie ich, nach links, von wo aus das vage Knattern kommt und nun zusehends lauter wird. »Wenn du mich fragst, ist das ein Motorrad.«

»Kann sein …«, sage ich und gehe zurück, unters Dach. »… da haben wir leider aber auch nichts von.«

»Du, das ist Mario!« Cristiano geht los, er stellt sich breitbeinig in die Mitte der Straße in den Matsch und hebt beide Arme. Er winkt, wie Robinson Crusoe von seiner einsamen Insel dem nahenden Schiff zu. Ich wollte es damals schon nicht, und heute bereue ich es zutiefst; in jenem Moment, als Cristiano Marios Namen ausgesprochen hat, habe ich nicht verhindern können, dass mein Herz einen Salto hingelegt hat.

Der Typ hält wenige Zentimeter vor Cristianos Turnschuhen, die bis über die Kante seiner ehemals weißen Sohlen im Schlamm stecken. Ich habe mich ebenfalls wieder vorgewagt, doch weiter aus dem Schutz des Daches habe ich mich nicht getraut. Der Typ auf seiner Maschine schaltet jetzt den Motor aus, den Helm nimmt er nicht ab und ich wette; er guckt mir hinter seinem verspiegelten Visier, in dem sich mein Gesicht und ein paar nasse Äste spiegeln, bis tief in meine Seele. Wenn nicht gar in meinen Magen, der sich gerade anfühlt wie nach mindestens vier Runden auf dem Musikcenter, aber rückwärts!

Aber dann löst er doch den schmalen Gurt unter seinem Kinn und nimmt den Helm ab.

Als er anschließend, wie fast immer, mit der Hand durch seine Locken fährt, setzt mein Herz zwei oder mehr Schläge aus.

»Was macht ihr zwei denn hier?«, fragt Mario und ich bin mir nicht sicher, ob in seiner Frage nicht eine Prise Spott geklungen hat.

»Das könnte man dich aber auch fragen!«, lacht Cristiano. » So mitten in der Pampa.«

»Ich war bei 'nem alten Kumpel, der jeden Moment Papa werden kann. Seinen Ofen hat er schon verkauft und fährt jetzt schon einen Pampers-Bomber. Für seine Motorradkluft hat er nun keine Verwendung mehr. Und – was macht ihr beiden jetzt hier?«

»Wir waren bei Elas Oma, hat dir das zu Hause keiner gesagt? Und jetzt warten wir auf den Bus.«

»Da könnt ihr aber lange warten. Euren Bus hab ich vorhin noch überholt, der steckt im Schlamm fest … kann mir nicht vorstellen, dass das in den nächsten Stunden was wird – mit eurer Busfahrt!«

Schätzungsweise eine Viertelstunde nach diesem Dialog sitze ich hinter Mario auf seinem Motorrad. Die Kluft sitzt nicht gerade wie eine zweite Haut, ich komme mir vor wie ein Fünfjähriger im schwarzen Jogger seines verfressenen älteren Bruders. Mario wird mich zum Bahnhof bringen, von dort aus wird er für seinen kleinen Bruder ein Taxi organisieren. Und vom Bahnhof aus werden Cristiano und ich mit dem Zug nach Hause fahren, so weit der Plan. Dieser Plan wird gewissermaßen auch eingehalten werden, nur mit ein paar winzig kleinen Problemen.

»Festhalten, junge Dame!«, lacht Mario unter seinem Helm. »Nicht, dass du mir unterwegs noch verloren gehst.«

Der Helm, der auf meinem Kopf sitzt, ist eine Beigabe zur Motorradkluft. Es ist der Helm der werdenden Mutter, die, welch ein Glück, die gleiche Schädelgröße hat wie ich. Bevor ich aber mein Visier herunterklappe, kommt Cristiano und gibt mir einen, den Umständen entsprechend, langen Kuss. Dann klappt er für mich mein Visier runter, klopft zum Abschied leicht davor und geht ein paar Schritte zurück. Meine Arme legen sich jetzt, wie von selbst, um Marios warme Taille.

Wir halten vor der Eingangshalle des kleinen Bahnhofs, neben einer roten Bank. Mario stellt den Motor ab und wartet, bis ich abgestiegen bin. Unsere Fingerkuppen berühren sich, als ich ihm den Helm reiche. Aber ohne eine Reaktion seinerseits auf diesen *Vorfall* hängt er unsere Helme, seinen links und meinen rechts, ans Lenkrad. Ich wende mich ab und setze mich wortlos auf eine Bank und hoffe, dass er meinen knallroten Kopf noch nicht gesehen hat.

»Ich geh das Taxi rufen!«, sagt Mario und schon höre ich die Absätze seiner Motorradstiefel auf dem Asphalt. Er geht zur nächsten Telefonzelle, die in einiger Entfernung neben einer Litfaßsäule steht. Ich versuche, mich auf die Werbeplakate zu konzentrieren, um nicht auf seinen Apfelhintern zu glotzen, es gelingt mir aber nicht. Erst, als Mario sich mit dem Telefonhörer am Ohr in meine Richtung wendet, wende ich mich ab.

»Taxi kommt!«, ruft Mario, während sich hinter ihm langsam die Tür der Telefonzelle schließt. Und als er sich neben mich setzt, rutsche ich instinktiv einen Zentimeter von ihm weg. Dabei bin ich so angespannt, als hätte man mich an einen Pflock, der in der Lehne der Bank steckt, geschnallt.

Mario hat seine Unterarme auf seine Oberschenkel gestützt und wickelt nun einen Streifen Wrigleys Spearmint aus. Nachdem er diesen in der Mitte zerrissen hat, reicht er mir eine Hälfte.

»Ist mein Letztes – ich hoffe, es macht dir nichts aus, dass ich es schon angefasst hab.«

»Kein Problem!«, will ich eigentlich sagen, der Flieger, der gerade über uns hinwegbrüllt, macht meine Antwort aber zunichte. *Wenn du jetzt auch noch deinen Mund verfehlst* ... bange ich, während ich das Kaugummi zum Mund führe.

Während wir Kaugummi kauend und nebeneinander scheinbar in einer Blase sitzen, läuft um uns herum das Leben normal weiter ... mit seinen Rollkoffern und den verschiedensten Paaren von Schuhen und mit nervigem Kindergeschrei. Und mit einem Obdachlosen, der, kurz nachdem Mario die Telefonzelle verlassen hat, diese betreten und es sich anschließend auf dem

Boden bequem gemacht hat. Nun lehnt er mit dem Rücken an der Scheibe, seine schwarze Baseballkappe hat er sich in die Stirn gezogen.

Marios Lippen liegen auf meinen Lippen, sein Mund ist so weich und sein dünner Schnauzer duftet genauso, wie Mario schmeckt – nach Pfefferminz-Kaugummi. In meinem Hals steckt mindestens ein Pfund Watte, durch die sich soeben ein Seufzer drängt.

»Entschuldigung?«, sagt eine Frauenstimme und reißt mich mit ihrer Frage aus einem See aus Wrigleys Spearmint Gum! Meine Lider flattern, bis ich den altmodischen Koffer neben den Halbschuhen und dem schwarzen runden Gumminippel des Gehstocks klar erkenne.

Der Gehstock geht jetzt so weit hoch, bis der Nippel auf Mario zeigt, der sich soeben meinen Kuss von den Lippen leckt. »Aber könnte der junge Mann mir helfen, meinen Koffer zum Gleis zu bringen? Ich hab mich da beim Kofferpacken wohl ein bisschen verschätzt, was das Gewicht angeht.«

Ich beobachte, wie die »Schulleiterin in Pension«, eine Bewandtnis, die sie uns mit einer gehörigen Portion Stolz in der Stimme erklärt hat, an Marios Seite die Bahnhofshalle betritt, da tippt mir jemand von hinten auf die Schulter. »Da staunst du, was?«, sagt Cristiano lachend.

»Wie lange bist du schon hier?« *Was hast du gesehen?*

»Ihr seid gerade losgefahren, da kam auch schon das Taxi. Der Busfahrer aus *unserem* Bus hatte per Funk ein paar Wagen organisiert, damit die Leute endlich nach Hause konnten.«

Cristiano beugt sich vor, um jene Lippen zu küssen, die zuvor sein Bruder geküsst hat, und da ich mich schlecht wegdrehen kann, lasse ich seinen Kuss zu. Dass Cristiano quasi eine Marionette mit Lippen aus Holz küsst, lässt er sich nicht anmerken.

Ich habe mich nicht mit Absicht verkrampft! Im Gegenteil, ich wollte ihn küssen, wie ich ihn immer geküsst habe. Doch das habe ich aus meiner Sicht nicht geschafft. Er setzt sogar noch ein Küsschen nach, nachdem er meine Holzlippen losgelassen hat. Und während er mich für zwei, drei Wimpernschläge ansieht, kaut *er* jetzt auf meinem, auf *Marios* Kaugummi herum.

Er wendet sich von mir ab und schaut suchend und schmatzend in der Gegend herum.

»Wo ist eigentlich Mario?«

»Er trägt eben einer älteren Dame ihren Koffer zum Gleis.«

»Das ist Mario!«, sagt Cristiano und holt eine Schachtel Zigaretten aus der Brusttasche. »Immer hilfsbereit! Immer korrekt!«

Er hält mir die offene Schachtel hin, aber ich schüttele den Kopf. Er nimmt sich eine Zigarette, danach verharrt er, indem er in die Ferne schaut: »Mario ist meine Familie. Mein Lieblingsbruder. Und ich kann mir nicht vorstellen, dass das irgendwann nicht mehr so wäre!«

DREIUNDZWANZIG

Ich lege den Rucksack in der Diele ab. Dann ziehe ich mir die klammen und ehemals, weißen Turnschuhe von den Füßen. Als ich den Schlüssel in die Schlüsselschale lege, fällt mir auf, dass im Wohnzimmer weder Licht brennt noch der Fernseher an ist, dafür brennt in der Küche die Neonröhre über der Spüle. Durch die Milchglasscheibe in der Küchentür kann ich Mamas Umrisse auf dem Stuhl vor dem Tisch erkennen.

Auf dem Tisch steht eine Schüssel mit Kartoffelsalat. So, wie die Oberfläche des Salates aussieht, von Rissen durchzogen und mit Kratern übersät, würde ich nicht in Staunen verfallen, wenn just in diesem Moment die Apollo 11 vor unserer Nase landen würde. Drei Wiener liegen ebenso vertrocknet auf dem Salat, dort, wo Mr. Armstrong vielleicht seinen Mondspaziergang absolviert hätte – man stelle sich den Zeitungsausschnitt vor: Neil, auf dem Kartoffelsalat meiner Mutter.

Und vor all dem sitzt Mama. »Mamaaa!«, sage ich, doch meine Mutter reagiert nicht auf mich. Sie hat ihren Kopf in die Hände gestützt und schaut, ohne sie zu sehen, auf die Tischkante. Zeitgleich bemüht sie sich darum, ihre Nase nicht zu laut hochzuziehen. Sie will vor mir verbergen, dass sie weint.

Meine Kluft knarzt, als ich neben sie trete und mir Papas Stuhl heranziehe. Ich setze mich, dann lege ich meinen Arm um Mamas Schulter. »Was ist denn passiert, Mama?«

Statt einer Antwort wischt Mamas zitternder Zeigefinger den

Rotz weg, der angefangen hat, sich aus einem ihrer Nasenlöcher in Richtung Tisch abzuseilen.

Ich stehe auf und reiße ein Blatt von der Küchenrolle, und bevor ich mich wieder setze, halte ich ihr das »Zewa« hin. »Hier!«

Nachdem Mama ihren Finger abgewischt hat, putzt sie ihre Nase. Anschließend knüllt sie das Papier zusammen, dann steckt sie es zwischen die Würstchen. »Dein Vater ist vorhin ausgezogen!« Es folgt ein Sammelsurium aus Flüchen und aus Selbstvorwürfen.

Und als Nächstes (wer kann ihr da böse sein) folgen Beschimpfungen gegenüber Angelika! »Hätte der Pole sich nicht dazwischengeworfen und mir nicht mein Brotmesser aus der Hand geschlagen (das Messer liegt noch auf der Anrichte) ... ich hätte die, **mit ihrem Heinz zusammen,** im Wohnwagen ins Jenseits befördert!«

An diesem Abend hat meine Mutter (was kein Wunder ist) es nicht übers Herz gebracht, im Schlafzimmer zu schlafen. Mit verkniffenem Gesicht und sicher auch mit spitzen Fingern hat sie ihr Bettzeug aus dem Schlafzimmer geholt.

Danach hat sie Kissen und Zudecke auf das Sofa geworfen und den Fernseher eingeschaltet. Die Anstrengung, mit der sie versuchte, ihre Tränen festzuhalten, stand ihr dabei ins Gesicht geschrieben.

Mein Vater hat meiner Mutter das Herz gebrochen. Er hat sie zum Gespött vor den Nachbarn gemacht!

Mama hasst Nachtisch, dafür liebt sie Tee. Es muss kein besonderer Tee aus einer schicken Blechdose sein. Egal ob Kirsch oder Vanille, mit keinem kann man sie locken, dafür mit dem billigen Tee in Teebeuteln in der Pappschachtel aus dem untersten Regal. Mama zieht die Nase hoch, als ich die dampfende Tasse mit Kamillentee vor sie auf den Tisch neben die Fernsehzeitung

stelle. Vorsichtig tupft sie über die roten Ränder ihrer Nasenlöcher.

Mama ignoriert überraschenderweise den Tee, sie zieht sich
die Bettdecke bis unters Kinn. Dass ich in einer, und dann auch
noch in einer viel zu großen, Motorradkluft um sie herumtanze,
hat meine Mutter an jenem Abend gar nicht bemerkt.

Sie atmet tief durch, bevor sie anfängt zu zetern. »... wenn die
Kruse aus 109 sich nicht beim Metzger verplappert hätte ... wer
weiß, wie lange er uns *noch* betrogen hätte?!«

Ich würde ihr echt zu gern verraten, dass auch Angelika Papa
nicht für immer haben wird, dass letzten Endes das spanische
Hotelmädchen als die Siegerin hervorgehen wird.

Aber leider ist mir dies nicht erlaubt!

VIERUNDZWANZIG

Es sind nun einige Tage vergangen und die Wogen haben sich, sozusagen, geglättet.

Mama weint immer noch, nicht mehr aber täglich, und sie schläft auch wieder im Schlafzimmer. Dazu macht sie Überstunden. Sie hat sich sogar bei einem Töpferkurs angemeldet. Die ollen Lockenwickler hat sie eines Nachmittags, mitsamt dem Körbchen und der Trockenhaube, in den Müll gestopft. Anstelle des Körbchens auf dem Unterschrank liegt jetzt ein Lockenstab mit Heißluft. Außerdem hat meine Mutter erkannt, dass es sich ohne Partner nicht weniger gut leben lässt! Und schließlich bin ich ja auch noch da!

Da meine Mutter wieder in Sicherheit ist (Selbstmord hätte ich ihr jetzt nicht mehr zugetraut, obwohl das Leben mich da was anderes gelehrt hat), kann ich mich jetzt wieder mehr mit der Schule befassen. Zumal ein »Hängenbleiben« für mich nicht in die Tüte kommt, ich hinke eh schon ein Jahr hinterher. Ich sehe die Kinderärztin noch vor mir, sie hatte ganz sicherlich auch einen Lockenstab, weil sie so eine schicke Frisur trug wie Lena Valaitis. Die Meinung der Ärztin, nachdem ich ihre Begutachtung (Tintenkleckse analysieren und einen Plastikbauernhof umsortieren) hinter mich gebracht hatte, war: Michaela ist noch sehr kindisch.

Cristiano ist seit August im letzten Lehrjahr und die Werkstatt läuft super. Weswegen Meister wie Lehrlinge und Gesellen alle Hände voll zu tun haben. Darum sehen wir uns jetzt weniger. Aber auch, weil ich mit Silke zusammen für die Schule büffele.

Aber abends telefonieren wir, dass uns die Ohrmuscheln brennen, und blockieren damit über Stunden die Leitungen. Und wir schwören uns, bevor wie die Telefonhörer auflegen, ewige Treue! Mario hat sich nach dem Vorfall am Bahnhof, sagen wir mal: rar gemacht.

Ich bin froh darüber. Trotzdem denke ich für mein Empfinden viel zu oft an seine sanften braunen Augen und an den Duft nach Minze, der beim Atmen aus seinen Nasenlöchern geströmt ist.

Eines Tages, als wir uns mit den Adidas-Taschen über der Schulter, umringt von vor sich hin rotzenden Schülern der unteren Jahrgänge, auf den Bus nach Hause warten, sehen wir auf der gegenüberliegenden Straßenseite einen Kerl, der ein Plakat an die Hauswand pappt. Wir sind zwar keine Fans von Depeche Mode, aber ... Depeche Mode, in der Grugahalle, in Essen? Das ist natürlich Pflicht! So eine Chance bekommen wir in unserem ganzen Leben nie mehr wieder.

Doch ein paar Tage später, am Abend, macht Mama den Abwasch – und mir zugleich einen Strich durch die Rechnung. »Du weißt *schon*, dass Papa weg ist und wir jetzt nur von meinem Geld leben müssen?!«

»Aber alle gehen da hin. Ich wäre die Einzige, die nicht ...«

»... wer sind alle?«

»Cristiano, Silke und Holger, ihr Freu...«

»... wenn ihre Eltern das Geld dafür haben ... ihre Väter sind ja auch nicht über alle Berge!«

Der wird schon seine Gründe gehabt haben! Sofort schäme ich mich für diesen Gedanken. Er ist nicht fair von mir.

WOHER ... soll ich die andere beknackte Hälfte für die Tickets herkriegen?, rumort es im Bett in meinem Hirn! WOHER? Die Hälfte habe ich Mama dann doch noch aus der Tasche leiern können. Quasi schon als Geburtstagsgeschenk für das nächste

Jahr. Nun – das ist Mal ein Angebot. Und bis zu meinem Achtzehnten hat sie das sowieso wieder vergessen.

Zwar bin ich in Mathe kein so großes Vorbild. Dafür bin ich aber in Deutsch ein Ass.

Es soll so sein, dass jemand für seine Enkeltochter, deren Versetzung wegen zu vielen Fünfern in Deutsch, für eben dieses Fach eine Nachhilfe sucht.

Ab da an büffele ich mit der Enkelin dreimal in der Woche, dass uns die Köpfe rauchen. Und am »Schwarzen Brett« im Supermarkt pinnt eine Anzeige, in der eine Gassi-Geherin als Vertretung gesucht wird. Aus diesem Grund laufe ich den nächsten Tagen mit zwei kläffenden und knurrend an der Leine zerrenden Kötern durch die Siedlung. Dabei vermeide ich es, den Punkern, die im Ghetto lungern, zu begegnen. Zwar haben die Pinscher keine roten Hintern wie Blacky, aber einer von beiden, und nur daran kann man sie überhaupt unterscheiden, hat einen üblen Überbiss.

Den fehlenden Rest wird Cristiano mir geben. Eigentlich wollte er mich von vornherein einladen, da er ja im letzten Lehrjahr jetzt viel mehr Geld verdient. Trotzdem will ich das nicht. Cristiano verdient keine Millionen. Obendrein quält mich mein schlechtes Gewissen wegen Mario, das wiegt schon schwer genug in meinem Kopf! Und ich glaube, dies ist auch der eigentliche Grund!

DEPECHE MODE

Schon am Vormittag stehen Silke und ich vor unseren Kleiderschränken. Silke vor ihrem Schrank. Ich vor meinem Schrank. Die Hörer haben wir uns zwischen Ohr und Schulter geklemmt

und schieben nun, mit einem leisen Quietschen, unsere Kleider-
bügel auf den Stangen hin und her. Plötzlich schellt es. »… mach
mal bitte auf!«, ruft Mama aus der Küche. »Ich hab Teig an den
Händen.«

»Warte, hat geschellt«, sage ich in den Hörer.

»Hab's gehört!«, krächzt es zurück.

Ich lege den Telefonhörer neben das Telefon auf den Boden
vor dem Schrank. Dann gehe ich zur Haustür und drücke auf die
graue Taste der Sprechanlage. »Ja?«

»Ich bin's!«

Verwundert drücke ich auf den Türöffner; wir waren doch erst
für heute Abend verabredet, was will Cristiano dann jetzt schon
hier? Durch die Sprechanlage höre ich das darauffolgende Sum-
men und dann, dass die Haustür unten ins Schloss schnappt.

Cristiano streift die Turnschuhe von den Füssen und tappt dann
auf Socken durch die Diele zur Küche. »Guten Tag!«

Mama leckt sich gerade letzte Teigreste von den Fingern, weshalb sie seinen Gruß nur durch das Heben der anderen Hand
erwidert.

Da meine Mutter sich wieder der Teigschüssel zuwendet, folgt
mir Cristiano in mein Zimmer. Cristiano setzt sich auf mein, wie
üblich, ungemachtes Bett, während ich den Telefonhörer vom
Boden aufhebe. »Cristiano ist da. Ich melde mich später.«

Er ist so frei von Mängeln!, denke ich, im Schneidersitz vor
ihm sitzend. Ich zünde für uns zwei Kippen an und sehe ihn,
über die Flamme hinweg, an. Ich hab Cristiano, solange ich ihn
kenne, nie streitsüchtig erlebt. Oder gar lästernd. Er war – egal
zu wem – immer freundlich, ohne ein Depp zu sein! Dieser perfekte Mensch, vor mir auf meiner Bettkante – er wäre für mich,
ich glaube das wirklich, durchs Feuer gegangen. Was habe ich
vermisst?

Wie Mama, nachdem mein Vater uns verlassen hat, ihre Tränen festgehalten hat, halte ich meine Tränen fest, als ich Cristiano seine Zigarette reiche. »Schieß los! Was ist passiert?«

»Ich kann nicht mit, zum Konzert! Ich muss für Andreas einspringen, der hat die Grippe! Aber ich habe Mario gefragt, ob er für mich geht, wäre ja sonst schade um die teuren Tickets.«

Hey, wo ist das Problem? Mir reicht es, wenn Silke und Holger dabei sind! Ja ... das könnte ich jetzt sagen. »Und? Macht er's?«

Silke und Holger knutschen! Was an und für sich ja nichts Neues ist. Gegen das Licht von der Bühne sind sie aber nicht mehr als ein Schattenspiel. Trotzdem ist genug zu sehen und ich bin nicht gerade scharf darauf, die Kussszene vor meiner Nase so eindeutig zu sehen. Dennoch bin ich nicht in der Lage, ihren unsagbar zärtlichen Küssen aus dem Weg zu gehen. Was wohl hat Holger bei Silke vermisst? Ob Mario die beiden beobachtet? Er ist mir so unglaublich nah, dass mich der Zipper des Reißverschlusses seiner Lederjacke an meiner rechten Pobacke kitzelt.

Silke hört erst auf, ihren Freund vor meinen Augen aufzufressen, als die Vorgruppe mit ihren E-Gitarren auf die Bretter springt. »Boah, die sind ja irre ...«, heult Silke, als drei Kerle in Hosenträgern und mit Schmalzfrisur und eine Frau mit pechschwarzer Marilyn-Monroe-Frisur auf die Bühne kommen. Meiner Meinung nach passt diese Gruppe nicht wirklich zur Vorgruppe von Depeche Mode! Aber die Leute um mich herum sind da anscheinend anderer Meinung, einige halten sogar schon jetzt ihre Feuerzeuge hoch. Ich trete von einem Bein auf das andere, weil ich mich von Silke dazu überreden ließ, die mittlerweile zu engen rosafarbenen Pumps vom letzten Sommer anzuziehen, weil die ja so super zu meiner dunklen Jeans passen. Ganz ohne Frage passen sie hervorragend zu der Jeans und zu meiner rosa Bluse, doch ich trage berechtigte Zweifel daran, dass ich dieses

Konzert ohne blutige Füße verlassen werde. Es pikst ja jetzt schon an meiner linken Ferse und an der Kuppe des »dicken Onkels«.

»Lass uns mal Nachschub holen!«, sagt Mario und tippt Holger an mir vorbei an die Schulter. Holger, der seinen Arm um Silke gelegt hat wie ein Zehnjähriger um seinen Grundschulschwarm, schaut nun auf die schaumige Pfütze am Boden des Plastikbechers in seiner Hand. »Gute Idee, Alter!«

Holger beugt sich vor und gönnt Silke einen letzten, aber in meinen Augen viiiel zu intensiven Kuss. Dieses Mal schaffe ich es aber, meine Augen noch rechtzeitig zu schließen, bevor die Wärme, die jetzt meinen Hals hochsteigt, meinen Kopf zu einem Feuerlöscher werden lassen kann.

Während die Jungs sich ihren Weg durch die Menge bahnen, kramen Silke und ich gleichzeitig unsere Feuerzeuge aus den Hosentaschen.

Dann, endlich, steht die Gruppe auf der Bühne, wegen der wir hierhergekommen sind.

Silke und Holger gucken zur Bühne – ohne zu Knutschen. Inzwischen habe ich den Schmerz in meinem Pump so gut wie an die Wand getrunken und nach dem vierten Bier, die alle Mario für uns spendiert hat, drückt meine Blase bedeutend stärker als der blöde Schuh. Und als sich plötzlich Marios Wange an meine Wange legt, Zentimeter von meinem Mund entfernt, als sich seine Hände zugleich um meine Taille legen, vergesse ich zuerst den Schuh, dann meine Blase – im nächsten Augenblick vergesse ich meinen Freund! Ich muss meinen Kopf nur ein bisschen drehen, um auf Marios Lippen zu treffen ... die heute nach Bier statt nach Kaugummi schmecken. Ich sehe zu, wie sich seine Lider senken, wie seine Wimpern seine Augen verdecken. Bevor sich meine Lider senken ...

Mario geht vorneweg. Seine Hand sucht in seinem Rücken meine Hand und findet sie sofort. Silke habe ich zuvor ins Ohr geschrien, dass ich mit Mario zusammen frisches Bier holen gehe. Sie hat genickt und daraufhin eine Verdurstete in der Wüste gespielt.

Wir drängen uns durch die Menge. Obwohl die weiblichen Fans davon ausgehen können, Mario, der gutaussehende Dunkelhaarige, und ich seien ein Paar, werfen sie ihm eindeutige Blicke zu.

Wir rennen fast schon durch die Gänge, folgen den schwarzen Pfeilen an den Wänden, die zum WC weisen, mein letzter Skrupel, der mich aufzuhalten versuchte, als wir uns noch durch das Publikum schlagen mussten, ist zu einem Flüstern zusammengeschrumpft, die Blicke der Mädchen im New Wave Style haben mich geradezu befeuert!

Nachdem Marios Hand die Tür der Behinderten-Toilette hinter uns zu gezogen hat, ist das Flüstern stumm! Mario hat meine Hand in seinen verschwitzten Nacken gelegt, und während er den Knauf unter der Türklinke dreht, wird sein Kuss fordernder.

Aber er ist sanft, als er mein rechtes Bein über die rechte Haltestange neben dem Waschbecken legt und sich gegen mich schiebt. Doch es bleibt beim Küssen! Auch wenn seine Hand überall dort landet, wo sie auch ohne Stoff dazwischen gelandet wäre.

Weiter ist Mario nicht gegangen. Mario hat mich nicht zu einem Flittchen degradiert, welches es mal eben auf dem Klo macht. Ich bin froh darüber! Denn ich hätte es vermutlich gemacht.

»Wo wart ihr denn so lange? Ich wollte schon 'nen Suchtrupp zusammentrommeln!«, brüllt Silke und nimmt mir ihr Bier aus der Hand. »Aber is ja auch kein Wunder, die Schlange an der Bar ist vermutlich genauso lang wie die Schlange zum nächsten

Lokus! Übrigens: Holger ist auch schon ewig und drei Jahre weg, ich hoffe ja nicht, dass der durchs Klofenster getürmt ist.«

Mario hat sich zuvor, anscheinend locker, rechts neben mich gestellt. Silke, die links neben mir steht, kann nicht sehen, dass kein Blatt Papier zwischen Mario und mich passen würde.

Davon ab, ist Silkes ironische Befürchtung, bevor sie am Bier nippend und mit schwärmenden Augen den Frontsänger gefeiert hat, nicht unbegründet gewesen, weil Holger sich in naher Zukunft, quasi von heute auf morgen, für eine andere entscheiden und Silke an den nächsten Nagel hängen wird. Als hätte Holger seinen Namen gehört, steht er plötzlich neben uns, vielleicht hat er das sogar, da man wegen der Lautstärke praktisch brüllen muss. »Ey, sorry. Aber es ging nicht schneller!«

Er beugt sich vor wie ein Mannschaftskapitän auf dem Spielfeld und Silke, Mario und ich stehen um ihn herum wie seine Spieler. »... die Pötte haben nicht mehr ausgereicht und da hat der Hausmeister das Behindertenklo aufgemacht. Und ihr werdet es nicht glauben ... in dem Scheißhaus hatte sich doch echt 'n Pärchen eingeschlossen.

Weder ich noch Mario, aber auch Silke nicht, haben einen Pips gesagt, nachdem Holger sein Erlebnis zu Ende erzählt hat. »Das Leben ist kurz!«, hat er lachend gebrüllt. Anschließend hat er mit der flachen Hand auf Marios Rücken geschlagen. »Alter, von mir erfährt keiner was!«

Es versteht sich von selbst, dass wir auf der Stelle den Abflug machen. Ich habe noch auf dem Parkplatz angefangen zu heulen. Einige Leute, die nach draußen gegangen sind, um frische Luft zu schnappen, gucken mitleidig. Andere wiederum gucken hämisch.

Und nun, ich weiß nicht, wie viele Stunden später, liege ich in Silkes Armen auf meinem Bett.

Wir liegen auf dem Rücken, noch in Jacken und mit Schuhen,

und starren an die dunkle Decke. Mein Gesicht ist nun doch zu einer Art Gummiboot geworden – es ist dick und rot und brennt genauso wie meine Hacke und mein großer Zeh. Mein Gesicht starrt vor verlaufener Wimperntusche und von Resten von Make-up, die an meinem Ohr vorbeilaufen und dann in Silkes Pulli sickern.

»Ich verstehe es nicht!«, sagt Silke. »Ich verstehe es nicht. Ich verstehe es nicht. **Ich verstehe es einfach nicht!** Du hast einen Freund, nach dem sich die Weiber alle zehn Finger lecken! Du hast einen Freund, der dir, ganz kitschig gesagt: die Sterne vom Himmel holen würde … du kannst mir erzählen, was du willst – ich verstehe es nicht! Und dann noch mit dem Bruder!«

»Aber wenn man es doch mal ganz genau nimmt, ist doch eigentlich gar nichts passiert!«, sage ich mit Erleichterung in der Stimme. »Ich hab ja nicht mit Mario geschlafen! Außerdem war ich nach dem ganzen Bier voll!«

»Ela, wie naiv bist du eigentlich?!«

»Und wenn uns jemand erkannt hat?«, sage ich jetzt im Tonfall eines alten Klageweibes.

Ich setze mich auf und ziehe vorsichtig den Pump von meinem schlimmen Fuß. Dann heule ich weiter. »… aber wenn da jemand war, der einen kennt, und der wieder einen kennt und …«

»Also ich könnte mir auf Anhieb keinen vorstellen, der dort gewesen sein könnte!«, sagt Silke.

»Die Punker stehen auf Punk! Die anderen stehen auf Schlager und wir waren auf einem Depeche-Mode-Konzert, das ist bekanntlich New Wave. Mach dich jetzt bloß nicht für den Rest deines Lebens bekloppt. Es war sicher niemand dort, der euch bei Cristiano verpetzen könnte, und Holger hast du ja gehört – der hält dicht!«

Nach diesem letzten Satz schaut Silke an mir vorbei aus dem Fenster in die Nacht. »Aber gut zu wissen, wie Holger denkt. Ich werde ihn ab jetzt mal genauer unter die Lupe nehmen.«

Mit ihrem letzten Satz hat sie mich rausgebracht. Eigentlich wollte ich noch sagen: Wir waren doch aber auch auf dem Konzert, ohne auf New Wave zu stehen. Wir haben nur die Gelegenheit – dabei zu sein ... Was, wenn das andere auch wollten?

Künftig achte ich auf Cristianos Stimme, ob sie vielleicht anders klingt als sonst, wenn wir uns länger nicht gesehen haben und auch nicht zusammen telefoniert haben.

Ich durchsuche seinen Blick: Ist er noch genauso liebevoll und so verliebt wie noch gestern?

Wie ein Bandit lebe ich in ständiger Alarmbereitschaft, er könne es vor irgendwem erfahren haben. Indes lauert mir Mario am Schultor auf. Oder er hält mit dem Motorrad an denselben Haltestellen, an denen ich auf den Bus warte oder an denen ich aussteige. Es scheint ihm egal zu sein, dass die Leute es mitbekommen. Die Siedlung, unser Stadtteil, ist in gewisser Weise ein Dorf. So ziemlich jeder Zweite weiß: Ela gehört zu Cristiano. Aber Mario will reden! Er hat Marlena sogar den Laufpass gegeben, und angeblich bin ich der Grund dafür. Da sie ihm daraufhin 'ne Szene gemacht hat (sie hat ihm sogar eine gescheuert), ist ihm in seiner Wut rausgerutscht, dass er mit mir auf dem Konzert was *gehabt* hat.

Mario stellt mir kleine Präsente vor die Haustür. Es ist alles nur eine Frage der Zeit, bis Cristiano Wind davon bekommt, dass sein Lieblingsbruder seine Freundin will.

Und was, wenn Marlena sich an Mario rächen will? Wenn sie eines Tages alles ausposaunt? Doch die Tage vergehen, ohne das etwas geschieht.

Und mit jedem weiteren vergangenen Tag wiege ich mich mehr und mehr in Sicherheit. Und einige Wochen später denke ich nicht mehr daran.

Heute ist Samstag und Mama ist schon ganz früh zu Oma gefahren. Sie wollen zusammen die Küche streichen. Mittlerweile ist es Mittag und ich gammle immer noch im Jogger vor mich hin. Der Pott mit Linsensuppe auf dem Herd dreht mir fast den Magen um – ich habe Mama vergessen zu sagen, dass ich bei den Pollos zu selbstgemachten Spaghetti Carbonara eingeladen bin. Aber ich habe meine angeblich verfrühte Periode und die damit verbundenen Bauchschmerzen vorgeschoben. Weil ich mich nicht in der Verfassung dazu fühle, mich mit Mario *und* mit Cristiano an einen Tisch zu setzen. Die zehnte Zigarette zwischen meinen Fingern bringt mich zwar genauso zum Würgen, aber ich kann einfach nicht anders, als Kette zu rauchen. Wie jeder Raucher bilde ich mir ein, das Paffen würde sich beruhigend auf die Psyche auswirken. Leider scheint es heute bei mir nicht zu klappen. Denn es fühlt sich an, als ob es erst gestern gewesen wäre, als ich nach der Disco auf den Kalender hinter der Wohnzimmertür geguckt habe. Es war der erste Tag der Sommerferien – ich hatte genau sechs Monate Zeit, um meine Entscheidung zu treffen. Doch der Sand in der Sanduhr, die ich mir damals vorgestellt habe, ist mittlerweile weit über die Hälfte durch den schmalen Hals der Uhr gerieselt, mit jeder weiteren Stunde mit jedem weiteren Körnchen, wächst meine Panik. Meine Gedanken springen hin und her und ich weiß in der nächsten Sekunde nicht mehr, was ich zuletzt gedacht habe. Saskia gegen Cristiano, wie sich das anhört, aber genau so ist es! Ich habe mich mit dem Rücken zum Fenster gesetzt und meinen Fuß auf die Sitzfläche gestellt, sodass ich mein Kinn auf mein Knie stützen kann. Die Rauchschwaden haben sich unter der Decke versammelt und ein großer Teil hat sich schon in die Diele vorgewagt. Der Zeiger der Uhr über der Tür ist fast nicht mehr zu erkennen. Aber das Ticken ist dafür umso präsenter.

Und plötzlich wird das Ticken zu einem Mantra:

Dir, läuft, die, Zeit, weg! Dir, läuft, die, Zeit, weg!

Leider ist nicht nur im Wohnzimmer ein Kalender. An der Seite des Kühlschranks hängt ebenfalls einer. Und als mein Blick auf *NOVEMBER* fällt, ändert sich das Mantra. Es zerteilt den November in drei tickende Silben …

Ich drücke hektisch die Kippe in den Ascher – ich halte mir die Ohren zu.

Ich springe auf und laufe mit den Händen auf den Ohren durch die Diele ins Wohnzimmer.

Ich werfe mich vor der Stereoanlage auf die Knie. Der Song, den ich mir von Oma als Single gewünscht hatte, hat bis jetzt in Papas Plattensammlung gesteckt. Papa ist mit leeren Händen gegangen, außer seinem Rasierzeug und ein paar Klamotten hat er nicht viel mitgenommen, und die Hälfte von Ingeborgs Herz, doch diese Hälfte hat sich meine Mutter relativ schnell wieder zurückgeholt! Nach Cindy Lauper ist Alison Moyet meine absolute Lieblingssängerin – *Weak in the Presence of Beauty*. Es wäre aber auch in Ordnung gewesen, die Schnulzen meines Vaters zu hören, Hauptsache, dieser scheiß November-Ohrwurm in meinem Schädel hält endlich seine Schnauze.

Das Knistern, nachdem die Nadel das Vinyl berührt, boomt mich sofort in Andreas' Wohnung, zu unserer ersten gemeinsamen Fete. Zu unserem ersten, unfassbar schönen Kuss!

Wie leicht hat meine und Cristianos Geschichte angefangen – wäre Mario, der Idiot, doch nie in unser Leben gekommen. Die Sanduhr in der Knochenhand fällt mir wieder ein und ich drehe mich nach rechts, schaue zu dem Kalender hinter der Tür. Aber leider zeigt auch dieser das gefühlt schlimmste Wort meines Lebens: November!

Bevor ich mich auf die Sessellehne setze (Mama hasst es, wenn ich das tue), öffne ich die Balkontür, damit der Keulenschlag aus Zigarettenrauch meine Mutter nicht schon an der Tür aus den

Schuhen haut. Aus der Wohnung unter uns ist der Fernseher zu hören, eines der Kinder schaut gerade die »Muppets«!

Und als ich mich daraufhin zurück auf die verbotene Lehne setze, fängt der Song an – *Weak in the Presence of Beauty* …

In keiner Rückreise ist es mir passiert, dass ich so vernebelt war, dass ich nach meinem Smartphone gesucht habe. Weil aber die Platte nun bestimmt schon das dreißigste Mal spielt, will ich googeln, wie belastbar so ein Ding überhaupt ist. Doch schon auf Höhe meines Oberschenkels fällt mir ein, in welcher Zeit ich bin.

Beinahe zehn Minuten später stelle ich mich unter die Brause.

Und als ich mit dem Handtuch umwickelt den »Alibert« aufmache und mich Papas blauer Zahnputzbecher mit weißen großen Punkten anguckt, kommen mir zum ersten Mal, seitdem er gegangen ist, die Tränen. Seine gelbe Zahnbürste hat schon einiges auf dem Buckel, die Borsten biegen sich nach außen wie das Fell eines alten Hamsters.

Als ich mit dem Zähneputzen fertig bin, nehme ich Papas Putzbecher und stopfe ihn in den Müll, in die leere Dose Linsen.

Damals, in der gefühlten Steinzeit. Im letzten Jahrhundert. Ja, im letzten Jahrtausend und vor dem Millennium, hatte man, wenn man nach 13 Uhr noch was einkaufen wollte – schlechte Karten.

Außer – es war *langer* Samstag. Doch heute ist kein langer Samstag, weswegen die Schlange vor dem Kiosk weit über die Tischtennisplatte schräg vor dem Kiosk reicht. Ich stelle mich also hinten an und schlage meine Jacke fester um mich.

Ich zähle gerade noch mal das Kleingeld für die nächste Packung Kippen in meiner Hand nach.

»… geben Sie mir zu den Spaghetti auch noch 'ne Flasche Cola!«, höre ich Cristiano und ich recke überrascht den Hals, um ihn zu sehen. Der Kioskbesitzer hat sich anscheinend weiter in den Kiosk hineinbegeben, warum sonst sollte Cristiano rufen.

»Michaela!«, sagt Mario direkt hinter mir und das Kleingeld aus meiner Hand fällt klimpernd auf den Boden.

»Mama hat Cristiano um Spaghetti geschickt!« Mario drückt mir das Geld, das er für mich aufgehoben hat, in die Hand. »Aber da wusste sie noch nicht, dass nicht nur zu wenig Spaghetti da sind. Die Sahne ist auch abgelaufen.«

Ich will ihn gerade fragen, warum er sich nicht zu seinem Bruder vordrängelt oder ihm von hier aus zuruft, dass er auch noch gleich einen Becher Sahne kaufen soll, da löst Cristiano sich aus dem Schatten des Kiosks. Er schlägt mit der Flasche Cola und der Packung Nudeln den Weg zu seinem Haus ein. Weder Mario noch ich haben uns bemerkbar gemacht!

Cristiano steckt die Spaghetti in die Hintertasche seiner Jeans, dann schiebt er seine Finger unter die Klappe des Briefkastens ...

Cristiano hat die Cola neben sich gestellt, um ungestört den Zettel auseinanderzufalten. Es ist blanker Zufall oder einfach nur Pech, dass Cristiano in den Briefkasten geguckt hat, er hat ja noch nicht mal 'nen Schlüssel vom Briefkasten dabei!

Heute weiß ich nicht mehr, *was genau* Marlena auf das Blatt Papier geschrieben hat, warum Cristiano von dem Zettel ausgerechnet in unsere Richtung geguckt hat. Aber der Blick, mit dem Cristiano mich und danach seinen Bruder angesehen hat, war jener Blick, vor dem ich mich in den letzten Wochen so gefürchtet habe! Die Tür, die hinter Cristiano ins Schloss gefallen ist, ist für mich so etwas wie der Startschuss! Doch mein Rennen ist wie das Rennen, das man aus seinem eigenen Alptraum kennt, wenn man, trotz noch so großer Anstrengung, einfach nicht von der Stelle kommt. Als ich endlich an der geschlossenen Tür angekommen bin, habe ich gegen diese gehämmert. Mittendrin bin ich auf die Knie gerutscht und fortwährend habe ich Cristianos Namen geschrien, dass die Leute vor dem Kiosk den Kopf schütteln. Sogar der Kioskbesitzer ist hervorgekommen, um

nachzusehen, was da denn los sei. Und auch, dass Mario mit großen Schritten auf mich zukommt, habe ich wie durch einen Filter
gesehen. Die Erschütterung, als Cristiano die Wohnungstür ins
Schloss geschleudert hat, kann ich in meinen Knien spüren, sie
tun weh und sie sind kalt! Doch noch kälter empfinde ich mein
Herz, das fähig dazu gewesen ist – Cristiano so zu hintergehen …
Ich habe weitaus mehr verdient als nur schmerzende Knie.

Ich habe Mario, der mir über den Platz nachgerannt ist, die
Haustür vor der Nase zugeschlagen, und bin die Treppen hochgeschossen. Anschließend habe ich mich in meinem Zimmer
verbarrikadiert. Ich bin zum Fenster gerannt, habe es aufgerissen
und bin über die Fensterbank auf den Balkon geklettert. Ich habe
Cristianos Namen in die Kälte zwischen den Häusern geschrien, als
er mit seiner Sporttasche aus der Tür kam, doch Cristiano zuckte
nicht einmal. Und ich fühlte mich wie Dreck! Ich war Dreck!

Cristiano muss Andreas sofort angerufen haben, denn kaum
ist er am kleinen Baum angekommen, da kommt auch schon
Andreas vorgefahren. Noch ein letztes Mal habe ich geschrien:
Cristiano!

Aber Cristiano öffnet nur die hintere Wagentür und wirft seine
Tasche auf den Rücksitz. Eine Minute später ist der Wagen – dieses Mal ohne Fanfare – um die Ecke gebogen.

Ich sitze auf meinem Bett und nestele mit verheulten Augen
und mit zitternden Fingern an der Spule der Drachenfigur. Während Mario im Flur meinen Namen schreit, so wie ich vorhin
noch den Namen seines Bruders, drehe ich, nicht zum ersten Mal,
die Spule in dem Drachen, immer nur so weit, bis erste Töne der
Melodie erklingen, dann lass ich los! Es ist wie beim Russischen
Roulette, der nächste Dreh kann auch der letzte gewesen sein!
Marios Stimme dröhnt noch lauter durch den Hausflur, zusätzlich trommelt er jetzt gegen die Wohnungstür. Bis ein schneiden-
des *Kurva!* Marios Spektakel ein Ende setzt.

Als Mama am Abend anruft, um mir zu sagen, dass sie bis Sonntagabend bei Oma bleibt, schnüre ich gerade meine kniehohen Stiefel. Vorher aber habe ich die Suppe ins Klo gekippt.

Den Weg zu Andreas' Wohnung kenne ich nur durch das Hinfahren mit einem Auto, so kann ich einfach nur schätzen, an welcher Haltestelle ich aussteigen muss. Natürlich hätte ich den Busfahrer beim Einsteigen auch fragen können, wo genau ich aussteigen muss, das ist mir blöderweise nicht eingefallen.

Und tatsächlich habe ich mich verschätzt und steige zwei Haltestellen zu früh aus.

Ich brauche ungefähr fünf Minuten, dann befinde ich mich in einer kleinen Ladenpassage.

Man hat schon Lichterketten zwischen die kahlen Bäumen gespannt und hier und dort steht eine Tanne mit Spitze und mit goldenen Kugeln und sogar eine kleine Gruppe Kindergartenkinder mit selbst gebastelten Flügeln. Die Kinder haben sich neben einer Tanne in Position gestellt, entweder ist es ein Vater. der auf dem Boden kniet und in die Kameralinse guckt, oder man hat sich einen echten Fotografen gegönnt, der die Weihnachtsbilder in diesem Jahr für die Kindergartenzeitung liefern wird. Es sind aber nicht die putzigen Engelchen neben der Kindergartentante, die sich hinter die Kinder gestellt hat, die mir die Tränen in die Augen jagen ... es sind die drei Kinder mit Bommelmützen und Fäustlingen an den Händen, die sich an einer Schaufensterscheibe ihre kalten Nasen plattdrücken. Sie alle haben glänzende Augen; wegen eines simplen Würfelspiels, einer Dartscheibe aus Holz oder eines Teddybären aus Plüsch, und jeder von ihnen hat einen Zettel in der Hand, in seinem Fäustling, und einen Bleistift, um seinen Wunschzettel zu schreiben.

Denn bald ist Weihnachten!

Ich finde mich vor Andreas' Haus wieder und schaue vom Bürgersteig zu dem schmucklosen Fenster im Dachgeschoss. Es brennt Licht und ich könnte erneut kotzen bei dem Gedanken, dass ich noch vor sechs Monaten neben Cristiano auf dem Sofa da oben gesessen habe. Auf jenem Sofa, auf dem Cristiano heute Nacht sein Lager aufschlagen wird, da er sich von mir getrennt hat. Das steht ja mal außer Frage! Mein Finger liegt noch auf dem Klingelknopf, als plötzlich das Licht im Hausflur angeht. Nur Sekunden später (ist er etwa geflogen?) reißt Andreas die Tür auf, woraufhin sein bis dato passiver Gesichtsausdruck zusammenklappt wie ein falsch aufgebauter Tapeziertisch. »Gaaanz blöde Idee, Ela! Ganz blöde Idee!«

Als der Türsummer summt, ruft Andreas über seine Schulter mit der Sporttasche hinweg: »Da hat sich jemand mit der Schelle vertan, Kumpel. Hau dich wieder hin!«

Aber kaum ist er auf dem Gehsteig, schlüpfe ich an ihm vorbei in den Flur, doch er packt mich von hinten an meiner Kapuze, wie ein Kaufhausdetektiv einen Ladendieb, den er anschließend mit wütendem Gesicht auf die Straße schleudert. »Geh nach Hause! Du hast es verbockt!«

»Was bläst *du* dich hier eigentlich auf?«, schreie ich, dabei zerre ich am Reißverschluss meiner Jacke wie an einer zu eng sitzenden Krawatte. »Wer hat denn Silke beschissen? Wer hat *ihr* das Herz gebrochen? Du – Arschloch!«

Weil mir die Worte ausgehen und ich vor Kälte und Wut zittere, weil ich weiß, dass ich hier momentan nicht weiter komme, lasse ich Andreas stehen. Ich stapfe über die Straße zurück in Richtung Bus.

Aber schon bald hat Andreas mich eingeholt und fährt neben mir im Schritttempo. Er kurbelt das Autofenster herunter und beugt sich vor, damit er mich auch ganz genau sehen kann. »Und wage es ja nicht, zurückzugehen, Fräulein!«

Andreas gibt Gas, um die grüne Ampel an der Kreuzung noch zu erwischen. Als er die nächste Kurve nimmt, drehe ich um.

Ins Haus zu kommen, ist kein Problem gewesen, weil durch unser vorheriges Gerangel ein paar Zeitungen von den Briefkästen heruntergefallen sind, wodurch die Tür aufgehalten worden ist. Bloß habe ich an der Wohnungstür Sturm geschellt, was sich als Fehler herausgestellt hat, denn da Cristiano nicht doof ist, hat er sich denken können, wer da reuevoll heulend vor der Tür steht. Nachdem mich Cristiano auch nach dem fünften Klingeln ignoriert hat, habe ich mich auf die Stufen neben der Wohnungstür gesetzt und versucht, nicht hysterisch zu werden, weil mir klar geworden ist: Ich habe es wirklich verbockt! Aber so schnell will ich nicht aufgeben. Ich kann nicht aufgeben. Ich liebe Cristiano und hätte Scheiße gefressen, nur damit es zwischen uns wieder gut würde.

Andreas ist gegen 20.00 Uhr vom Sport wiedergekommen. Als es Klick gemacht hat und das Licht den Flur flutet, bin ich auf allen Vieren die wenigen Stufen zum Dachfenster hoch ge- krochen. Alsdann hocke ich unter der Schräge wie ein Kaninchen in seinem viel zu kleinen Käfig. Und aus lauter Angst, eine der Holzdielen unter mir könnte knarzen und mich damit verraten, habe ich mich daraufhin nicht einen Millimeter bewegt. Zu Atmen habe ich auch nicht gewagt. Nachdem Andreas die Tür hinter sich geschlossen hat, dann den Schlüssel im Schloss herum- gedreht hat, sind in der Wohnung Stimmen zu hören. Doch sie sind zu leise, als dass ich sie verstehen hätte können. Irgendwann macht es erneut Klick und der Flur liegt im Dunkeln. Und ich mache mich bereit auf eine lange kalte Nacht mit übervoller Blase, einem schlechten Gewissen und einem unfassbar schmer- zenden Nacken. Und die Gedanken an Saskia machen mir es auch nicht leichter! Ganz im Gegenteil!

7.30 Uhr zeigen die Ziffern auf meiner Armbanduhr und ich bin so müde, als hätte ich *nicht* die Nacht durchgeschlafen, aber genau das habe ich. Ich habe mich in den Schlaf geweint, das Melatonin, das der Körper ausschüttet, wenn man weint, hat mir zum Schlaf verholfen. Meine Blase spüre ich nicht mehr, nur zur Kontrolle gucke ich zwischen meine Beine, ob da ein gelb umrandeter Fleck ist, ob ich gar in einer Pfütze sitze. Doch da scheint alles Roger!

In diesem Moment geht Andreas' Wohnungstür auf und in der Sekunde, die Cristiano braucht, um seinen Fuß auf die Fußmatte zu setzen, hebe ich meinen Kopf zwischen meinen Knien empor.

»Ela?!« Cristiano ist im Arbeitsoverall und mit einem Salamibrötchen in der Hand wie erstarrt stehen geblieben. Andreas, hinter Cristiano, hat den Kopf aus der Tür gesteckt und verdreht nun die Augen.

»Cristiano …!«, flehe ich. »… bitte, lass uns reden! Da war nichts, ich hatte nichts mit ihm. Nicht richtig!«

»… da gibt's nix zu reden!«, sagt Cristiano, dann beißt er in sein Brötchen.

»Aber ich war betrunken!«, schreie ich den beiden hinterher, während sie die Treppen hinunterlaufen. »Aber ich war doch betrunken …«

FÜNFUNDZWANZIG

Die Zeit rast mir davon – komischerweise hat sich meine Panik aber ein wenig gelegt. Obwohl es jetzt nur noch zwei Wochen sind bis zum Heiligen Abend.

Cristiano geht mir, wo er nur kann, aus dem Weg. Er wohnt auch wieder zu Hause, da Mario die Vorwürfe seiner Eltern satt- – und sich nun bei einem Studienkumpel einquartiert hat.

Wenn ich anrufe, legt Cristiano den Hörer auf. Wenn ich anrufe und habe Anna oder Nino am Hörer, lege *ich* auf.

Zugegebenermaßen ist es schon reichlich spät. Trotzdem nehme ich mir vor, die Weihnachtsgeschenke einzupacken. Für Cristiano habe ich ein Silberkettchen mit meinem Namen gekauft. Zwar hat er sein Lederarmband mit dem Herzen in unseren Briefkasten gestopft, doch ich weigere mich hartnäckig, mir einzugestehen, dass ich nicht mehr Cristianos Freundin bin. Cristiano ist mein Ex. Dennoch klammere ich mich daran, dass er mir eines Tages verzeihen wird. Das Lederarmband hat mit der Zeit Cristianos Duft angenommen, und jeden Abend, bevor ich einschlafe, rieche ich daran und weine leise, bis mich der Schlaf erlöst.

Ich verstecke gerade die Päckchen in meinem Kleiderschrank unter den Sommerpullis, als in der Diele das Telefon klingelt. »Ich geh schon!«, rufe ich, dabei fühle ich, wie in meiner Brust mein Herz hüpft.

Und wie es sich fast schon überschlägt, im selben Moment, in dem ich den Hörer von der Gabel reiße. *Ich verzeihe dir, Tesoro! Aber mach so was nie wieder!*

Doch noch bevor ich mich anständig melden kann, höre ich schon das rauchige Krächzen der Zwergpinscher-Mutti.

»Wer war denn das?«, fragt Mama aus der Küche. Sie streut Puderzucker aus der Dose über die Vanillekipferl.

»Die Hundemama!«, antworte ich niedergeschlagen. »Sie hat 'ne Erkältung und fragt, ob ich später mit den Hunden 'ne Runde durchs Getto laufen kann.«

Während die Hunde ihr Geschäft neben einem anderen, schon zum Klumpen gefrorenen Haufen neben einem Baumstamm verrichten, spüre ich meine Hühnerhaut, die mir den Rücken hinaufkriecht. Das Bibbern kommt, als der Punker – der mit der roten Karo-Hose, der eben in das Ghetto einbiegt – nun auf mich aufmerksam wird. Er weicht von seiner Route ab, dann kommt er auf mich zu. Die Punker haben an sich nie jemandem körperlich geschadet (Omma Fittich war da zwar sicher anderer Meinung), doch das wissen ja die Hunde nicht, weil sie jetzt wie bekloppt zu kläffen anfangen. Und sie fangen an, an ihren Leinen zu reißen. Außerdem hat dieser Punk ordentlich einen getankt, seine Bierfahne hängt über dem Feld inmitten des Ghettos wie eine verharrende fliegende Untertasse. Der Punker wickelt die Ärmel seines Parkas hoch. Dann bückt er sich und hebt einen heruntergefallenen Ast auf. »Sind das da Zwillinge?«, fragt er und klatscht wiederholt den Stock, wie einen Baseballschläger, in seine Handfläche. »Ach nee, wenn das Zwillinge wären, dann hätte der andere ja auch so 'ne verbeulte Fresse! Aber was nicht ist, das kann ja noch werden.« Im nächsten Moment saust der Ast gen Pinscher ohne Überbiss … er verfehlt den Hund nur um wenige Zentimeter.

Der Stock saust erneut nieder, dieses Mal schlägt er knapp neben den Kopf des Hundes in die gefrorene Erde. »Ich werd' euch kleinen Scheißern helfen. Ich werde euch den Stock hier gleichzeitig in den stinkenden Köterarsch schieben.«

Der Schatten kommt lautlos aus dem Hinterhalt, auch ich habe ihn nicht gleich bemerkt. Er reißt dem Punk den Stock aus der Hand und wirft ihn ins nächste Gebüsch.

»Eyyy ...« Der Punk ballt seine Hände zu Fäusten, als er aber Anstalten macht, auf Cristiano loszugehen, packt dieser dessen Arm und biegt ihn auf des Punkers Rücken. Dieser brüllt auf und die Hunde kläffen noch lauter als vorher. Lichter gehen der Reihe nach in den Fenstern an. Es wird nicht lange dauern, bis der erste Anwohner mit der Polizei droht. Cristiano schubst den Punk, sodass dieser strauchelt, sich aber dann wider Erwarten fängt, um nicht der Länge nach auf die Schnauze zu fallen. Während der Punk sich anschließend seine Schulter massiert, flucht er leise. »Man sieht sich, Kumpel ...«

Cristiano hat sich nicht mehr an ihm gestört. Er hat seinen Arm um mich gelegt, und so waren wir den Weg zurückgegangen. Aber es hat sich für mich eher wie die Umarmung eines großen Bruders angefühlt, da war nichts mehr mit verliebt und mit Lover!

Ich habe die Hunde wohlbehalten nach Hause gebracht. Anscheinend hat die Hundemutti nichts von dem »Trara« mitbekommen. Sich die Nase tupfend, hat sie mir einen Fünfer in die Hand gedrückt, den ich im Treppenhaus an meiner Hose abgewischt habe. Wegen der Bakterien.

Jetzt sitze ich neben Cristiano vor meiner Haustür. Und wir reden!

Unser polnischer Nachbar hat Oma vom Bahnhof abgeholt. Ich habe zuvor mit Cristiano zusammen den Christbaum geschmückt. Mama hat neue Kugeln gekauft. Silberne! Die bunten Kugel, die sie an all die Weihnachten erinnerten, die sie zusammen mit Papa verbracht hat, hat sie verschenkt. Cristiano wird das Fest bei uns verbringen, auch weil Mario sich für die

Weihnachtstage bei seinen Eltern eingeladen hat. Mario ist der Meinung – er hätte sich jetzt genug den Hintern aufgerissen, er sei seinem kleinen Bruder lange genug nachgerannt. Und schließlich sind Cristiano und ich auch wieder zusammen. Also, was soll das Theater?

Es gibt Karpfen – der, bis er auf unseren Tellern landet, zwei ganze Tage lang in unserer Badewanne geschwommen ist – mit Kartoffeln und mit Sauerkraut. Mama hat das traditionell polnische Gericht bei unseren polnischen Nachbarn aufgeschnappt.

Nach dem Essen versammeln wir uns vor dem Wohnzimmer. Durch die Scheibe in der Tür schimmern die bunten elektrischen Kerzen vom Christbaum. Mit ausgestrecktem Arm öffnet Mama die Tür.

Der Anblick der liebevoll arrangierten Päckchen unter dem Baum und die Weihnachtslieder aus der Stereoanlage – tut richtig weh. Auf dem Tisch, in einer Kristallschale, liegt, neben selbstgebackenen Plätzchen, auf einem Silbertablett ein aufgeschnittener echter Stollen aus Dresden, Bekannte meiner Eltern haben den Kuchen aus der DDR geschickt.

Oma setzt sich in den Sessel und ich überreiche ihr Cristianos und mein Geschenk, es ist ein geklöppeltes Schultertuch, das ich auf dem Markt gekauft habe. Sie weint gerührt, während ich es ihr über ihre Schultern lege. Mama sitzt auf der verbotenen Lehne und schaut aus dem Fenster und es dauert nicht lange, bis erste Tränen über ihr Gesicht kullern. Mama weint nicht vor Rührung. Mama weint, weil es das erste Weihnachten ohne Papa ist.

An diesem Abend schlafen Cristiano und ich das erste Mal wieder miteinander. Danach lachen wir und knuffen uns gegenseitig. Es ist beinahe wie vorher.

Am ersten Weihnachtstag fahren wir zusammen in die Kirche. Vor dem Kirchenportal treffen wir auf Familie Pollo. Cristiano geht zu seinen Eltern rüber, um ihnen Frohe Weihnachten zu wünschen. Während Cristiano zuerst Nino und dann Anna umarmt, gibt mir Mario, der etwas abseits steht, durch unauffälliges Zwinkern zu verstehen, dass die Sache mit uns beiden für *ihn* noch nicht zu Ende ist.

Der Duft nach Weihrauch und die turmhohen Weihnachtsbäume, die man mit Sternen aus Stroh und Milliarden von weißen, flackernden Kerzen geschmückt hat, lassen mich leise aufseufzen. Die Blumenarrangements aus cremefarbenen und aus roten Weihnachtssternen auf der Stufe vor dem Altar lassen mich erzittern. Die Menschen sitzen erwartungsvoll in den übervollen Kirchenbänken. Als der Pastor in strahlend weißem Talar die Messe abhält, starre ich hinüber zu Anna. Sie, Nino und Mario haben sich in die Bänke auf der anderen Seite des Kirchenschiffs gesetzt. Mit einem Mal verschmilzt Annas Saskia unfassbar ähnliches Profil mit dem meiner Tochter. Und ich senke den Kopf und versuche, so leise es geht, die Nase hochzuziehen, während sich meine Tränen unter meinen geschlossenen Lidern freikämpfen. Und ich wünsche mir, das Kirchendach würde auf uns herunterstürzen und uns alle unter sich begraben. Nur, wenn ich hier mein Leben ließe, wäre meiner Tochter auch nicht geholfen!

Nachher beobachte ich Mama, die neben mir sitzt. Selbst von der Seite kann ich sehen, wie ihre Augen feucht glitzern.

Nino, Anna und Mario weinen nicht! Weil sie nicht die geringste Ahnung davon haben, dass es für sie das vorerst letzte Weihnachtsfest ohne Tränen ist. Und auch das letzte zusammen mit ihrem jüngeren Sohn, und Bruder.

Den zweiten Weihnachtsfeiertag verbringe ich bei Silke. Cristiano hat sich einen Ruck gegeben und die Einladung seiner Eltern, doch wenigstens am zweiten Feiertag zum gemeinsamen

Essen zu kommen, angenommen. Trotz Mario. Irgendwann muss man verzeihen. Irgendwann sollte es auch gut sein!

Bei Silkes Eltern gibt es Gans mit Klößen, dazu Rotkohl. Wegen des Dufts und wegen des Anblicks sollte mir das Wasser im Mund zusammenlaufen und das tut es auch. Aber mir läuft das Wasser im Munde zusammen, weil ich kurz davor stehe, mich quer über den Tisch zu erbrechen. Mal wieder. Und das tue ich später auch. Ich erbreche mich aber nicht über die ausgekratzte Schüssel mit den trockenen Resten von Rotkohl, auch nicht über die Teller mit den angenagten Keulen.

Ich erbreche mich in die Toilette, kurz nachdem Silkes Mutter die Schüssel mit grüner Götterspeise auf den Tisch gestellt hat, auf dem das Sahnehäubchen, aufgespritzt aus der breitesten Düse der Spritztüte, in die Höhe ragt wie Reets lila Frisur, nur in Weiß.

Auch auf die Brettspiele, die irgendwann aufgebaut worden sind, habe ich keine Lust. Doch ich will kein Spielverderber sein, und ich gewinne sogar drei Runden *Mensch ärgere dich nicht* hintereinander.

Als ich den abgestandenen Kochdunst in der Wohnung nicht mehr ausgehalten habe, habe ich Silke vorgeschlagen, den Müll runterzutragen, der in der Küche schon unter dem Klappdeckel hervorquillt.

Beim Anblick der Mülltonnen fällt mir mein Vater ein – er hat mich nicht mal angerufen. Eine Weihnachtskarte hat er auch nicht geschickt. Den Wohnwagen übersehe ich!

Auf dem Rückweg von den Tonnen zum Haus erweckt eine Gestalt an unserer Haustür meine Aufmerksamkeit. Ich lasse mich auf eines meiner Knie sinken, um vorzutäuschen, mir meinen Schuh zuzubinden. »Geh ruhig schon nach oben!«, sage ich zu Silke, die mit dem leeren Mülleimer in der Hand neben mir stehen geblieben ist und jetzt vor Kälte vibriert. »Ich hab hier, glaub ich, 'nen ganz fiesen Knoten.«

Mein Frieren hat sich verabschiedet, als ich Mario vor meiner Tür erkannte. Ich fingere so lange an meinem Schnürsenkel, bis Silke mit dem schwarzen Plastikeimer im Hausflur verschwunden ist. Dann springe ich auf die Beine und sprinte los – zu Mario, der gerade dabei ist, mit Gewalt etwas in unseren Briefkasten zu schieben.

»Kannst du mir erklären, was du da machst?«, frage ich mit den Händen auf den Hüften. Mario zuckt zusammen und als er mich ansieht, spiegelt sein Gesicht mehr als nur bloße Verlegenheit. Mario fängt an, an dem Päckchen herumzuzerren, das er bereits zur Hälfte im Briefkasten versenkt hat. Er zieht es mit einem Ruck heraus und das Weihnachtspapier, mit Tanne und bunten Kugeln, hängt in Fetzen, wie eine alte Tapete.

»Das wollte ich dir zu Weihnachten schenken!« Mario drückt mir das zerfledderte Päckchen in die Hand. »Mach es aber bitte erst heute Abend auf, okay?!«

Mit dem zerfetzten Päckchen in den Händen sehe ich zu, wie er auf seine Maschine steigt. Wie er sie, ohne mich anzusehen, startet und anschließend mit viel Lärm vom Hof saust.

Am Abend läuft im Fernsehen eine Weihnachtssondersendung im ersten Programm. Ich habe mich zwischen meine Oma und Cristiano gesetzt, um mit ihnen gemeinsam das Programm anzuschauen. Meine Mutter hat das Telefon in die Küche mitgenommen und telefoniert, hinter angelehnter Tür, mit ihrer Bekannten aus Stockach. Marios Päckchen liegt genau unter mir, im Keller. Im Fahrradkeller, unter der Regenfolie auf dem Gepäckträger von Mieteks altem Mofa. Oben hätten mir Mama oder Oma Fragen stellen können, und das Päckchen zu Silke mitzunehmen, wäre auch keine gute Idee gewesen. Ich verbrenne vor Neugierde, was in dem Päckchen ist.

Und ich mache mir Gedanken über eine Ausrede, was ich wohl um diese Zeit im Keller zu suchen habe, als Mama aus der Küche ruft: »Würde einer von euch eine Flasche Wein aus dem Keller holen?«

Ich habe mich auf den leeren, umgedrehten Streugut Eimer gesetzt und falte den Brief auseinander, der zusammen mit zwei roten Hotelkarten eines Edelhotels in Paris in der simplen Pappschachtel lag. Paris! Die Stadt der Liebe! Metropole, Weltstadt – ein Himmelreich der Mode und der erlesensten Parfums. Arm in Arm könnte ich mit Mario in einem schicken Kleid beim Dinner sitzen. Neben uns könnte ein livrierter Herr auf seiner Geige spielen. Ich könnte Seite an Seite mit Mario auf dem Champ Elysees im Abendwind, mit Schwips vom Champagner und mit wehendem Tuch um den Hals, spazieren. Mit dem erleuchteten Eiffelturm vor der Nase. Und abends, in der High Society, könnte ich Mario an der Bar gegenübersitzen und an der Olive in meinem Martini, gespickt auf einen Zahnstocher, knabbern. Während Mario mich mit den Blicken auffrisst.

Ich könnte. Ich könnte. Aber will ich?

Ich sitze auf dem Eimer und ich hasse mich! Ich hasse mich für meine Flatterhaftigkeit – für die Oberflächlichkeit einer Siebzehnjährigen! Das mit der Siebzehnjährigen *könnte* eine Entschuldigung sein, so einfach ist das aber nicht! Und während ich mich noch hasse, lege ich die Hotelkarten zur Seite. Dann falte ich Marios Brief auseinander!

Michaela,
ich mache mir nichts vor …

Ich wage es nicht zu hoffen, dass du meine Einladung, mit mir für ein paar Tage nach Paris zu kommen, annimmst. Nichtsdestotrotz muss ich dich noch einmal sehen und mit dir reden.

Solltest du deine Einstellung mir gegenüber nicht ändern, verspreche ich dir, dich künftig in Ruhe zu lassen. Bitte komm übermorgen um 15.00 Uhr in den Stadtpark.
Ich werde auf der Bank am Teich auf dich warten.
Mario!

Am nächsten Tag fahren wir mit der Bahn zum Einkaufszentrum, um noch den Rest für die Silvesterparty einzukaufen. Ja gut, gestern war noch Weihnachten, aber Silke ist mit *ihrer* Party einfach nicht zu bremsen!

Silke schiebt den Einkaufswagen durch die proppenvollen Gänge des Supermarktes. Vor dem Regal mit Knabberzeug bleibt sie stehen und mehrere Tüten Chips landen in unserem Einkaufswagen.

»Mario hat mich eingeladen!«, sage ich kleinlaut und nehme, um meinen Körper handeln zu lassen, eine Doppelpackung Salzstangen aus dem Regal.

»Wieso hat er dich eingeladen?«, fragt Silke und wirft ein paar Dosen Erdnüsse auf die Chips.

»Und wohin? Etwa auf 'n Eis? Im Winter haben die Eisdielen zu. Da sind die Italiener in Italien.« Daraufhin erzähle ich ihr von Marios Brief und von den Hotelkarten. Silke sieht mich an, als stünde ein Kamel vor ihr.

»Du willst dich nicht **wirklich** mit ihm treffen, oder?«

Silke sieht meine Antwort in meinem Gesicht. »Ela! Du hast das mit Cristiano gerade noch so hinbekommen. Was, wenn euch jemand zusammen sieht?«

»Uns wird schon keiner sehen!«, sage ich und werfe die Salzstangen in die Einkaufskarre. »Wer von uns geht schon in den Stadtgarten?«

Silke schüttelt den Kopf. »Was willst du eigentlich von diesem Kerl?«

Aber soweit ich mich erinnere, habe ich Silke auf diese Frage nie eine Antwort gegeben.

SECHSUNDZWANZIG

MARIO

Bis auf die junge Mutti im Wintermantel, die ihr Kind im Kinderwagen den Weg entlangschiebt, ist der Park leer. Das Kind mit rosa Bommel auf der lila Mütze brabbelt. Es zeigt mit seinem Fäustling auf die Enten und Gänse, die im Schwarm vor dem zugefrorenen Teich sitzen. Die Mutti geht auf das Gebrabbel ein, eine kurze Weile machen sie Halt und schauen den dösenden Tieren zu. Ich sehe Mario schon von Weitem. Er hat seine Maschine abgestellt und steht jetzt neben der Bank neben einer Trauerweide. Er hat den Kopf geneigt und steckt sich gerade eine Zigarette an.

»Michaela!«, sagt Mario, dann küsst er mich, ohne mich mit den Händen zu berühren, auf die Wangen. Hierauf bietet er mir eine Zigarette an.

Wir haben uns auf die Lehne der Bank gesetzt. Es ist genau wie auf der Bank vor dem Bahnhofsgebäude, wir sitzen, ohne was zu sagen. Aber statt uns zu küssen, wie vor dem Bahnhof, gucken wir nur auf den Teich. Und dann fängt Mario an zu reden. »Ich habe mich Cristiano gegenüber echt übel verhalten. Und ich bereue aus tiefstem Herzen, dass alles so scheiße gelaufen ist. Aber ich bereue keine einzige Sekunde, die ich mit dir erleben durfte! Weißt du, nachts liege ich oft wach und dann stelle ich mir vor, was passiert wäre, wenn ich dich *vor* Cristiano kennengelernt hätte ... Ich hasse mich dafür, dass ich ihm das angetan habe, dass ich ihm das weiter antun muss! Michaela, ich träume, ich wälze mich im Bett herum. Ich vermisse dich und deinen Duft. Und deine Küsse. Und ich werde verrückt, wenn ich begreife, dass meine Träume vielleicht für immer nur Träume bleiben. Ich begehre dich wie keine andere. Aber darum geht es mir nicht. *Ich liebe dich!*« Mario wirft seine Zigarette auf den Boden, steht von der Bank auf und tritt die Zigarette aus. Dann stellt er sich vor mich, nimmt meine Zigarette und wirft sie ebenfalls zu Boden.

Nachdem er auch diese Kippe ausgetreten hat, nimmt Mario meine Hände und schaut mir in die Augen. »Lass uns leben, Michaela! Zusammen! Ich werde dir die Welt zu Füßen legen. Ich werde dich auf Händen tragen. Du wirst *den* Stellenwert in deinem Leben erleben, der *dir* gebührt. Wir zwei werden ein wundervolles Leben führen. Wir werden die Welt bereisen. Wir werden so viel zusammen erleben können. Es dauert nicht mehr lange, dann habe ich mein Ziel erreicht. Ich werde mir den größten Traum erfüllen! Ich werde Zahnarzt sein! Wir werden wunderschöne Kinder haben und wir werden in Italien heiraten. Ich lege mich dir zu Füßen, Michaela. Ich werde dich nie, nie, niemals enttäuschen. Steig auf, Michaela. Steig in den Zug in ein sorgenfreies Leben ein. In ein grandioses Leben, an meiner Seite. Cristiano wird es verstehen! **Er wird's schon überleben!**«

DIE FETE, DIE KEINER IN SEINEM LEBEN MEHR VERGISST!

Die sterile Atmosphäre der Penthouse-Wohnung ist unter einer dicken Schicht aus Papiergirlanden, Luftschlangen und bergeweise Konfetti begraben. Die Jungs sind oben auf der Dachterrasse, um die letzten notwendigen Arbeiten zu erledigen, wie zum Beispiel die Musikanlage anzuschließen.

»Ich hoffe ja nicht, dass sich einer der Herrschaften auf den Skiern die Beine bricht und unverhofft nach Hause kommt!«, sagt Silke und steckt einen langen Plastiklöffel in den Salat vor ihr. »Dann wären wir nämlich echt am Arsch!«

Aber anschließend wird sie ernst. »Was ist jetzt mit dir und Cristiano? Willst du ihn echt in die Wüste schicken? Ich meine – Liebesgeständnis hin oder her. Ela, du *liebst* Mario nicht. Und wenn du mir jetzt weismachen willst, dass doch, dann glaube ich dir das nicht!«

Auch auf diesen Einwurf meiner Freundin bin ich nicht eingegangen.

Die Hütte ist jetzt mittlerweile gerammelt voll. Ich höre, wie sie lachen und tanzen und auch den noch so blödesten Song mitsingen. Jeder Gast durfte noch jemanden mitbringen, wenn dieser Jemand auch was zu Trinken dabeihat.

In zwei Stunden wird es so weit sein. Es sind nur noch *zwei* Stunden, bis ich mein Kind wiedersehen werde. Oder nie wieder! Cristiano ist die Liebe meines Lebens. Aber Sassi ist mein Kind! Quid pro quo! Ich habe sie unter Schmerzen geboren, jetzt soll ich mich dafür entscheiden, dass Sassi nie geboren werden wird!

Als die anderen sich zu der gefühlt zehnten Polonaise zusammenrotten, schleiche ich mich ins Badezimmer. Ich schließe mich ein und halte neben Kelchen mit Seifenstückchen und neben Schälchen mit bunter Watte meine Unterarme unter den kalten Wasserstrahl über dem Waschbecken. Der Bass aus dem riesengroßen Siebzigerjahre-Wohnzimmer kommt plump bei mir an und der Blick in den verzierten Spiegel zeigt mir jene Frau – das Mädchen, welches ihre Entscheidung eigentlich längst schon gefällt hat! **Längst!**

Ich putze mir die Hände an dem kleinen Gästehandtuch ab.

Und ich rieche an einem besonders hübschen Fläschchen Parfum. Danach ziehe ich den Drachen aus meiner Hosentasche, drehe und wende ihn in meiner Hand. Meine Tränen hinterlassen weiße Spuren in meinem Gesicht ... die ich gleich mit dem teuren Make-up aus einem weiteren Schälchen beseitigen werde.

EPILOG

»Los, ihr Schlampen und Versager!«, ruft Silke lachend von der breit aufstehenden Wohnungstür. »Sonst fangen die da draußen noch ohne uns an.«

Die Meute zieht, ebenfalls lachend, in einer Polonaise an ihr vorbei!

Anschließend biegt die Polonaise nach links ab, zu den Stufen der Dachterrasse. Und tatsächlich, man kann schon das Kreischen der ersten Raketen hören.

Und ich. Ich gehe zuletzt.

Silke knallt hinter uns die Wohnungstür ins Schloss.

Aber auf dem Treppenabsatz holt sie mich ein und hakt sich bei mir unter.

»Wenn ich nur daran denke ...«, sage ich und lege mir die Hand auf den Magen.

Silke bleibt stehen, aber ich winde mich aus ihrem Arm und gehe wie ein Dummy Stufe um Stufe weiter. Ihre Stimme hallt hinter mir durch den Flur. »Warum musst du es ihm auch unbedingt heute sagen? Ela, es ist Silvester!«

Cristiano kommt uns schon an der Tür zur Dachterrasse entgegen. In der Hand hält er ein halbleeres Sektglas. Und seine Augen sind schon mehr als glasig.

Zu dritt schlendern wir zum anderen Ende der Terrasse, zu dem freien Stehtisch an der Wand, auf dem, auf einem Tablett, zwei Gläser mit Sekt stehen.

Cristiano stellt sein Glas ab. Dann nimmt er die Gläser und reicht zuerst mir und danach Silke eine der teuer aussehenden Sektflöten aus der Vitrine der Penthouse-Besitzer. Jene, die Silke nur ihren Schlüssel gegeben haben, damit diese die Blumen gießen kann, während die Herrschaften im Winterurlaub sind. »Ich geh dann mal rüber zu den anderen!«, sagt Silke und hebt kurz ihr Glas. Ihr *Ich geh dann mal rüber zu den anderen* mag sich für den Normalsterblichen völlig unspektakulär angehört haben. Doch ich höre die Anklage zwischen den Zeilen.

Cristiano steht jetzt hinter mir. Er hat seine Arme um mich geschlungen und sein Gesicht ist in dem Loch in meinem Schlüsselbein vergraben. Und während er mich zur Musik aus meterhohen Boxen sanft hin und her wiegt, spüre ich seinen Herzschlag in meinem Rücken, sogar durch unsere Winterjacken hindurch. »Ich liebe dich, Tesoro!«, flüstert Cristiano mir ins Ohr. Dabei streift sein Atem, warm und nach Sekt duftend, über meine kalte Wange.

Ab und zu nippt er über meine Schulter hinweg an seinem Glas.

Aber plötzlich lässt er mich los. Er nimmt mich an der Hand und zieht mich mit, zur Brüstung auf der anderen Seite der Terrasse.

Und hier stehen wir – den eisigen Wind in unseren Gesichtern. Ich beobachte Cristiano aus den Augenwinkeln. Ich betrachte sein Lächeln, während er vom Dach der siebten Etage über die Stadt schaut. Und anschließend hinauf zu den verfrühten Raketen, die gerade eine Million Sterne über den schwarzen Himmel streuen.

Und gerade noch rechtzeitig blinzle ich die heiß aufsteigenden Tränen weg, bevor Cristiano sich zu mir dreht. »Nur noch ein paar Minuten und dann geht's ab ins nächste Jahr.« Er beugt sich vor und küsst meine eiskalte Nasenspitze »Und das Neue wird so was von geil …«

Cristiano nimmt mir das leere Glas aus der Hand. »Und lauf mir nicht weg! Ich hol nur frischen Schampus!«

Ich sehe ihm nach, wie er zur Bar schlendert und dort den Sekt nachfüllt.

Und ich beobachte seinen Gang, als er mit den Gläsern in der Hand zurückkommt. Außerdem bewundere ich sein perfektes Grinsen. Und als er mir zuzwinkert und mir daraufhin die Beine weich werden, frage ich mich allen Ernstes, ob ich noch alle Tassen im Schrank habe, ihn gleich abservieren zu wollen.

Als Cristiano mir den Sekt reicht, scheint er überhaupt nicht zu bemerken, dass *ich* seinen Rausch nicht teile. Dass ich mich in einem Vakuum befinde.

Und als er erneut von hinten seine Arme um mich legt, er anschließend sein Kinn auf meinen Scheitel stützt, kommt passenderweise ein Song aus der Box, der meine eh schon völlig aus den Fugen geratene Gefühlswelt noch mehr durcheinanderbringt. Und ich meine, ich kann spüren, es kann aber auch nur Einbildung sein, wie sich mein Herz in der Brust verkrampft. Weil ich weiß, dass ich Cristianos Herz gleich brechen werde.

Dann ist es endlich so weit. Die anderen aus der Clique, die in einiger Entfernung von Cristiano und mir stehen, halten jetzt die Gläser, aber auch ganze Sektflaschen hoch. Alle Blicke haften an der überdimensionalen Kirchturmuhr an dem Hochhaus gegenüber, derer Sekundenzeiger sich im Stakkato auf die Zwölf zubewegt.

Zehn, neun, acht, sieben, sechs, fünf, vier, drei, zwei, eins.

Wie auf Knopfdruck schießen Böller und Raketen in die Stratosphäre. Und es riecht nach Explosion. Es riecht nach Neujahr.

Es riecht nach 1985!

Cristiano nimmt mein Gesicht in seine Hände. Er senkt den Kopf und küsst mich wie immer, so, wie ich es bei keinem anderen zuvor erlebt habe. Cristiano küsst unglaublich gut. Und in diesem Moment kann ich sein Küssen auch gar nicht besser beschreiben, weil ich ihn jetzt nur noch genießen will, weil es heute zum letzten Mal sein wird. Cristianos Zunge ist warm und schmeckt nach süßem Sekt. Sie schmeckt nach Zigaretten und nach ihm. Und ich bekomme, wie meistens ,wenn wir uns küssten, eine dicke, fette Gänsehaut.

»Frohes Neues!«, sagt Cristiano, nachdem unsere Lippen sich getrennt haben und unsere Pupillen ineinander versinken.

Meine Stimmbänder versagen nicht viel, aber dennoch zu viel, weil meine Stimme mir fremd vorkommt, als ich sage: » Frohes Neues, Cristiano!«

Wieder senkt Cristiano den Kopf, um mich erneut zu küssen. Aber er hält inne, als er die Tränen sieht, die in meinen Augen stehen wie Pfützen in Asphaltlöchern. »Hey, nicht weinen! Engel weinen nicht. Nicht in so einer Nacht!«

Ich schiebe ihn von mir weg und gehe einen Schritt zurück. Dabei wische ich mir über die Augen.

»Cristiano, ich muss dir was sagen!«

Ich kann sehen, wie es in seinem Hirn zu arbeiten beginnt. »Mario! Stimmt's?!«

So, dass Cristiano es nicht sehen kann, strecke ich meine schlotternde Hand durch das Geländer. Während der Drache an seiner langen Kette über dem Kopfsteinpflaster baumelt, *schwimme* ich in meinem Schweiß. Ich bin gefangen in einem Stummfilm, obwohl ich im Innern schreie, wie ich bei der Geburt meiner Tochter geschrien habe. Sogar die Raketen explodieren jetzt geräuschlos, sie sind nur unter meinen Stiefeln zu spüren. Auch der Sekundenzeiger kämpft sich, laut wie Donnerschläge und dennoch so still wie alles um mich herum, Stelle um Stelle vor!

In Cristianos Augen spiegelt sich die Halluzination meiner Tochter, als würde Sassi direkt neben mir stehen, als würden wir nebeneinander auf das türkisfarbene Wasser eines Sees schauen.

Cristianos Augen zeigen mir in Sepia unser Haus, dann Marios und meine Tochter, die mir neben James lächelnd zuwinkt, bevor beide ins Haus gehen. Nur, um drei Wimpernschläge später, wie durch Mauern hindurch, auf der anderen Seite herauszukommen. Sie laufen ins Nichts …

Mama schiebt sich jetzt ins Bild. Mama im Heim, mit leerem Gesichtsausdruck vor dem Fenster mit dem Traumfänger. Mama, in ihrem Zimmer, hinter ihr Aneta, die ihr übers lichte Haar streicht.

Mama, tot auf dem Teppichboden. Ich höre Marios Lachen, als er mich in den Flitterwochen mit Wasser aus dem Meer bespritzt und ich daraufhin kreischend aus dem Wasser und zu unserer Decke renne.

Und dann sehe ich grelle, runde Lichter, sie sind über mir. Es sind die Lampen eines Kreißsaals! Was dann folgt, sind Schmerzen, so unglaubliche Schmerzen, dass ich kurz davor bin, das schwarze Haar der Hebamme zwischen meinen Knien zu packen, als sie mit ihren Händen den Kopf meiner Tochter umschließt, um ihr aus dem Geburtskanal ins Leben zu helfen.

Ich habe das Zeitgefühl verloren, als ich Cristianos Hand nehme, gleichzeitig lasse ich den Drachen los – die Lampe des Kreißsaals erlischt im Grunde sofort, ehe Saskia das Licht der Welt erblicken kann. Danach schwappt der Bach aus Tränen in meinen Augen über. Ich schließe die Augen, worauf ein weiterer Bach herausfließt, als sich das Geknatter eines Filmprojektors mitten in die laute Stille hineinmischt. Ebenfalls in Sepia zeigt der Projektor mir den Mittelaltermarkt mit seiner Weinstube. Ich sehe Flavin, wie er den Drachen in meine Hand gleiten lässt. Ich rieche Flavins Rosenweichspüler und den Geruch von Tabak, und sehe, wie er in unserer Küche sitzt und mir auf dem Küchenstuhl die nötigen Instruktionen gibt.

Ich sehe Reet in ihrem Sessel, die lärmenden Kinder, die das Huhn nicht in Ruhe lassen wollen. Mit einem Ruck reißt die Spule ... das Ende des Filmstreifens flattert, laut klackend ...

»... reingefallen, Alter!«, brüllt Holger, sein Finger zeigt auf Cristiano und mich, biiiegt sich vor Lachen. »... Ela hat dich doch nur verarscht! Ela, du solltest echt zum Film gehen – das war echt filmreif. Ne Sauerei von dir, das muss ich schon sagen – so was Böses hätte ich dir gar nicht zugetraut. Aber echte Meisterleistung! Hollywood, echt!«

»Du hast mich jetzt echt nur verarscht?« In Cristianos Augen ist wieder das Türkis, das mich vom ersten Moment in der Disco mitgerissen hatte.

»Stimmt!«, sage ich und ziehe Cristiano an mich.

»Warum?«

»Warum nicht?«, lache ich schrill und unter Tränen.

»Du wolltest sehen, wie weit du bei mir gehen kannst ...«

»... kann sein ...!«, sage ich.

In diesem Moment wird Cristiano zur Bar gerufen.

Ich drehe mich um und stütze mich auf die Reling. Ich vergewissere mich, dass mich niemand beobachtet, dann fasse ich in meine Jeans und hole ein Foto meiner Tochter heraus. Ich hatte es schon befürchtet; in Filmen verschwinden die Personen von Fotos, oder sie verblassen, weil es sie in der *Realität* nicht gibt. Dort, wo Saskia mit der selbstgebastelten Schultüte in die Kamera gestrahlt hat, ist nichts weiter als weißes Papier.

Ich lasse das Bild los ... es fällt im Licht der Straßenlaterne, in Kreisen und gefolgt von meinen Tränen, inmitten vereinzelter Schneeflocken. Es landet auf dem Straßenpflaster, an der Stelle, an der Cristiano *damals* aufgekommen ist, und sogleich wird es vom Wind erfasst, bis es irgendwann aus meinem Blickfeld verschwindet.

Ich höre, dass sich mir jemand nähert. Silke legt ihr Kinn auf meine Schulter. »Ich geh jetzt mal stark davon aus, dass Mario sich sein Paris in den Hintern stecken kann?!«

Ich lehne mich vor, um vielleicht noch einmal, wenn auch nur das leere Foto, zu sehen, doch stattdessen sehe ich ein Paar, das ich eben noch übersehen haben muss. Ein Mann und eine Frau stehen im Schein der Laterne auf dem Kopfsteinpflaster und winkend uns zu. Und sie lächeln.

»Kennst du die beiden?«, frage ich Silke.

»Nee, du?«

»Nee! Aber ihr roter Lippenstift ... der passt echt geil zu ihrer lila Turmfrisur!«

ENDE / FINE